KB123924

로크미디어가
유혹하는
재미있는 세상
ROK
MEDIA
로크미디어

다시 사는
재벌가
망나니

다시 사는 재벌가 망나니 10

2021년 9월 17일 초판 1쇄 인쇄
2021년 9월 27일 초판 1쇄 발행

지은이 맹물사탕
발행인 김정수 강준규

기획 이기헌 왕소현 박경무 강민구
책임편집 김홍식
마케팅지원 배진경 임혜솔 송지유 이영선

발행처 (주)로크미디어
출판등록 2003년 3월 24일
주소 서울시 마포구 성암로 330 DMC첨단산업센터 318호
Tel (02)3273-5135 **편집** (070)7860-2726 **Fax** (02)3273-5134
홈페이지 rokmedia.com **E-mail** rokmedia@empas.com

값 8,000원

ISBN 979-11-354-6478-2 (10권)
ISBN 979-11-354-9456-7 04810 (세트)

다시 사는 재벌가 망나니

맹물사탕 현대 판타지 장편소설

10

Contents

1장

로스트 빈.

김민혁의 조언으로 론칭한 S&S 휘하 카페 프랜차이즈로, 근 미래의 커피 프랜차이즈만큼 건물주에게 떼돈을 벌어다 줄 정도는 아닐지라도 이럭저럭 틈새시장을 공략, 나쁘지 않은 매출을 벌어들이는 브랜드 중 하나였다.

'이 커피 프랜차이즈의 대표가 커피를 마실 줄 모른다는 것도 아이러니한 일이지만.'

그렇긴 해도 역사가 증명하듯, 사람들은 다방식 커피에서 미국형 테이크아웃 프랜차이즈 커피로 자연스럽게 넘어가는 중이었다.

'비록 아직까진 고객들에게 자사의 커피가 어떻단 식의 설

명이 필요하지만.'

뉴요커와 미국 문화가 은근한 선망으로 자리 잡을 시기는 아니지만, 2030 사이에선 새로운 문화 중 하나로 받아들여지는 모양이니.

제니퍼는 차라리 스타벅스를 국내에 들여오자는 이야기를 하긴 했지만, 그건 아직 시기상조란 생각이다.

"……제 취향은 아니군요."

동석한 구봉팔은 인상을 구기며 에스프레소 잔을 내려놓았다.

앞서 방송에 섭외한 이탈리아인들은 아메리카노에 대해 혹평을 늘어놓긴 했지만 그 원액이랄 수 있는 에스프레소는 '나쁘지 않다'는 평을 내린 바 있었다.

'이탈리아인들에게 나쁘지 않다는 건 좋다, 훌륭하다는 의미이기도 하지.'

한편으론 〈먼나라 이웃사촌〉 덕분에 에스프레소 매출이 반짝 상승한 적이 있는데, 아니나 다를까, 그건 반짝 매출일 뿐이었다.

"설탕을 타면 괜찮을 거예요."

"……."

무슨 사나이의 자존심이라도 있는 건지, 구봉팔은 내 말을 따르는 대신 에스프레소를 원샷하고 인상을 구기며 찬물을 벌컥벌컥 들이켰다.

"물이랑 섞으니 좀 낫군요."

"그 에스프레소에 물을 탄 게 아메리카노입니다."

"……."

역시 설명서를 써서 벽에 붙여야 하나.

'커피를 마시지 못하는 대표가 경영하는 커피 프랜차이즈라니, 그 자체는 조금 아이러니하지만.'

나는 머그 컵에 담긴 얼 그레이를 홀짝였다.

"이성진 사장님."

구봉팔이 입을 뗐다.

"이번 횡령 건에 박상대가 개입해 있다는 걸 찾아내셨다고 들었습니다만. 구체적으로는 어떤 내용입니까?"

나는 머그 컵을 내려놓았다.

"이사장님도 아시다시피 요한의 집은 정화물산의 정기 후원을 통해 운영되고 있었습니다. 그리고 그 경영은 대성성당에 일임하고 있죠."

"……예."

구봉팔은 담담히 맞장구를 쳤다.

그 모습에선 그 스스로 대성성당과 요한의 집과 얽힌 인연을 배제하려는 모습이 다분했다.

"하지만 그 경영에 대성성당만 있는 것은 아니었습니다."

"무슨 의미입니까?"

"요한의 집에는 정기적으로 봉사를 나오는 단체가 있습니다. 그들은 봉사 활동을 겸해 요한의 집으로 각종 물품을 지원해 오곤 했죠."

구봉팔은 잠시 생각하더니 고개를 끄덕였다.

"바른나라운동본부 말씀이군요."

마냥 감투만 쓰고 있었던 것은 아닌지 구봉팔은 어렵지 않게 봉사 단체의 이름을 입에 담았다.

"예, 그 자체만 놓고 보면 이름이며 행적이 선량하고 좋은 이들입니다만."

나는 머그 컵을 손가락으로 톡톡 두드렸다.

"어째서인지, 작년 연말 이후 활동이 끊겼더군요."

"……작년 연말이라고 함은 요한의 집에 대규모 후원금이 들어온 시기 이후를 말씀하시는 겁니까?"

"예. 그리고……."

나는 천천히 말을 이었다.

"알아보니 바른나라운동본부는 서울시의 지원을 받는 단체더군요."

"음."

시민 단체가 시의 지원을 받는 것 자체는 낯선 일이 아니다.

그러나—물론 모두가 그런 것은 아니겠지만—대의명분과 운영자금의 지원을 받는 시민 단체란 달리 말해 정치적으로 이용될 여지 또한 다분했다.

"그리고 바른나라운동본부의 배후엔 최갑철이 있습니다."

"최갑철요?"

구봉팔은 최갑철이 누구인지는 잘 모르는 듯했다.

하긴, 정치에 별 관심이 없다면 알기 힘들지.

"여당의 거물 인사입니다. 박상대는 최갑철의 비서로 있었죠."

"……."

박상대의 이름이 언급되니 구봉팔이 움찔했다.

나는 그런 구봉팔을 보며 말을 이었다.

"또, 바른나라운동본부가 서울시의 승인을 받은 것은 박상대가 최갑철의 비서로 있던 당시의 일입니다. 국회의원의 비서란 사실상 자잘한 결정권자의 위치죠."

아마, 원래 역사대로 일이 흘러갔더라면, 나도 바른나라운동본부라고 하는 시민 단체의 존재를 알지 못했을 것이다.

하지만 이미 역사는 바뀌었다.

본래는 1994년 성수대교 붕괴 건으로 말미암아 서울시장이 책임을 물어 사퇴하고, 그 후속 또한 잇따라 경질되기에 이른다.

이후 제1회 전국동시지방선거 결과 서울시장은 야당 인사인 정수한이 당선되지만, 이는 이 세계에선 없는 이야기가 되고 만다.

이번 생에선 성수대교 붕괴 자체가 없던 일이 되어 버리며, 역사대로라면 사임 예정이었던 서울시장은 별다른 문제 없이 임기를 마쳤다.

그러면서 동시에, 작년 민선 1기, 제30대 서울시장은 전국적인 야당의 대승에도 불구하고 여당의 아슬아슬한 승리로 끝맺었다.

간신히 서울을 방어해 낸 여당 입장에서는 그나마 불행 중 다행이라고 해야 할까.

'이게 나로서는 운이 좋았다고 해야 할지, 어떨지.'

여야가 어찌 되었건, 그 나비효과의 여파 덕에 나는 요한의 집과 새마음아동복지재단으로 이어지는 정치 세력의 결탁을 알아낼 수 있었다.

'아마, 전생의 역사대로라면 성수대교의 붕괴로 서울시장이 경질되던 때 그 지원이 끊긴 바른나라운동본부도 해체되었겠지.'

나는 가방에서 박상대의 선거용 공식 자료를 꺼내 구봉팔 앞에 펼쳤다.

"그리고 박상대는 바른나라운동본부 이사직을 약력에 기재했습니다. 초선 의원에게는 나쁘지 않은 약력이 되겠죠."

"……."

"물론 이 일이 원아들에게 돌아갈 기금을 횡령하지 않고 행해 온 정당한 일이라는 전제하의 이야기지만요."

구봉팔은 박상대의 약력을 가만히 쳐다보다가 덤덤한 얼

굴로 물을 한 모금 마셨다.

"생각 이상으로 일이 커지는군요."

표면상으론, 구봉팔이 내게 협력한 건 어디까지나 조광에게 토사구팽을 당하지 않기 위함이었다.

하지만 본질적으로는 박영호로부터 이어지는 1978년의 복수를 계속해 나가는 것이었고.

구봉팔로서는 이번 일로 꾀하는 목표에 성큼 다가간 셈이었지만.

의심 많은 성격인 그는 이번 미끼를 덥석 물지 않았다.

"박상대가 조광과 간접적으로 인연을 맺고 있단 건 알겠습니다. 하지만 그렇다고 해서, 그게 저에게 어떻단 의미로 다가올는지는 잘 모르겠군요. 사장님이 말씀하신 '조광 쪼개기'에 어느 정도 보탬은 될지 모르겠습니다만."

구봉팔이 나를 물끄러미 쳐다보았다.

"한편으론 긁어 부스럼이란 생각마저 듭니다. 이래서야 배보다 배꼽이 큰 일이 되지는 않겠습니까."

뭐, 나는 나대로 박상대의 정치 커리어를 사전에 잘라 내는 것이 이득이었고.

이면에는 박상대의 축출이라고 하는 구봉팔과 내 이해관계가 일치하고 있었지만.

나는 모른 척 시치미를 떼며 그 말을 받았다.

"물론 도움은 될 겁니다. 어쨌거나 현재 조광의 실세인 조설훈의 힘을 빼내는 일이니까요.”

“…….”

그때 마침, 나는 카페에 들어선 어수룩한 차림의 사내를 발견하고 고개를 돌렸다.

나와 구봉팔을 제외하면, 2030 커플 위주의 이 카페에 누군가를 찾는 듯 주위를 두리번거리며 선 남자.

나는 손목시계를 들어 그가 약속 시간에 정확히 맞춰 찾아온 것을 확인했다.

‘왠지 저 사람이 김기환인 것 같군.’

먼발치에서 본 김기환은 20~30대가량의 유약한 인상을 한 사내였다.

‘왠지 모르게 낯이 익단 말이야. 전생에 알던 인물은 아닌 거 같은데.’

나는 보란 듯이 일어서서 손을 들었고, 김기환은 나를 발견하곤 반색하더니 성큼 걸음으로 자리까지 다가왔다.

“아, 이성진 사장님이죠. 혹시 기다리고 계셨습니까? 죄송…….”

헤헤 웃으며 꾸벅, 고개를 숙이려던 그는 내 맞은편의 구봉팔을 발견하곤 눈에 띄게 움찔했다.

‘뭐, 누가 보아도 조폭처럼 보이는 인간이니까.’

아마, 실제로도 그 비슷한 인물일 테고.

그러고 보면 우리 테이블 주위엔 어째 사람이 앉지도 않고, 고객들도 굳이 먼 길을 빙 둘러 가더라니.

이는 구봉팔의 인상착의 때문은 아니었을까.

"이성진입니다."

"주, 중우일보의 김기환입니다."

김기환은 얼른 셔츠에 손바닥을 문지른 뒤 내 악수를 받았다.

그러면서 연신 구봉팔을 힐끗거렸는데, 구봉팔은 딱히 인사를 할 생각은 없는 양 그 시선을 무표정한 얼굴로 흘려 넘겼다.

'구봉팔이 친해지기 어려운 인간이긴 하지.'

김기환은 애써 분위기를 풀어 보려는 양 어색하게 웃는 얼굴로 입을 뗐다.

"말씀은 들었습니다만, 정말로 초등학생이셨군요."

"아, 예. 그렇습니다. 올해로 6학년이 되었죠."

나는 미소 띤 얼굴로 손을 놓았다.

"커피라도 한 잔 마시겠습니까? 제가 초청했으니, 사겠습니다."

"아…… 감사합니다만 점원이 오면 시키겠습니다."

나는 김기환이 '저기요' 하고 점원을 부르기 전에 끼어들었다.

"로스트 빈은 맥도날드처럼 셀프서비스거든요."

"아하, 그랬군요. 몰랐습니다. 아무래도 신세대인 사장님께선 익숙하신 모양입니다, 하하."

"뭐, 제가 대표로 있는 곳이니까요."

"그, 그랬습니까?"

그 정도 사전 조사도 없이 여길 온 건가.

영 믿음직스럽지 못한 모습에 나는 속으로 혀를 찼다.

'채한열은 돈키호테 같은 인물로 그를 내게 알선한 모양이지만…… 이 인간이 믿을 만할지는 잘 모르겠어.'

순간 나는 전예은을 대동할 걸 그랬나, 싶었다가도 한편으론 요한의 집과 연루된 일에는 그녀를 배제하는 것이 옳다고 생각했다.

"같이 가실까요?"

"아닙니다. 저 혼자 다녀오겠습니다."

"그래요? 그러시다면."

나는 김기환에게 카드를 건넸고, 그는 내가 내민 카드를 양손으로 넙죽 받아 챙기더니, 뻣뻣한 걸음걸이로 카운터를 향했다.

그사이, 나는 구봉팔을 힐끗 쳐다보았다.

"인사 정도는 하셔도 될 텐데요."

"제가 먼저 나서는 건 예의가 아니라고 생각했습니다. 저분이 돌아오면 인사를 하죠."

"……예, 뭐. 그러시다면야."

구봉팔은 은연중 나를 윗선에 분류해 두고 있는 듯했다.

김기환은 눈치를 보는 양 가장 싼 '에스프레소'를 시켰고, 조그만 잔 하나를 얹은 쟁반을 들고 자리로 왔다.

"앉으시죠."

"……네, 넵."

아무래도 내 옆자리에 앉고 싶었던 모양이지만, 구봉팔이 슬쩍 옆으로 비키는 바람에 그는 하는 수 없이 구봉팔의 옆자리, 내 맞은편에 자리를 잡았다.

"잘 마시겠습니다. 아, 카드, 여기 있습니다."

내가 카드를 챙기는 사이 김기환은 에스프레소를 한 모금 마셨고, 그림으로 그린 듯 인상을 있는 대로 구겼다.

구봉팔은 말없이 냉수를 따라 김기환에게 내밀었고, 김기환은 감읍하며 물로 입을 헹궈 구겼던 인상을 풀었다.

"후우, 감사합니다. 아, 그런데……."

"새마음아동복지재단의 이사장으로 있는 구봉팔이오."

김기환은 구봉팔이 조폭이 아니었단 사실에 놀라는 눈치였다.

"그러셨군요. 아, 소개가 늦었습니다. 저는……."

"이미 들었으니 됐소."

"……네."

둘이서 나름대로 통성명을 하는 사이, 나는 얼굴에 미소를 띤 채로 김기환을 관찰했다.

'아무래도 돈키호테라는 생각은 들지 않는걸.'

그래서 바로 본론을 꺼낼지, 믿어 볼 만한 인물인지 떠볼지 생각한 찰나, 나는 그 어디선가 본 듯한 인상착의를 어디서 발견했는지를 그제야 깨달았다.

'아, 그때 그 사람!'

「중우일보의 김기환 기자입니다. ……그렇담 은퇴 이후엔 무엇을 하실 예정입니까?」

그는 몇 해 전 이휘철의 은퇴 석상에서 제법 당돌한 질문을 던졌던 기자였다.

'당시 나는 TV로 그 장면을 보고 있었고, 이휘철의 대답에 마시던 주스를 뿜었지.'

「으엑, 오빠. 지지.」

……동석했던 이희진의 감상은 넘어가고.

'이런 식으로 묘하게 인연이 닿기도 하는군.'

스치듯 지나간 일이었던 데다 이어진 이휘철의 폭탄발언 탓에 인상이 희미해지고 말았지만, 그때 본 그 눈빛이 어딘지 내 기억 한편에 남아 있었던 모양이다.

어쩌면, 본업에 들어가선 머릿속에서 제 역량을 발휘할 스위치가 켜지는 인물일지 모르겠다.

'돈키호테라. 여기선 채한열과 내 직감을 믿어 보기로 할까.'

나는 곧장 본론을 꺼내기로 했다.

"자, 그럼."

내가 입을 떼자 김기환이 나를 보았다.

"어디까지 들으셨습니까?"

그 말에 김기환의 어리숙한 눈에 반짝 생기가 돌았다.

김기환은 그 이야기를 듣자마자 다소 빨라진 말씨로 내 말을 받았다.

"채한열 선배님껜 특종이 있다는 정도만 들었습니다."

"그러셨군요."

그러면서 김기환은 힐끗, 내가 구봉팔에게 설명하고자 종이에 올려 두었던 박상대의 자료를 곁눈질로 살폈다.

"거기에 더해 왠지 제가 흥미를 가질 만한 일이라는 이야기도 들었지만 말입니다. 어떤 내용인지 자못 궁금한걸요."

나는 그 말을 빙긋 웃으며 받았다.

"김기환 기자님, 혹시 골프 좋아하세요?"

"골프요?"

"예. 어제 처음으로 필드에 나갔거든요."

내 말에 김기환은 다소 어처구니가 없다는 양 자연스럽게 안주머니로 손을 뻗었다.

김기환이 안주머니에서 담뱃갑을 꺼내려는 때, 나는 고개를 저으며 손가락으로 '카페 내 금연' 표식을 가리켰다.

"흡연은 자제해 주세요."

"어이쿠, 실례했습니다."

김기환은 헤헤 웃으며 담뱃갑을 안주머니에 도로 찔러 넣곤 마른 손바닥을 비볐다.

"저도 모르게 습관적으로. 아, 메모는 괜찮겠습니까?"

김기환은 내 허락을 기다리기도 전, 양복 주머니에서 수첩과 볼펜을 꺼내 페이지를 자라락 넘겼다.

"으흠, 요즘 초등학생 사이에서는 골프가 유행입니까? 재밌는 취잿거리가 되겠는데요. 조금 자세히 들어 볼 수 있겠습니까? 어제 골프를 치셨다고요."

나는 어깨를 으쓱였다.

"이제 막 필드에 올라가 본 풋내기여서 참패하고 말았죠. 사실 참패, 라는 말조차 입에 담기 부끄러울 지경입니다만."

일견 아무것도 아닌 것처럼 이야기를 흘려보내면서, 나는 천천히 말을 이었다.

"그곳이 조광이 경영하는 컨트리클럽이 아니었다고 해도 결과는 마찬가지였을 겁니다."

"으흠."

"그러다가 골프장에서 우연히, 여기 계신 구봉팔 이사장님을 만나 뵈었죠. 마침 구봉팔 이사장님이 몸담고 계신 새마음아동복지재단과는 인연이 닿아서, 조금 의기투합을 했습니다."

빙 둘러 나누는 이 대화를 들으며 구봉팔은 다소 어처구니가 없다는 양 물을 벌컥벌컥 들이켰고, 김기환은 입꼬리를 올렸다.

"그러고 보니, 작년 연말 SJ컴퍼니 산하의 레스토랑인 시저스와 SJ엔터 소속인 윤아름 양이 위문차 고아원을 방문했었죠. 공교로운 인연이었군요?"

퍽 꿰고 있군.

"그런 셈입니다. 게다가 좋은 일은 커질수록 좋은 법이라고, SJ컴퍼니는 구봉팔 이사장님의 새마음아동복지재단 측과 연계해 복지 사업의 규모를 확대해 보고자 하는 이야기가 나왔죠."

나는 대수롭지 않은 양 말을 이었다.

"기자님도 아시다시피 SJ컴퍼니의 모기업이랄 수 있는 삼광 측은 사회에 적잖은 공헌을 해 오고 있거든요. 그 자회사인 SJ컴퍼니 역시도 그 좋은 뜻을 이어받고자 하는 마음이 한가득입니다."

"일종의 노블레스 오블리주입니까?"

"그렇게 표현하는 것도 다소 자의식과잉이죠. 저는 어디까지나 사회로부터 받은 관심과 사랑을 환원해 보고자 했을 뿐입니다."

김기환이 메모지에 볼펜을 끼적이며 내 말을 받았다.

"그러면 이번 취재는 'SJ컴퍼니와 새마음아동복지재단이 손을 잡고 복지사업의 규모를 키우게 됐다'는 정도로 가능하겠습니까?"

"그런 것도 가능하겠죠."

"'그런 것'도, 라 하심은 이 자리에서 다른 이야기가 나올 여지도 충분하단 겁니까?"

"아마도요."

"잠시 실례하겠습니다."

이야기가 퍽 단도직입적이 되자, 김기환은 미소 띤 얼굴로 가방에서 카세트테이프가 든 녹음기를 꺼냈다.

구봉팔이 험악한 인상으로 그 하는 양을 노려보자, 김기환은 어깨를 으쓱였다.

"취재가 조금 본격적이 될 것 같아서요. 기자로서 습관 같은 겁니다. 뭐, 바라신다면 오프 더 레코드로 진행해도 됩니다만."

나는 미소 띤 얼굴로 미지근해진 홍차를 한 모금 마셨다.

"그래도 가능하면 녹음은 하지 않는 방향으로 진행했으면 합니다."

"아쉽군요. 뭐, 어쩌겠습니까, 열심히 받아 적겠습니다. 아참, 메모 정도는 가능하겠습니까?"

"예, 메모 정도야 무방하죠."

능청스럽긴.

나는 후룩 비워 낸 찻잔을 내려놓으며 김기환의 양복 상의를 손가락으로 가리켰다.

"아, 물론 오프 더 레코드라 함은 거기에 안주머니의 담뱃갑 모양 녹음기도 포함한 이야기입니다."

"……."

구봉팔이 고개를 홱 돌려 김기환을 보았고, 김기환은 두 손 들었다는 양 안주머니에서 담뱃갑 모양 녹음기를 꺼내 탁자 위에 놓았다.

"이야, 졌습니다. 이거 참. 이걸 알아보실 줄은 몰랐습니다만, 역시 세간의 주목을 받고 있는 펠리스 전자 제품 회사 사장님은 다르시군요."

"……되도록 신의는 지켜 주셨으면 합니다. 채한열 부장님과는 개인적인 친분이 있어서, 저도 가능하면 피차가 불편한 관계로 번지지 않았으면 싶거든요."

목소리에 약간 힘을 실어 말하자, 김기환은 웃음기를 거두며 고개를 끄덕였다.

"이해합니다."

방금 전까지만 해도 허둥대며 어찌할 바를 모르던 인물이라곤 생각되지 않는 예리한 눈빛에 나는 나도 모르게 픽 웃고 말았다.

'행동거지가 정치인에 가까운 정치부 기자라.'

어떻게 보면 채한열의 소개가 적절했다는 생각이 드는 한편, 나는 미소 띤 얼굴로 김기환의 말을 받았다.

"정말로 이해하고 계신 거라면 저도 이야기를 계속 진행해 보겠습니다만, 메모 준비는 마치셨습니까?"

"메모보단 일단 경청하겠습니다."

그는 방금 있었던 해프닝을 덮어 두려는 듯 대수롭지 않게 내 말을 받았는데, 구봉팔은 그 뻔뻔한 모습을 대놓고 언짢아했지만 나는 아랑곳하지 않았다.

어차피 방금 전 이야기는 아무 일도 없던 것이 되지는 않는다.

그저 서로가 서로를 떠본 것에 불과할 뿐.

나는 그제야 비로소, 가방에서 자료를 모아 둔 종이 뭉치를 꺼냈다.

김기환은 눈을 예리하게 빛내며 종이 뭉치를 보았고, 나는 그걸 김기환이 앉은 방향으로 빙글 돌려 내밀었다.

곁눈질로 서류를 살핀 김기환의 입가에 미소가 걸렸다.

나는 그런 김기환을 보며 자리에서 일어섰다.

"그럼 그 전에 잠시 화장실 좀 다녀오겠습니다."

"아, 예. 다녀오시죠."

나는 구봉팔에게 눈치를 줬고, 구봉팔은 팔짱을 낀 채 의자에 등을 기댔다.

내가 자리로 돌아오자, 김기환이 읽고 있던 서류를 내려놓았다.

"여러 정황근거로 가득한 문서로군요."

김기환은 미소 띤 얼굴로 나를 보았다.

"혹여 여전히 저를 떠보시려는 거라면 말을 아껴 보겠습니다만, 사장님의 진의는 어떻습니까?"

퍽 단도직입적인 것으로 보아, 담뱃갑 모양의 녹음기나 카세트테이프 장치 외의 녹음 장비는 없어 보였지만.

나는 일단 미소로 김기환을 마주했다.

"제 진의야 물론 대한민국 국민으로서 그 흠결을 찾기 힘든 공정한 후보를 선출하는 것에 있습니다."

"아, 투표권이 없는 예비 유권자께서 이렇게 일찍 정치에 관심을 가져 주신다니, 대한민국의 미래가 밝군요."

그러면서 김기환은 곁에 앉은 구봉팔을 힐끗 살폈다.

"더군다나 이 자리에 새마음아동복지재단의 이사장님도 대동하셨는데, 자리가 적절한지는 잘 모르겠습니다."

구봉팔은 인상을 살짝 찌푸리며 노골적으로 김기환을 노려보았다.

"나는 상관없소."

이번 일과 무관하다, 또는 어떤 말이 오가든 각오는 되어 있다는 식의 중의적으로 해석될 여지가 있는 발언이었다.

다만 그중 어느 식으로 해석하건 김기환을 향한 적의가 풀풀 풍기고 있단 건 동일했다.

김기환은 주눅 드는 기색도 없이 서류를 탁탁 정리해 테이블 위로 가지런하게 놓았다.

"제가 방금 서류를 훑어본 바로는 이 자리에 계신 구봉팔 이사장님의 입장을 고려하지 않기가 힘든데도 말씀입니까?"

"……거, 무슨 의미요?"

"뭐어."

김기환이 어깨를 으쓱였다.

"저는 어디까지나, 여기서 제 의견을 말씀드리기엔 이 자리에 모이신 분들의 성향이 어느 정도 편향성을 띠고 있을지도 모른단 의미에서 드린 말씀입니다. 그 왜, 지역, 야구, 종교 그리고 정치 이야기란 가족 앞에서도 하지 말란 이야기가 있지 않겠습니까?"

그는 넉살 좋게 한 소리 늘어놓곤 깍지 낀 손을 테이블 위로 올려놓으며 나를 물끄러미 바라보았다.

"그러다 보니, 저는 사장님께서 진정으로 이 나라의 미래를 고려하고 계실 거란 전제하에 이야기를 진행하고 싶어서요."

"그야, 관계자와 표면상 소소한 우정 정도는 쌓고 있습니다."

나는 의자에 등을 기댔다.

"아까 말씀드렸다시피 어저께, 관계자분과 필드도 한 바퀴 돌았으니 말입니다. 뭐, 어디까지나 제 또래가 모인 화기애애한 친목 도모의 장소였지만요."

"하하."

김기환이 메마른 웃음을 흘렸고, 나는 담담한 말씨로 입을 뗐다.

“그래도 어제 처음으로 통성명을 마친 사이일 뿐인 데다가, 이번 일과 직접적인 관계자는 아니란 것이 제 생각입니다.”

내 시선이 서류에 닿아 있으니, 김기환은 양손을 어깨 위로 들었다.

“좋습니다. 자리가 적절하고 적절하지 않고를 떠나, 제 의견을 말씀드리죠.”

김기환은 들어 올렸던 양 손바닥을 탁자에 붙이며 말을 이었다.

“단도직입적으로 말씀드리자면 D구에 출마 예정인 박상대 여당 후보, 아주 깨끗한 사람은 아닙니다.”

일단은 속을 활짝 열어 보여 주는군. 나는 김기환의 발언에 미소를 지었다.

“흐음, 그래서요?”

김기환은 고개를 끄덕이며 서류에 다시 손을 댔고, 내 말을 듣는 동시에 눈으론 서류를 훑었다.

“박상대 의원에게 스폰서가 있다는 건 알고 계시겠죠?”

“공공연한 이야기죠.”

내 말에 김기환이 서류에서 눈을 떼지 않은 채 말을 받았다.

“예, 그렇습니다. 선거 자금이라는 건 땅 파서 나오는 것도 아니고요. 박상대의 아버지, 박영호 의원 대에서 이미 모 기업과 인연이 있었다는 건 알 사람은 아는 공공연한 이야기입니다."

김기환의 눈이 서류 구석을 마저 훑었다.

"특히 10.13 특별선언 당시 누군가가 특혜 아닌 특혜를 보았고, 관련 정보가 어디서 흘러갔는지 알 사람은 아는 이야기이기도 하고 말입니다."

"이를테면요?"

"거참, 알고 계시면서."

김기환이 쓴웃음을 지었다.

"당시 정부의 카지노 사업과 관련한 전수조사에서 조광이 재빨리 발을 뺄 수 있었던 건 윗선의 정보 제공이 있었던 덕이라고, 말씀드리겠습니다. 물론 당시엔 박상대 후보는 어디까지나 모 의원의 비서에 불과했지만요."

그 말 직후, 김기환은 웃음기를 거두었다.

"게다가 어쨌건, 다시 돌아와 여기 계신 구봉팔 이사장님이 재직 중이신 정화물산에는 조광의 입김이 닿아 있다는 것 역시도 알 사람은 다 아는 이야기죠."

유상훈 변호사와 내가 어렵사리 알아낸 정보를 김기환은 별것 아닌 양 입에 담았다.

그것이 설령 이류 신문사 기자라도, 정보 수집 능력 면에선 특화된 무언가가 있는 모양이었다.

구봉팔은 팔짱을 낀 채 묵묵히 있었고, 김기환은 그런 구봉팔을 곁눈질로 살폈다가 재차 말을 이었다.

"사장님도 아실까 모르겠는데, 아, 물론 아시겠지만 정치에는 이른바 파벌이라는 것이 있습니다. 표면적으론 그것을 왼쪽과 오른쪽으로 나누고, 그 방향성 내에서 정치적 지향성을 담아 또다시 여러 당으로 나뉩니다만."

김기환은 빈 컵에 물을 쪼르르 따랐다.

"그 안에는 또다시 비표면적인 파벌이 있죠. 당 내에서도 소위 말하는 라인이 생겨납니다. 같은 당이라 할지라도 누굴 당대표이자 대권 주자로 내세울지, 다들 신경이 잔뜩 곤두서기 마련이니 말입니다. 뭐, 더군다나 마침 레임덕이 한창이기도 하고요."

김기환이 픽 웃으며 물컵을 만지작거렸다.

왠지, 이번만큼은 그에게 담배 한 대가 간절해 보였다.

"그러니 이번 일은 박상대 의원보다 윗선, 그러니까…… 박상대 의원이 속한 라인이랄 수 있는 최갑철 의원과도 무관하지 않다는 이야기입니다. 동시에."

그는 담배 대신 물을 벌컥벌컥 들이켜곤 입가를 훔쳤다.

"박상대를 공격하는 건, 마냥 신출내기 국회의원 후보를 향한 마타도어랑은 의미가 다르단 겁니다."

"즉, 이번 건은 최갑철에게도 불똥이 튈 수 있단 의미입니까?"

김기환은 내 말을 부정하지 않았다.

"뭐, 이 시점에서는 여당을 향한 공세로 비칠지도 모른단 이야기입니다. 규모가 규모이다 보니, 여간해선 묻히기 십상이겠죠. 이 바닥이 그러니까요."

지금 최갑철은 내년에 있을 여당의 유력한 대권 주자 중 한 사람으로 거듭나 있었다.

그건, 성수대교 붕괴의 참사를 막은 시점부터 내려온 나비 효과의 여파이기도 했다.

"만일 이번 스캔들이 유의미해지려면, 누군가 한 사람은 고육지책의 업보를 짊어져야 할 겁니다"

그나마 가장 효과적인 건 내부자 폭로.

그리고 그 눈이 닿은 건 구봉팔이었다.

이성진과 김기환의 이야기를 잠자코 듣고 있던 구봉팔은 툭 입을 뗐다.

"……즉, 믿을 만한 내부자 정보에 의한 폭로만이 가치가 있단 것이오?"

김기환이 고개를 끄덕였다.

"이번 일이 묻히지 않으려면, 그나마 그렇단 겁니다."

"감방에 다녀오는 정도는 아무렇지도 않소."

구봉팔의 대답에 김기환은 눈을 가늘게 떴다.

"굳이 그렇게까지 해야 하겠습니까?"

"어차피 잃을 것도 없으니 상관없소."

"……."

그 담담한 대답에 김기환은 '대체 구봉팔이 이번 일로 얻을 이득은 대관절 무엇이기에' 하는 생각을 떠올렸다.

출소 후 눈앞의 소년에게 어느 한자리를 보장받기라도 한 셈일까, 아니면 금전적인 이득?

아니면.

김기환은 그 맞은편에 얌전히 앉아 있는 이성진을 힐끗 살폈다.

'……저 꼬맹이에게 무언가 약점을 잡히기라도 한 건가?'

그는 방금 스스로 '잃을 것도 없다'고 했으며, 또 설령 그렇다고 할지라도.

대관절 정치 새싹에 불과한 박상대의 낙선이 SJ컴퍼니로 하여금 무슨 이득이 되겠는가.

비록 이성진은 의뭉스레 '대한민국 국민으로서의 권리' 운운 떠들어 대긴 했지만, 본의가 그럴 리 없다는 것쯤은 이 자리에 모인 모두가 알고 있는 이야기였다.

김기환의 사고는 이성진의 조부이자 얼마 전까지 삼광 그룹을 이끌었던 이휘철이란 존재로 닿았다.

'어쩌면, 저 배후에 있을 이태석이며 이휘철의 존재가 이

상황을 조종하고 있을지도 모르지.'

예전, 이휘철의 은퇴 석상에서 김기환은 그 노괴(老怪)에게 퍽 당돌한 질문을 던진 바 있었다.

그때 이휘철의 대답은 어떠했는가.

「늘그막에 할 일이 뭐가 있겠습니까. 이제 집에서 손주들이랑 좀 놀아 줄까 합니다.」

당시만 하더라도 다들 이휘철 나름의 면피성 농담으로 받아들였으나.

이휘철의 다음 행보는 실제로 '손주와 놀아 주는 방향'을 향했다.

이휘철은 그 손주인 이성진이 사장으로 앉은 SJ컴퍼니의 경영고문으로 등재하며 회사의 지분 일부를 인수했다.

SJ컴퍼니에 들어간 이휘철은 이렇다 할 가시적인 행보를 보이지 않고 있었으나, 만일 SJ컴퍼니가 상장을 한 회사라면 그 정보만으로도 주가를 띄울 만한 뉴스였다.

'상장을 한 회사라면, 말이지만.'

하지만 SJ컴퍼니는 끈질기리만치 비상장을 고집하는 회사였다.

'물론 비상장엔 그 나름의 장점도 있지. 그래도 기회비용의 측면에서 놓치고 있는 것도 넘쳐 날 지경이야.'

한편 이성진은 현재 이보다 좋을 수 없는 경영을 이어 가고 있었으며, 그 전신은 다름 아닌 삼광전자의 멀티미디어 사업부였다.

삼광전자의 멀티미디어 사업부는 차기 후계자인 이태석이 직접 키워 낸다는 이야기 외엔 이렇다 할 성과를 보이지 않던 허울뿐인 사업부였고.

그래서 사업부를 분리해 SJ컴퍼니란 자회사로 거듭날 당시만 하더라도 다들 삼광전자 나름의 구조조정 과정이라 수군댈 정도였다.

사정이야 어쨌건 지금으로부터 2년 전인 1994년, 이태석의 아내인 서명화가 대표이사로 앉은 회사인 SJ컴퍼니가 설립되었다.

그 직후 SJ컴퍼니는 마치 기다렸다는 양 전에 없던 새로운 사업을 발굴하는가 하면 몇몇 유망 업종에 발을 들이밀었고, 불과 2년 사이 무시무시하리만치 덩치를 키워 냈다.

'삼광전자의 비대해진 덩치로는 유연한 대처가 힘든 와중, SJ컴퍼니는 시의적절하게 삼광전자의 가려운 부분을 긁어 주었어.'

처음엔 그도 SJ컴퍼니를 모회사의 일감 몰아주기를 통한 유산 탈세용 회사로 여겨 왔으나, SJ컴퍼니의 행보는 '고작 그런 일'로 써먹기엔 아까우리만치 건실했다.

오히려 몇몇 부분은 차라리 삼광전자 측에서 붙잡고 그 성과와 공로를 오롯이 이태석에게 돌리는 편이, 이태석의 불안정한 입지를 다지는 것에 도움이 되었을 것이다.

이쯤 하면 SJ컴퍼니는 이씨 일가의 유격부대 수준이 아니었다.

SJ컴퍼니는 이제 그 표면상의 모회사인 삼광전자와 대등한 파트너십을 맺고 일을 추진할 만큼 건실한 회사였다.

'……차라리 이 모든 가정은 집어치우고, 정황상 이성진이란 소년이 혼자서 일궈 낸 회사라는 소설을 쓰는 게 맞아떨어질 지경이야.'

물론 눈앞의 이성진이 평범한 초등학생이 아니란 정도는 김기환도 모르지 않았다.

오늘 처음 만나 본 이성진은 나이 운운할 지경을 벗어날 정도로 영특했고, 때때론 머릿속에 닳고 닳은 중년이 들어앉은 것 같단 착각을 할 만큼 능청스러움마저 겸비하고 있었다.

'하지만 그렇다 해서, 고작해야 초등학생에 불과한 꼬맹이가 이 정도 역량을 발휘할 리는 없지.'

그러니 김기환으로서는 상식적으로 생각해서, 이성진의 배후에 있을 이휘철의 존재를 의식하지 않을 수 없는 상황이었다.

'……애당초 SJ컴퍼니는 이휘철과 이태석의 입김이 닿아 있던 회사였고.'

김기환은 생각했다.

'설마, 이휘철은 정치판에 발을 들이밀 생각일까?'

아니, 만일 그렇다고 해도, 굳이 이런 번거로운 방법을 택할 까닭이 없을 텐데.

그러잖아도 이휘철의 은퇴 당시 많은 기자들이 관련한 가능성을 입에 담았고, 실제로도 이휘철은 비공식적으로 정치권의 숱한 러브콜을 받았으나 그는 이 모든 제안을 들을 가치도 없다는 양 일언지하에 거절했다.

그러니 만일 이휘철에게 그럴 만한 의지가 있었다면, 했어도 진즉에 해치워 냈을 것이다.

연예인도 국회의원이 되고자 하면 될 수 있는 시대였다.

대중에게 이미지가 좋게 박힌 이휘철이라면, 어느 지역으로 가든 당선하는 것도 어렵지 않으리라.

'그러니 도통, 동기를 알 수가 없군. 만일 누군가 정치 새싹을 밀어준다고 하면 오히려 박상대만 한 인물이 없을 텐데.'

아니.

굳이 꼽자면 한 가지가 있다.

'하지만 이 꼬맹이가 그런 것까지 알고 있을까, 모르겠는데……. 아니, 이휘철이라면 알지도 모르지.'

김기환은 자신도 모르게 배후의 거물이 아닌 눈앞의 소년의 의사라 생각한 혼란스러운 머릿속을 찬물 한 모금으로 씻어 낸 뒤, 고개를 저었다.

"이성진 사장님, 이번 건은 정말로 대의만을 위한 일인 겁니까?"

이성진은 물끄러미 김기환을 보았다.

그 표정은 미소를 띠고 있었으나, 그조차도 어디까지나 표면적인 것에 불과했다.

아마, 실상은 한없는 무표정에 가까울 것이다.

"무슨 의미죠?"

이성진이 이휘철의 대리인이든 아니든, 눈앞의 그가 범상치 않은 소년이라는 사실은 명백했다.

"뭐……."

김기환은 마치 이성진을 힐난하려는 의도는 없었다는 듯, 저도 모르게 이성진의 시선을 피했다.

"이 상태 그대로, 누구 한 사람 이득 보는 일도 없이 정의니 대의니 하는 것만이 목적이라고 한다면……."

김기환은 마음을 다잡고 입을 뗐다.

"그건 썩 바람직하지만은 않단 이야기입니다."

"음."

"아니, 하지만 설령 그렇다고 하더라도-이런 표현이 적절할지는 모르겠습니다만, 이대로라면 바위에 계란을 부딪치는 것밖에 되지 않을 겁니다."

김기환은 구봉팔과 이성진의 시선을 의식하며 말을 이었다.

"저로서는…… 그럴 만한 리스크를 짊어질 만한 일이란 생

각은 들지 않습니다. 더욱이 그조차도 성공 가능성은 희박할 테고요."

김기환은 애써 구봉팔의 내부 폭로와 그에 따른 결과를 에둘러 표현하며 이성진이 내놓았던 서류를 살폈다.

꺼내 든 서류는 박상대가 그 배후로 추정되는 시민단체인 바른나라운동본부와 관련한 내용으로.

현시점에서 바른나라운동본부는 서울시의 지원을 받는 단체였다.

김기환이 서류에 시선을 둔 채 입을 뗐다.

"제가 제대로 이해했는지는 모르겠습니다만, 이성진 사장님께서 제공한 자료를 살피면……. '바른나라운동본부는 새마음아동복지재단이 운영하는 위탁 보호시설인 요한의 집과 결연 중에 있으며, 그 운영기금은 서울시와 후원금, 새마음아동복지재단을 통한다'고 기재되어 있습니다."

김기환이 서류에서 눈을 뗐다.

"다만 이건 어디까지나 요한의 집이라고 하는 보육원과 관련한 사안으로, 바른나라운동본부 자체는 새마음아동복지재단과 경영상 무관계한 별개의 비영리단체죠. 뭐, 어디까지나 말만 그렇달 뿐, 실상은 조금 다르긴 합니다만……."

김기환이 머리를 긁적이더니 한숨을 푹 내쉬곤 그가 들고 온 가방을 열었다.

그로서도 이미 여기 발을 들인 이상, 적극적으로 협조하는 것 외에 다른 방도가 없으리란 생각에서 내놓은 패였다.

"무엇을 숨기겠습니까, 저도 나름대로 박상대를 조사해 본 게 있어서요."

김기환이 꺼낸 서류는 두툼했고, 그는 메모가 빽빽한 종이 페이지를 휘리릭 넘겨 어느 특정 페이지 위로 손가락을 얹었다.

"여기, 이 대목입니다."

그 대목에선 이성진도 예상하지 못한 이야기가 언급되어, 이성진은 놀란 가슴을 내색하지 않으려 애써야 했다.

김기환이 가리킨 항목에는 '중앙노동권익보호위원회'라는 단체가 기재되어 있었다.

이 비영리단체의 설립 개요엔 '복지 사각지대의 처우 개선 및 지원에 힘쓰는 한편 노동자의 권익 보호에 앞장선다'는 내용이 기재되어 있었는데.

주목할 점은 노동자의 권익이라는 대목이었다.

중앙노동권익보호위원회는 표면상 각 기업의 노동조합에 힘을 실어 주는 곳이었다.

하지만 이는 달리 말해서, 해당 단체가 각 기업의 노동조합을 견제하는 역할을 겸할 수도 있다는 의미이기도 했다.

'역사가 바뀐 탓에 듣도 보도 못한 곳이 커지고 있었군.'

이성진이 생각하는 사이 김기환이 말을 이었다.

"이곳, 저는 줄여서 '중노위'라고 합니다만, 중노위라는 곳을 잘 살피면 바른나라운동본부뿐만 아니라 조광과 희미하게나마 관계가 이어져 있다는 걸 알 수 있죠. 조광의 자회사 중 한 곳인 진일의 노조위원장이 중노위의 단체 대표를 역임하고 있거든요."

김기환은 다시 페이지를 넘겼다.

"그리고 조광의 자회사인 진일이라는 회사는 인력 파견 업체입니다."

이성진은 서류 한 곳을 살피며 고개를 끄덕였다.

즉.

중앙노동권익위원회란.

'이 시대에는 명시화되지 않은 개념이지만, 소위 말해 비정규직을 관리하는 곳이란 거지.'

이성진이 생각한 대로 시대에는 아직 비정규직과 관련한 논의가 없었고, 대한민국에 비정규직이란 단어가 본격적으로 도마 위로 오르기 시작한 건 IMF 이후였다.

한편 인력을 갈아 넣어 회사를 굴리는 조광으로서는 얼추 이해관계가 일치하는 단체로, 조광이 하는 일은 업무의 복잡성이 낮았고, 이직율이 높았으며, 정규적인 월급보단 성과급의 반영 정도가 컸다.

만일 중앙노동권익보호위원회의 힘이 커지게 된다면 조광의 노조 관리는 보다 수월해질 것이 분명했다.

'겸사겸사 가운데서 이들을 통제하는 조광이 돈을 긁어모

으리란 것도 자명하고.'

또, 여기서 이 단체가 이런저런 연맹을 긁어모아 힘이 더 커지게 된다면.

'기존 노총과 노선을 달리하는, 별개의 세 번째 노총 세력이 될 여지도 있지. 게다가 야당의 비호를 받는 어용 노조라.'

아니, 이건 이미 단순한 '어용 노조'로만 치부할 일은 아니었다.

그 배후에 조광이라는 대기업이 버티고 서서 하나의 노총을 좌지우지하게 된다면, 그건 그 자체로 거대 권력이 된다.

'물론 전생에는 이런 곳이 없었지만.'

그러나 이성진으로서는 '이런 단체는 내가 아는 역사에 존재하지 않았다'며 단순히 치부해 버리고 말기 어려운 요소였다.

이미 역사는 바뀌고 있었고, 이성진도 그가 알고 있는 굵직굵직한 역사의 강줄기 외에 흐르는 여러 실개천까지 파악하기란 현실적으로 불가능했으므로.

'……박상대의 견제와는 별도로 이게 얻어걸린 걸, 나로선 그나마 운이 좋았다고 해야 하나.'

이성진으로서는 박상대를 낙선시키며 조광을 쪼개야 할 이유가 늘었다.

정치 새싹 정도로만 여겼던 박상대는 이성진이 기억하는 전생보다 힘이 커졌고.

그 싹을 미리 잘라 두지 않는다면 조광과 손잡고 이성진에게 보다 직접적인 위협으로 다가올 것이었다.

김기환은 골똘히 생각에 잠겼던 나를 살피며 말을 이었다.

"상황이 그렇다 보니 조광과 서울시, 최갑철과 박상대로 이어지는 유착을 폭로하는 것도 어느 정도 가능은 합니다. 하지만 이곳, 바른나라운동본부란 박상대가 쥐락펴락하는 무수한 점조직 중 하나죠."

"……."

"만일 박상대가 어느 특정 단체에 편의를 봐주고 있었다고 한들, 그건 서로가 모르는 일이었다고 잡아떼면 그만인 일입니다. 점조직이란 그런 것이니까요."

말을 마친 김기환은 의자에 등을 기댔다.

"뭐, 저희가 애써 유착 관계를 조망한들 누구 한 사람 꼬리 자르기 식으로 책임을 지고 물러나면, 그건 실상 아무것도 아니었던 일이 되는 것 아니겠습니까?"

나는 그에 동조하듯 고개를 끄덕였다.

"예. 상황이 직관적이지 않으니, 선거 기간 동안 잡아떼기만 해도 될 테니까 말입니다."

"제 말이 그겁니다."

어느 사안에 대해 지속적으로 떠들어 대지 않으면, 개중 인식 전반에 관련 사안은 희미해지기 마련이다.

만일 지금이 인터넷 커뮤니티가 활성화된 시대라면 어떻게든 여론을 이끄는 것도 가능할지 모르나, 인터넷은 아직 쓰는 사람만 쓰는 전유물이었다.

날짜 지난 신문을 들여다보는 이는 드물었고, 하물며 그것이 이류 신문사의 기사이면 더더욱.

'이러니 인터넷이 보편적이지 않은 상황에선 전략 수립이 어렵단 말이지.'

인터넷이란 묻혔던 정보를 재발굴해 유포, 확대, 배포가 용이한 시스템이기도 하니까.

김기환이 나를 보며 쓴웃음을 지었다.

"최악보단 차악이랬습니다. 그러니 차라리 박상대를 상대하려면 일단 현재 야당이 내세우고 있는 D구 지역 후보인 이영효를 밀어 보는 건 어떨까 싶기도 합니다."

말하는 김기환은 내키지 않는다는 인상을 구겼다.

"……박상대와 관련한 비리며 유착이야 일단 그를 떨어트리고 나서 터뜨려도 늦지 않으니까요."

"달리 말하면, 당선된 후엔 늦다는 겁니까?"

"……아무래도 그렇겠죠. 여당도 가만있지는 않을 테니 말입니다. 더군다나 배후엔 최갑철 의원이 있고……."

하지만 D구의 야당 후보인 이영효는 야당이 사실상 버리는 패로 내놓은 카드였다.

그는 얼마 전 여당을 통해 선거 자금과 관련한 불법 수취 의혹이 제기되었던 인물이었고, 이영효는 허둥지둥 가래로 막을 걸 호미로 틀어막고 있는 상황이었다.

'아무튼 이놈이나 저놈이나 그 나물에 그 밥이란 말이지.'

나는 턱을 긁적였다.

'그러면, 조금 치사하긴 하지만 이걸 써먹어 볼까?'

전생에 이성진 아래서 일했던 나는 박상대의 사생활이 어떠하단 정도쯤이야 파악하고 있었다.

생각보다 일이 커진 마당이니, 나도 그에 맞춰 움직일 필요가 있었다.

"그렇다면 일단 최갑철 의원이 박상대를 손절하게끔 하면 어떻겠습니까?"

내 입에서 나온 발언이 다소 의외였던 듯 김기환이 고개를 쳐들었다.

"무슨 의미죠?"

"박상대가 최갑철의 예비 사위로 내정되어 있다는 건 알고 계시죠?"

정치 거물인 최갑철의 팔이 유독 안으로 굽는 이유, 까닭.

박상대가 나름대로 콧김깨나 있던 지역 인사인 박영호의 아들이라곤 하지만, 정치인들의 세계란 결국 뒤돌아서면 잊히기 일쑤인 냉혹무비한 곳이었다.

더욱이 박영호는 야당 인사 중 한 사람으로, 박상대가 상대편 여당 거물인 최갑철의 비호를 받을 수 있었던 건 둘이 장인과 사위로 엮일 사이였단 것과 무관하지 않았다.

'당시만 하더라도 신한당이 강세였으니, 나름 줄타기를 한 거라고 여기겠지만 말이야.'

김기환은 그 어렴풋한 사실을 떠올렸는지 조심스레 고개를 끄덕였다.

"물론입니다. 아니, 오히려 그렇기 때문에 더더욱 최갑철 의원이 박상대를 비호하려 들지 않겠습니까?"

정답이다.

하지만 그렇다면, 그가 박상대를 비호해야 할 까닭 자체를 무마해 버리면 그만인 일이었다.

나는 빙긋 웃는 얼굴로 말을 이었다.

"그러면…… 박상대 후보에게 사생아가 있다는 사실은 알고 계십니까?"

"……예?"

김기환은 어리둥절해하며 내 말을 받았는데, 그도 그럴 것이.

'전생에도 그와 관련한 내용은 극소수만 알고 있던 내용이었으니까.'

박상대가 혈기왕성한 철부지 시절의 20대, 정욕에 이끌린 박상대는 '(이성진의 표현을 빌리자면)별것 아닌 여자' A와 관계를 맺었고, 결과는 출산으로 이어졌다.

그 둘이 진정으로 사랑을 했는지 어쨌는지, 하룻밤의 관계에 불과했을지는 나도 모른다.

내가 알고 있는 사실이라곤 당시 박상대가 그 사실을 알았더라면 어떻게든 둘의 존재를 세상에서 지우려 했을 것이란 정도.

상대 여자는 임신 사실을 숨긴 채 사생아를 낳았고, 당시 최갑철 측과 접촉 중이던 박상대에게 관련 사실이 귀에 들어간 뒤 적잖은 난리가 났더랬다.

그때는 조설훈이 쓸 만한 장기말로 박상대를 키워 보려는 생각 중이었고, 박상대는 그 뺀질뺀질한 얼굴과 특유의 카리스마를 앞세워 최갑철의 둘째 딸과 좋은 관계를 쌓아 가던 중이기도 했다.

결국 조광이 나서서 A에게 거액을 쥐여 준 뒤, 거의 반쯤 쫓아내다시피 하며 그녀와 사생아를 해외로 치워 버렸다.

조세광은 그 '뒤처리'를 이어받았고, 매년 적지 않은 돈을 송금하는 동시에 박상대의 약점을 틀어쥐었던 것인데.

조광이 A와 박상대의 사생아를 '번거로운 방식'으로 관리해 온 건 그런 연유였다.

하지만 박상대에게 이 젊은 날의 치부는 언제고 그 발목을 붙잡는 것이어서, 그는 서로의 약점을 틀어쥐고 있던 이성진에게 별도로 '뒤처리'를 요청해 왔다.

이성진은 그 어느 날의 룸살롱에서 박상대의 요청을 흔쾌히 수락했고, 내게 그 처리를 맡겼다.

하나, 이성진이 그 요청을 곧이곧대로 들어 주었을 리가.

그는 사생아와 A를 '처리한 척' 하며 박상대에게 은혜를 입혔다.

후일 이성진이 자신의 뒤통수를 후려갈긴 박상대에게 칼을 겨누었을 때.

그에게 섹스 테이프에 더한 여비서와 추문이 있었단 폭로가 먹히지 않았다면, 이성진은 이 사생아와 A의 존재를 폭로할 생각이 만반이었다.

'거기까지 가 버리면 이성진에게도 불똥이 튈 일이었으니 그 정도 선에서 자제한 모양이지만.'

나는 아직도 혼란스러워하는 김기환을 보며 말을 이었다.

"권력욕에 의해 조강지처를 저버리고 든든한 뒷배를 마련한다, 통속소설에나 나올 법한 이야기지만 그만큼 대중들의 이목이 쏠릴 만한 일이겠죠. 실제론 별것 아닌 스캔들이 대중에겐 효과적으로 먹히기도 하니까요."

"아니, 잠깐만."

김기환이 관자놀이를 주무르며 내 말을 가로막았다.

"말씀하신 내용이 사실입니까?"

"제가 이 자리에서 그런 농담을 할 리는 없죠. 취미도 아니고요."

"……."

김기환은 착 가라앉은 목소리로 입을 뗐다.

"어떻게 아셨습니까? 믿을 만한 정보입니까? 또, 그 정보의 출처는……."

나는 김기환이 하려던 말을 담담하게 끊었다.

"때론 그 과정을 몰라도 될 일이 있기 마련입니다."

그야 뭐, '전생부터 알고 있던 사실이에요, 헤헷' 하고 밝힐 수는 없는 노릇이니.

김기환은 딱딱하게 굳은 얼굴로 입을 꾹 다물었는데, 그가 속으로 어떤 생각을 하고 있는지까진 내 알 바가 아니었다.

"여기선 엄연한 결과만을 가지기로 하죠. 물론 관련 증거와 당사자 정보는 제공해 드리겠습니다. 어쨌건 이 추문이 최갑철 의원의 입장에선 내키지 않는 이야기겠죠."

만일 최갑철과 그 둘째 딸이 박상대에게 사생아가 있었다는 사실을 미리 알고 있었다면, 그럼에도 그를 사위로 삼아 정치적 동반자로 삼을 생각을 했을까.

"그러니 일단은 관련 스캔들을 터뜨리고, 자잘한 건 나중에 덧붙이는 것도 무방할 듯합니다."

김기환은 인상을 구기며, 쥐어짜 내듯 내 말을 받았다.

"……관련해선 여당 측에서도 일단은 덮어 두고 차차 생각해 볼 여지가 있지 않겠습니까?"

푸른 피가 흐르는 정치판에서, 관련 사안은 무마하고 덮어 둘 수도 있는 이야기였다.

“최갑철이라면 능히 그럴 만한 힘이 있고요. 적잖이 불쾌해하긴 하겠지만, 대의를 위해서라면 눈감아 줄 수도 있는 이야기입니다.”

대의라.

나는 김기환의 말에 픽 웃었다.

“세간에 알려진 최갑철 의원이라면 그렇겠죠. 하지만. 마침 신한당에는 박상대를 대체할 인물이 한 사람 있지 않습니까?”

나는 가방에서 종이를 꺼내 탁자 위로 툭 올렸다.

“지금도 크게 늦지 않았으니, 여당 측은 D구에 다른 후보를 내세우려 할 겁니다. 의석 한 자리 한 자리는 귀중한 법이니까요.”

비록 지금은 역사가 바뀌어 현 서울시장은 신한당의 정찬동이 되어 있었지만.

그럼에도 불구하고 변치 않았던 인물과 상황 한둘은 있기 마련이었다.

“아마 지난 서울시장 후보에서 무소속으로 출마, 20퍼센트에 달하는 표를 가져간 한종찬 씨가 그 땜빵이 될 겁니다.”

“…….”

“마침 최갑철 의원은 당 내에서도 거대 세력이 되어 있고, 그런 최갑철을 견제했으면 싶은 인물은 얼마든지 있을 테죠."

특히, 무소속으로 서울시장 언저리까지 간 정찬동이라면, 당 내에서 최갑철을 곱게 보지 않는 인사들에게 좋은 구심점이 되어 주리라.

나는 김기환 앞에 놓인 빈 컵에 물을 가득 따랐다.

쪼르륵 따라낸 물이 둥그스름할 지경까지 가득 찼다.

"컵에 담긴 물이 아슬아슬한 표면장력에 이르면. 한 방울의 물이 보태지는 것만으로도 차고 넘치게 됩니다."

나는 그 물 위를 손가락으로 톡 건드렸고, 물이 넘쳐흐르며 탁자를 적셨다.

"그때부턴 박상대의 실각도 불가능한 일이 아니게 되겠죠. 나아가선 최갑철 라인의 축출까지도."

나는 티슈를 꺼내 탁자에 쏟아 낸 물을 훔쳤다.

"레임덕이 한창에 지방선거의 참패. 얼마 뒤 있을 국회의원 선거에서마저 여당이 밀리게 된다면 최갑철이 여당 내에서 입김 좀 있다거나 하는 건 어찌 됐건 상관없는 이야기가 되고 말 겁니다."

나는 미소 띤 얼굴로 김기환을 보았다.

"불씨만 지펴 두면 나머진 당 내부에서 알아서들 움직여 주겠죠. 말씀하신 '대의'를 위해서라면 옛 정치 동료까지도 저버릴 수 있는 것이 정치판이니까요."

"……."

나는 입을 꾹 다문 김기환에게 말을 이었다.

"이런 방법이라면, 우리 측 사람이 불필요한 희생을 감내할 까닭이 없어집니다. 더욱이 저로서도 구봉팔 이사장님이 재판에 회부되는 걸 바라지는 않습니다."

나는 미소 띤 얼굴로, 잠자코 있던 구봉팔을 보았다.

"그야, 구봉팔 이사장님은 저와 함께 새마음아동복지재단을 경영해 주셔야 하니까요."

박상대에게 개인적인 원한은 없지만, 그를 축출하고 최갑철에게 타격을 입히는 일이 장차 어용 노조 단체 한 자리를 줄일 수 있는 일이 된다면.

나에게도 결코 나쁜 이야기는 아니었다.

구봉팔은 내가 따라 둔 물컵을 붙잡더니 아무 말도 없이 벌컥벌컥 들이켜곤, 텅, 소리 나게 빈 플라스틱 컵을 탁자에 내려놓았다.

"어려운 이야기는 잘 모르겠고."

구봉팔이 입을 뗐다.

"통해서 먹힌다면 그걸로 됐습니다."

이후, 구봉팔은 고개를 돌려 곁에 앉은 김기환을 쳐다보았다.

"어쩌시겠소, 기자 양반."

"……."

"여기까지 왔다는 건, 그쪽도 나름대로 생각한 게 있어서겠지?"

구봉팔의 하오체는 자연스럽게 하대로 변했고.

김기환은 그런 구봉팔에게 주눅 들기는커녕 입매를 비틀어 올리며 탁자 위의 서류를 그러모았다.

"좋습니다. 까짓거, 한번 해 보죠."

로시난테 위에 올라타 박차를 달린 곳에 있는 것이 빙글빙글 도는 풍차일지, 사악한 거인일지는 두고 봐야 하겠지만.

2장

집으로 돌아오니, 이휘철이 손주 셋에 둘러싸여 있었다.

이태석은 폴더폰 클램 출시를 앞둔 상황이어서 아직 퇴근하지 않은 모양이었고, 사모는 안동댁과 함께 예의 예능 방송 제작 건으로 분주한지 요 며칠 얼굴 보기가 힘들었다.

그러다 보니 애들 돌보는 일은 (새로 들어온 유모며 보모를 제외하면 잠시나마)자연스레 이휘철이 떠맡게 되었는데.

"오빠아!"

소파에서 이휘철의 품에 안겨 있던 이희진이 현관까지 달려와 내 품에 안겼다.

"다녀오셨어요!"

"응, 그래."

이희진은 이제 말이 제법 유창했고, 오밀조밀하던 이목구비도 얼추 자리가 잡히기 시작하면서 내 기억 속의 이희진에 근접해 가고 있었다.

"오빠, 나 오늘 동생들이랑 놀아 줬다!"

성격은 전생과 다소 달랐지만.

"뭐 하고 놀았니?"

"색칠놀이! 근데 있지, 하진이가 있지, 공주님 머리카락을 초록색으로 칠해서, 이상했어!"

"그랬구나. 끙차."

나는 이희진을 안아 들고 현관에서 거실로 향했다.

"이제 희진이는 안아 주기 힘들 만큼 무겁네."

이희진이 입을 삐죽이며 나를 주먹으로 툭툭 때려 댔다.

"안 무거워! 오빠 바보!"

예전의 같은 상황에 '무거어!' 하면서 깔깔대던 이희진을 생각하면, 새삼스러운 감회였다.

"다녀왔습니다, 할아버지."

소파에 앉아 가만히 우리가 하는 양을 지켜보던 이희철은 자신의 얼굴을 만지작거리는 이하진을 떼어놓으며 내 인사를 받았다.

"그래, 요즘 퍽 바쁜 모양이구나."

"아, 네."

"하긴, 어제는 조씨 일가랑 골프도 쳤다지."

이휘철은 클클 웃으며 말을 이으려다가 이번엔 이유진이 안기는 바람에 타이밍을 놓쳤다.

"……요 장난꾸러기 녀석들."

이휘철은 가볍게 인상을 찌푸렸지만, 결코 싫은 기색은 아니었다.

"할애비는 니들 오래비랑 할 이야기가 있으니 다른 데 가서 놀거라. 희진아, 동생들 챙겨라."

"네!"

내 품에서 내려온 이희진은 아부아부 옹알거리는 쌍둥이의 손을 꼭 붙잡고 아장아장 놀이방으로 향했다.

그 아래 두 쌍둥이 이하진, 이유진 남매는 재작년 이맘때 보행기 신세를 지고 있던 이희진보다 걸음마를 일찍 떼어서, 얼마 전부터 제법 뽈뽈거리며 넓은 집을 오갔다.

그렇게 생각해 보니 쌍둥이의 돌도 머지않았다.

'시간 참 빠르군.'

이휘철은 후우, 하고 한숨을 내쉬며 소파에 등을 기댔다.

"집이 애들로 복작거리는 게 좋은 일만 있는 건 아니구나."

말은 그렇게 하지만, 아이들과 가장 잘 놀아 주는 게 이휘철임을 나는 모르지 않았다.

그렇다고 내가 이휘철을 상대로 농담을 던질 만큼 담력이 강하진 않았으므로, 나는 속 빈 미소로 이휘철의 말을 받았다.

"성아가 돌아오면 애들 상대는 그 애가 해 줄 거예요."

"뭐, 출연 중인 드라마도 조만간 촬영이 끝난다지?"

"네."

원래는 땜빵으로 긴급 투입되었던 배역이니 애당초 한성아의 극중 출연 분량은 많지 않았지만.

어째 한성아가 출현할 때면 현장과 시청자 반응이 좋아서, 각본을 수정해 가면서까지 한성아를 들이민 결과 한성아는 또래에 비해 퍽 바쁜 편이었다.

'자질은 있어 보였지.'

한성아는 부끄러우니까 보지 말라며 볼멘소릴 내뱉었지만, 브라운관 속 한성아의 모습은 내가 알던—전생이나 현생이나—그녀의 모습이 맞는지 의심스러울 정도였고.

그럴 때면 나는 전생에도 한성아의 길은 이쪽이 아니었을까, 싶은 생각으로 공연한 감상에 빠지곤 했다.

"그때가 오면 나도 한숨 돌리겠구나."

이휘철은 입가에 미소를 걸며 나를 보았다.

"아니면, 성아 그 아이한테 계속 방송물을 먹여 볼 생각이냐?"

"그건 성아의 의사를 존중해 줄 생각이에요."

업계 선배랄 수 있는 윤아름은 내게 '이걸로 커리어를 끝내면 성아의 재능이 아깝다'면서 본격적인 배우의 길을 걷게

해야 한다는 의견을 피력했지만.

정작 한성아는 그 가진 바 재능과 달리 학업과 병행해 바쁜 스케줄을 소화해 내는 것이 귀찮았던 모양이었다.

'방송 일이란 계획처럼 흘러가지 않는 법이니까.'

좋게 말하면 융통성이 있는 거지만, 달리 말하면 쓸데없는 대기 시간이 늘어난단 의미기도 했다.

'그러잖아도 한성아는 지루한 걸 싫어하지.'

이번 생엔 한성아와 제법 친밀한 관계인 이휘철도 그런 한성아의 마음을 모르지는 않아서 얼추 알아들었다는 양 고개를 끄덕였다.

"그것도 좋겠지. 다만 어린애들 생각이라는 건 하루에도 몇 번씩 획획 바뀌곤 하는 법이다. 지금 잠깐 귀찮아서 볼멘소릴 내뱉는 걸 진심이라 여길 수는 없지."

말하는 모양으로 보아, 이휘철도 한성아의 재능을 다소간 의식하는 듯했다.

그는 내가 대답하기도 전에 재차 말을 이었다.

"마침 그러잖아도 박일춘이랑 이미 뭔가 일을 하고 있단 이야기를 들었다."

"아, 네. 그렇습니다."

박일춘이 사장으로 있는 통통 프로덕션은 이휘철에겐 아픈 손가락일 TBS를 전신으로 삼고 있는 곳이니, 관련해 무언가 다른 감상이 나올 것으로 생각하고 있었지만.

"외주를 전문으로 한다지. 마침 얼마 전 그럴 듯한 성과도 냈으니, 마음만 먹으면 방송국 형편에 휘둘리지 않는 자체 드라마를 만드는 것도 가능은 하겠구나."

이휘철은 사무적인 관심 외에 이렇다 할 반응을 보여 주지 않았다.

그럼에도 불구하고 이휘철은 툭툭, 흘리듯이 예지에 가까운 선구안을 보여 주고 있었다.

"아직은 그럴 만한 노하우가 쌓이질 않아서요."

"녀석, 생각은 있는 모양이군."

이휘철이 껄껄 웃었다.

"하긴, 걷기도 전에 뛸 준비부터 해선 죽도 밥도 안 되는 법이니까."

"예."

"그나저나."

이휘철은 턱을 긁적였다.

"아까 이야기로 돌아와서, 요샌 조씨네랑 친하게 지내는 게냐?"

그건 일견 손주의 안부를 묻는 듯한 뉘앙스였으나, 이휘철은 공연한 말을 입에 담는 인물이 아니었다.

나는 이휘철의 말을 다소간 의식하면서 그 말을 받았다.

"어제 처음 만나 보았을 뿐이에요. 그것도 육촌 형님인 진영 형님의 소개로 알게 되었던 거구요."

"아, 그러냐."

비록 일선에서 물러났단 평이 오가는 이휘철이라곤 하나 그 본바탕이 어딜 향하진 않는 영감이니, 그도 조광의 실체가 어떻다는 것쯤은 손바닥 들여다보듯 훤히 꿰고 있겠지만.

"하긴, 마침 네 또래에 근접한 아이들이 있다고 했으니."

"예."

이휘철은 관련해 왈가왈부하지 않고 일단 한발 물러서서 내가 하는 양을 두고 볼 모양새였다.

'이휘철은 내 계획을 어디까지 알고 있을까.'

나는 관련한 일을 이휘철에게 한번 터놓고 싶단 충동이 잠시 일었지만, 이번 일은 어디까지나 전생의 경험과 기억이 있는 내 독단에 불과하단 생각에 이를 억눌렀다.

'모르긴 몰라도 내가 정치권에 간접적으로나마 슬쩍 발을 들이밀었다는 걸 그가 알게 된다면, 좋은 꼴을 보진 못할 거 같군.'

이휘철도 내색은 않고 있지만, 그는 작정한다면 언제고 내 회사를 집어 삼킬 능력이 되는 인물이었다.

'적인지 아군인지.'

그리고 이휘철은 마치 그런 내 속내를 꿰뚫어보기라도 한 양 말을 입을 뗐다.

"혹시라도 고민거리가 있거든 주저 말고 털어놓도록 해라."

이휘철이 씩 웃었다.

“어쨌거나 허울뿐인 감투라곤 해도 이 할애비는 네 회사의 경영고문이니 말이다.”

“……예.”

……어차피 관련한 스캔들이 터진다고 하더라도, 배후에 내가 있으리란 생각은 아무도 하지 못할 것이다.

‘강이찬이 운전수로 붙은 요즘엔 호위차 남몰래 따라붙던 감시도 없고.’

그럼에도 나는 왠지 모르게, 이휘철이 내가 하고 있는 일거수일투족을 꿰고 있으리란 생각을 하지 않기가 힘들었다.

‘이휘철에겐 그가 그어 둔 허용 범위 내의 선이 있겠지. 만일 이휘철이 내 움직임을 꿰고 있다 하더라도, 이 정도 선은 허용 범위란 걸 거야.’

이휘철은 이어서, 마치 보란 듯 거하게 기지개를 켰다.

“나도 늙었구나. 애들이랑 조금 놀아 줬다고 이리도 피곤하니.”

말하는 것과 달리 이휘철은 무척 정정해 보였다.

병석에서 일어난 뒤 이휘철은 철저한 식단 관리와 꾸준한 운동을 병행했고, 여기에 더해 예전처럼 업무에 치이는 일도 없다 보니 오히려 내가 이번 생 들어 처음 만나 보았을 적보다 훨씬 정력적으로 보일 지경이었다.

‘은퇴를 결정해서 다행일 지경이야.’

물론 거기에도 이휘철 나름의 안배와 술수가 있었겠지만.

그런 내 감상이야 어쨌건, 이휘철은 힘없는 노인 행세를 하면서 앉았던 자리를 털고 일어섰다.

"그럼 애들이 돌아오기 전에 방으로 숨어야겠다. 너도 적당한 때 방으로 들어가 보거라."

이휘철의 농담에 나는 픽 웃었다.

"예."

이휘철은 내 어깨를 툭툭 치곤 그대로 거실을 떠났고, 나는 소파에 다시 앉는 대신 계단을 향했다.

'으음, 그럼 이젠 한성진이랑 화해를 해야 하는데.'

전예은의 말을 떠올리며, 막상 방으로 돌아온 나였으나.

막상 찾아가려니 괜히 상황이 어색해져, 공연히 컴퓨터를 켰다.

'뭔가 화해의 구실이 있으면 편하겠는데.'

공연한 일이긴 하지만, 한성진을 향한 하굣길의 내 대처는 어른스럽지 않았다.

'여기선 어른이 모범을 보여 줘야겠지.'

천장에서 인기척이 느껴지는 것으로 보아, 한성진은 다락방에 있는 모양이긴 하지만.

'……그래도 내가 그 녀석이 있는 다락방에 찾아갈 만한 구실도 마땅찮고.'

그렇게 이도저도 못한 상황에 처해 방 안을 서성이고 있으려니, 똑똑, 노크 소리가 들렸다.

"난데, 혹시 있어?"

한성진의 목소리에 나는 괜히 목청을 가다듬었다.

"아, 응."

"잠시 들어가도 될까?"

"어? 아, 그래. 들어와."

무슨 용건일까, 공연히 긴장했다.

'아니, 내가 긴장할 까닭은 없지.'

달각, 문이 열리며 한성진이 들어왔다.

"응, 땡큐. 바쁜 건 아니지?"

"아니야, 한가해. 그런데 무슨 일이야?

한성진은 플로피디스크를 흔들어 보였다.

"프린터 좀 쓰려고."

"프린터?"

한성진은 자연스럽게 내 방을 가로질러 컴퓨터 앞에 앉은 뒤, 플로피디스크를 넣었다.

"너 없는 동안 시험 삼아 학생회장 포스터를 만들어 봤거든."

"……음."

나는 슬쩍 의자를 끌어와 한성진 곁에 앉았다.

"필요하다면 프린터 한 대 정도는 마련해 줄 수 있는데?"

"에이, 그럴 것 없어."

한성진이 픽 웃었다.

"그렇게 자주 쓸 것도 아니고, 너만 괜찮다면 조금씩 신세를 지는 걸로 족해. 정 네가 귀찮다면 나름대로 마련해 보겠지만……."

"아니야, 그럴 것 없어. 말했잖아? 마음대로 써도 돼."

"응. 고맙다."

현재 한성진이 쓰고 있는 다락방에는 박철곤이 경영 중인 개구리컴퓨터에서 부품을 하나둘씩 모아 완성한 조립식 컴퓨터가 비치되어 있었다.

언제나 최신형 컴퓨터만을 놓아두어야 하는 내 입장상, 그냥 내가 쓰던 걸 물려받아도 되련만 한성진은 아득바득 용돈을 모아서 스스로 컴퓨터를 장만해 냈다.

지금 생각해 보니 그것도 한성진 나름대로, 나를 친구로 대하는 한편 또래로서 모종의 라이벌 의식에서 비롯한 것이라 여겨질 요소였다.

그도 그럴 것이, 한성진은 굳이 그럴 필요가 없음에도 불구하고 내 뒤를 이어 전교 2등의 성적을 유지하는 데 힘쓰고 있었으니까.

'뭐, 어릴 적부터 경제적 자립도를 높이는 건 나쁘지 않긴 하지만.'

요즘엔 내게 은근슬쩍 재태크 관련한 질문도 종종 해 오고 있으니.

한성진이 힐끔 고개를 돌려 나를 보았다.

"대강 만들어 봤는데, 어때?"

준비된 후보 기호 1번 김민정.

별도의 디자인 감각이 필요한 일이니 아주 훌륭하달 정도는 아니었지만, 이 시대, 또래 기준으론 나쁘지 않았다.

한성진은 벌써부터 조립식 컴퓨터를 조립해 낼 수준이었고, 그만큼 컴퓨터를 다루는 데 능숙했다.

'전생의 나는 이맘때 컴퓨터 전원을 어떻게 넣는지조차 모르는 컴맹이었는데 말이지.'

더욱이 부품을 조립해 내는 것뿐만이 아니라, 도스 시절부터 갈고닦아 온 한성진의 컴퓨터 실력은—이 시대 기준으론—또래 중에서 상위 몇 프로 정도는 되지 않을까.

그런 싹수가 보이다 보니, 박형석이며 조인영은 그런 한성진을 '차기 코딩 노예'로 만들고 싶은 모양이었지만, 의사가 되겠다는 한성진의 장래희망은 아직 변함이 없었다.

나는 모니터를 보며 고개를 끄덕였다.

"괜찮네. 여백은 김민정 사진이 들어갈 장소야?"

"응, 필요하면 스캔을 떠서 붙이면 되니까. 구체적으로 어떻게 할지는 내일 걔한테 물어봐야지. 나중에 필요하면 공약도 집어넣을 수 있고……. 아, 몇 가지 사안이 더 있거든. 그것도 보여 줄게."

한성진이 마우스를 딸각여 가며 다른 파일을 보여 주었다.

나로선 그렇게까지 나서지 않아도, 이미 김민정의 학생회장 당선이 유력하단 생각이었지만.

'어른들의 선거판도 이렇게 단순하다면 좋겠는데.'

아니, 생각해 보면.

애들 학생회장 선거판이나 어른들의 지역구나 본질은 다르지 않았다.

나는 문득, 생각난 김에 물었다.

"상대 후보는 어때?"

"상대 후보?"

한성진은 어리둥절한 얼굴로 나를 쳐다보더니 별 어처구니없는 질문을 다 받아 본다는 양 내 말을 받았다.

"김민정이랑은 상대도 안 될 거야. 3반에 있는 남자앤데……. 김수철이라고, 한 명 있어."

김수철?

나는 그 이름을 듣고 전생의 기억을 어렴풋하게 떠올렸다.

'아마, 이성진의 패거리 중 하나였나, 그랬지.'

공교롭게도 현생에선 단 한 번도 같은 반이 되어 본 적 없는 녀석이었지만.

한성진은 내가 김수철을 모르고 있단 전제하에 말을 이었다.

"하긴, 너야 쉬는 시간에도 밖엘 안 나오니 모를 수도 있겠네. 나는 종종 운동장에서 축구로 만나곤 해서, 안면은 있는 편이야. 김수철 걔가 축구부 주장이기도 하고."

인싸로구먼.

"그러고 보면 성진이 너, 공 차고 그러는 건 잘 안 하더라?"

"……뭐, 그냥."

굳이 변명하자면, 전생 때부터 겪었던 후천적인 장애 때문에라도 몸 쓰는 일을 기피하는 경향이 있었던 것뿐이지만.

한성진은 고개를 돌려 모니터로 시선을 향한 채 마우스를 딸각였다.

"뭐, 지피지기면 백전백승이란 말 때문에라도 의식하는 거라면, 걱정 할 거 없다고 봐. 그야 남자애들 사이에선 제법 인기가 있지만…… 솔직히 좀 밥맛이거든."

"흐음."

여간해선 남의 험담을 하지 않는 한성진의 입에서 나온 표현이었기에 유독 감회가 남달랐다.

어쨌건 밥맛이라는 한성진의 의견엔 나도 다소간 동의하는 바였다.

김수철. 전생에는 이성진의 따까리로 지내며 그 눈치를 보아 왔지만.

'전생엔 2인자로 만족하며 언감생심 떠올리지도 않던 권력

욕(?)이 이번 생 들어선 거하게 꿈틀거리기라도 한 모양이군.'

전생, 이맘때인 1996년 천화초등학교의 전교회장은 이성진이었다.

더욱이 그즈음 자신이 가진 배경을 자각하기 시작한 이성진에게 학교란 그 손아귀 안에 있는 놀이터나 마찬가지였고, 감히 이성진에 맞먹으려는 사람도 없어서 결과는 낙승.

'그러고 보면 전생엔 김민정도 전교회장 선거에 출마하질 않았어.'

애당초 전생엔 4학년 이후론 같은 반이 된 적도 없지만.

이번 생의 이성진(나)이 얌전히 지내다 보니 학교 내의 위계는 내가 기억하는 것과 사뭇 달라져 있었다.

이성진의 눈치를 살피는 선생도, 아이들도 없고. 선생은 선생답게, 학생은 학생답게 지냈다.

더욱이 방과 후 교실 프로그램 이후 동아리 활동이 활발해지면서 선후배 간의 관계며 다른 반 학생끼리 우정을 쌓는 경우도 왕왕 있었다.

어쩌면, 절대 권력자가 부재한 상황의 정상적인 교풍이란 그런 것일지도 모르겠다.

한성진이 어깨를 으쓱였다.

"그러니 어지간하면 김민정의 압승으로 끝날 거란 게 내 생각이고."

나는 모니터를 들여다보며 고개를 끄덕였다.

"그런 것치곤 정성이 많이 들어갔는걸."

"이것도 뭐, 어디까지나 내가 해 보고 싶어서 하는 거야."

한성진은 말을 뱉고 아차 싶었는지 얼른 덧붙였다.

"아, 착각하진 마. 그렇고 그런 의미에서가 아니라, 이왕 하는 일이면 할 수 있는 한도에선 최선을 다해 보고 싶단 의미거든."

그러면서 한성진은 괜히 나를 힐끔 쳐다보았는데, 김민정을 언급하면서 자연스럽게 우리 사이에 놓인 모종의 삼각관계를 떠올려 당혹해하고 있는 듯했다.

사실, 피차가 아무렇지도 않은 척 하굣길의 일을 언급하지 않고 있었지만, 정말 아무렇지도 않을 수는 없었다.

'전예은도 사과를 하는 게 좋을 거라고 했지.'

나는 이 짧은 침묵이 만들어 낸 기회를 틈타 먼저 입을 열었다.

"그땐 미안했다."

"뭐가?"

"뭐긴, 하교 때 이야기했던 거. 그땐 나도 조금 감정적이었어. 미안."

한성진은 눈을 동그랗게 뜨고 눈꺼풀을 껌뻑이더니.

"어우, 야."

한성진은 나를 툭 하고 가볍게 쳤다.

"우리 사이에 무슨. 이것도 낯간지럽긴 하다, 야. 그건 그냐……."

한성진은 우물쭈물하더니 말을 이었다.

"반쯤은 없던 이야기로 두자고 하지 않았어?"

"그렇긴 해도 마냥 없던 일로 덮어 둘 수는 없지. 말을 하긴 해야겠다고 생각해서."

"에이, 그만해. 됐다니까."

한성진이 질색하며 과장되게 팔을 문질러 대더니, 이번엔 멋쩍은 듯 볼을 긁적였다.

"솔직히 말하면 나야말로 그땐 내 오지랖이었다고 생각해. 나는 네가 김민정에게 조금 관심이 있는 줄 알았거든."

……묘하게 뜨끔하군.

나는 한성진의 은근한 추궁에 일부를 긍정했다.

"아니, 나도 그 애가 싫진 않아. 싫진 않은데…… 아, 그렇지. 느낌으로만 따지면 성아를 보는 거랑 비슷한 감정일걸."

"응? 너, 설마, 성아를……."

"……야."

"농담이야, 농담."

한성진이 웃었다.

"성아를 예시로 드니까 어떤 느낌인지 알 것도 같아. 한편으론 너답단 생각도 들고."

"나답다니?"

"음…… 초등학생은 여자로 보지 않는다?"

"……."

그때 했던 힐난조와 달리, 한성진은 반쯤 농담 삼아 뱉었지만.

그, 내 정신 기준으론 무척이나 당연한 이야기가, 지금은 무척이나 새삼스러웠다.

"……어라, 아니야?"

"아, 아니, 맞아. 정답이야. 응. 그런 거지."

방금, 나도 모르게 말을 더듬은 것 같다.

한성진은 내 빈틈을 놓치지 않겠다는 양 눈을 가늘게 뜨며 히죽 웃었다.

"그러면 혹시 연상이 취향인가……. 이를테면 선아 누나처럼 중학생?"

아니. 중학생도 안 되지.

"……뭐, 연애 관련한 건 아예 생각이 없다는 걸로 해 줘."

"하하하."

한성진은 나를 곤란케 만드는 게 퍽 즐겁다는 양 티 없이 맑게 웃었다.

이어서, 한성진은 이쯤 하면 서로의 불편함이 해소된 것이라 퉁 치기로 했는지, 어조를 바꿔 모니터를 쳐다보았다.

"또, 이왕 배운 포토샵 기술이니 한번 써먹어 보고 싶기도 하고."

"응, 나도 알아."

나는 한성진의 귀여운 변명을 모른 척 미소로 받았다.

"지금 이 순간밖에 할 수 없는 경험이라면, 그것도 나중엔 귀중한 자산으로 남겠지."

한성진이 내게로 고개를 돌려 떨떠름한 얼굴을 했다.

"……새삼스럽긴 하지만 너도 참, 아무렇지도 않게 그런 말을 한다?"

"뭐가 어때서?"

"솔직히 말하자면, 방금도 그랬지만 조금…… 낯간지러워."

내가 아는 시쳇말론 '오글거린다'고 했겠지만, 그런 말이 정착한 시대는 아니었다.

"그런가?"

"뭐, 선생님들이야 좋아하겠지만……."

한성진은 무어라 더 할 말이 있어 보였지만, 이 이상은 힐난으로 비칠 여지가 있다고 판단했는지 알아서 말을 아꼈다.

"아니. 이제 와서는 다들 그러려니 하고 있긴 해."

"그러면 됐지 뭘."

내가 픽 웃어 보이자, 한성진도 따라 웃었다.

"그럼, 어떤 게 나아 보여?"

한성진은 두세 개의 시안을 번갈아 모니터에 비췄고, 나는 개중 하나를 짚었다.

"세 번째가 무난하겠군."

물론 내가 알던 시대에 유행하던 디자인과는 감각이 다소 동떨어져 있었지만, 나도 디자인에는 젬병이어서 왈가왈부할 거리가 아니었다.

"무난하단 거라면, 만족스럽진 않단 거네?"

한성진은 그런 내 의사를 꿰뚫어 본 양 예리하게 파고들었고, 나는 뜨끔해하면서도 아무렇지 않은 양 어깨를 으쓱였다.

"디자인이란 어쨌건 취향의 영역이잖아? 이만하면 잘 뽑혔다고 생각해."

"으음."

한성진은 미간을 찡그리곤 의자를 빙글 돌려 나를 보았다.

"네가 그런 식으로 나올 때면 꼭, 무언가 더 좋은 방안이 있는데도 그냥 넘어간단 뜻이지. 나는 괜찮으니까, 솔직한 감상을 내 봐."

"음."

"이건 달리 말하면 일종의 공적 업무잖아? 덮어 놓고 좋다고만 하면 아무런 발전도 없을 테고, 나도 나 자신이 아마추어란 건 알고 있으니까."

내 분신이나 다름없는 한성진의 말을 듣고 보니, 나란 인간은 예전부터 본질적으로 비판에 비교적 관대했던 것 같다.

한성진이 씩 웃으며 덧붙였다.

"말했잖아. 이왕이면 최선을 다해 봐야지."

결국, 이 이상 얼버무리는 것도 예의가 아닌 듯해서 나는 입을 뗐다.

"나도 잘 아는 건 아니지만…… 한 화면에 너무 많은 정보를 넣으면 시인성이 떨어져. 어차피 공약이며 각오 같은 건 연설에서 밝힐 거고, 필요하다면 별도의 용지를 담아 배포하는 것이 낫지. 포스터는 어디까지나 누구인지, 이름은 무엇인지 정도 선에서 그치는 게 좋아."

"음……."

"또, 아직 무슨 사진을 쓰게 될지는 모르지만 그래도 얼추 실루엣 정도는 잡아 두는 게 좋을 거 같군. 또, 후보를 상징하는 대표 색상이 있는 것도 나쁘지 않고."

나는 전생부터 어디선가 주워 들었던 이야기를 늘어놓은 뒤, 한성진의 반응을 살폈다.

내 이야기를 들으며 모니터를 들여다보던 한성진은 시원스레 고개를 끄덕였다.

"하긴, 나 같은 아마추어가 척척 해내는 거라면 프로는 필요 없겠지."

말은 그렇게 했지만, 이 시대에 그림판이 아닌 포토샵을 다루는 초등학생은 귀한 인재인 것도 사실이다.

나는 위로차 한마디를 더 건넸다.

"그래도 기술적으론 나쁘지 않아. 외곽선도 잘 따냈고, 폰트도 좋아. 그 이상은 기술보단 감각과 훈련의 영역이고. 더군다나 우리끼리만 결정할 수 있는 건 아니잖아? 당사자의 의견도 들어서 조율해야 할 문제니까 이만하면 충분하단 것도 내 솔직한 감상에 보탤 요소 중 하나야."

"……네가 그렇다면야 뭐. 시안이었단 것에 의의를 두자."

한성진은 내 말에 납득한 모양으로 고개를 끄덕였다.

"그럼 인쇄한다?"

"응."

한성진은 편집을 마친 파일을 인쇄했고, 96년도 기준 최신형 칼라 프린터가 웅–웅 거리는 구동음을 내며 종이를 뽑아내기 시작했다.

인쇄물이 나오고.

한성진은 후후, 가볍게 종이를 불어 잉크를 말린 뒤 퍽 대견스러워하며 포스터 시안을 살폈다.

"뽑고 나니 느낌이 또 다르네."

어쨌건 한성진의 미적 기준에선 그럭저럭 만족할 만한 물건이었던 모양이었다.

그럼에도 한성진은 내가 지적했던 내용을 잊지 않았는지, 종이 위에 볼펜으로 수정 및 정정용 참조 사안을 끼적였다.

"흠, 내일 김민정이 뭐라고 할지 궁금한걸."

"싫어하진 않겠지."

내 말에 한성진은.

"아니, 분명 말로는 '뭐 이런 걸 해 왔어?'라고 하긴 할 거야."

김민정의 성대모사까지 해 가며 내 말을 받았다가, 턱을 긁적였다.

"아차, 생각해 보니까 포스터는 인쇄가 힘들잖아? A4 사이즈면 벽에 붙여 둬도 눈에 잘 안 띌 거 같은데."

설마 고려 안 해 본 거였냐.

나는 그 말을 담담히 받았다.

"일단은 말마따나 시안 삼아 뽑아 보는 거니까 신경 쓸 거 없어. 최종 완성본은 따로 업체를 찾아서 맡기면 되니까. 그게 부담이 된다면 뭐, 회사에도 찾아보면 장비가 있을 거고."

"그래?"

"응, 회사에 프로젝트 피티용으로 사용하는 걸 본 적 있거든. 파일만 따로 주면 비서에게 맡겨서 처리해 줄게. 아마 A2나 B2 사이즈면 될 거야."

한성진이 씩 웃었다.

"역시 너한테 보여 주길 잘했어. 아마 나나 김민정 둘이었으면 업체니 뭐니 하는 건 찾아볼 생각을 안 했을 거야."

"왜, 이왕이면 최선을 다해 본다며?"

"……돈이 들잖아."

한성진이 떨떠름해하며 손가락으로 동그라미를 만들어 보였다.

"김민정이 가지고 있는 용돈에도 한계가 있으니까."

"부모님은 안 도와주신대?"

"걔 성격에 그렇게까지 하겠냐."

한성진이 종이를 파일철에 끼우며 말을 이었다.

"게다가 왠지, 김민정이라면 네가 해 주겠다는 것도 공짜로 받으려 안 할 거 같아."

하긴, 김민정은 반장이 되고서도 그 흔한 '햄버거' 한 번 돌리지 않았다.

'은근히 꽉 막힌 성격이란 말이지.'

그러고도 주위에 인망이 있다는 게 김민정이 가진 매력이지만.

'그렇다곤 해도 정규 스폰서 없이 움직인다니, 정치인으로선 바람직하군.'

아니지. 김민정의 선거용 포스터를 제작해 주기로 한 이상, 내가 스폰서가 되는 건가?

동시에 또, 생각해 보니.

'하긴, 정치자금이란 어느 것이건 간접적이기 마련이니까.'

조광과 박상대의 유착도 표면상으론 그런 방식이고.

그 지원에 따른 대가는 의결과 공약으로 나타나게 된다.

'이번 경우는 내가 김민정에게 얻어 낼 것이 전무하단 것 정도만 다를까.'

어차피 초등학생이 내세우는 공약이라고 해 봐야 지켜지

지 않을 것들이 대부분이고, 여간하면 지켜지지 않을 선심성 포퓰리즘 공약에 어린아이들의 마음이 혹하기 마련이다.

그렇게 생각하면, 이번 선거는…….

'……흠? 생각만큼 쉽진 않을지도 모르겠는걸.'

뭐, 그럴 땐 치사하기 그지없는 어른의 방법을 동원하면 그만이지만.

"뭐 이런 걸 해 왔어?"

김민정은 한성진이 만들어 온 포스터 시안을 보며 볼멘소릴 내뱉긴 했지만, 그러면서도 눈썹은 완만한 호를 그리고 있었다.

한성진은 '봤지?' 하는 식으로 나를 보며 어깨를 으쓱였고, 나는 픽 웃었다.

"뭐야, 뭔데. 니들끼리만 아는 신호를 주고받고."

김민정의 말에 한성진은 히죽 웃으며 고개를 저었다.

"아니, 아무것도 아니야. 그나저나, 어때 보여?"

"뭐어."

김민정은 종이를 위아래로 훑은 뒤 마지못해 그러는 것처럼 고개를 끄덕였다.

"나쁘진 않네."

"네 사진만 주면 추가 작업도 해 줄게."

"으음."

한성진의 말에 김민정은 새삼 피어오르는 쑥스러움을 무마하듯 종이를 내려놓았다.

"그래도 딱히 쓸 만한 사진이 없는걸."

셀카 문화는커녕, 디지털카메라도 대중화되기 전이었다.

이 시대의 사진이란 아날로그 필름을 인화해 결과를 받아보는 것이 일반적이었으니까.

나는 그런 김민정에게 제안을 던졌다.

"뭐, 필요하면 촬영용 스튜디오 정도는 알아봐 주지. 어때?"

"스튜디오?"

"응, 우리 회사에선 엔터 일도 하고 있으니까, 관련 시설이며 장비 정도는 갖추고 있거든."

김민정은 눈을 껌뻑이더니 손가락으로 머리카락을 빙빙 꼬았다.

"……으음."

스튜디오까지 찾아가 사진을 찍는 건 지나치게 본격적이라 여겼는지, 김민정은 공연히 한발 뒤로 빼는 모습을 보였다.

"그렇게까지 거창하게 할 필요가 있을지는 모르겠어."

"이왕 하는 거라면, 최선을 다해 보는 거 아니겠어?"

내 말에 한성진은 픽 웃었고, 김민정은 그런 한성진과 나를 번갈아 흘겨보았다.

"너희 둘, 또 뭔가 짜고 치는구나? 혹시 몰래카메라 같은 거야?"

"에이, 무슨 소리야."

한성진이 손사래를 쳤다.

"나는 둘째 치더라도, 성진이가 그런 쓸데없는 장난을 칠 리가 없잖아?"

"그건 그렇지만."

김민정은 입을 삐죽이며 인쇄종이를 얌전히 파일철에 끼워 넣었다.

"아무튼 신경 써 줘서 고마워. 생각은 해 볼게."

그런 김민정을 보면서, 한성진은 픽 웃었다.

한편 가만히 우리가 하는 양을 지켜보고 있던 정서연은 무어라 말을 하려다가 관두고 한성진을 보며 미소를 지었다.

"역시 한군은 컴퓨터를 잘하는구나?"

"별로. 어차피 어려운 건 아니야. 하다 보니 겸사겸사."

한성진은 겸양 아닌 겸양을 보이곤, 잠시 뜸을 들였다가 말을 이었다.

"게다가 어제 만들어 보고 나서 안 거지만, 디자인은 별도의 감각이 필요한 일이더라고."

"그래?"

"컴퓨터로 하는 일이라곤 해도, 결국은 그 컴퓨터를 다루는 건 사람이 하는 거니까."

한성진이 어깨를 으쓱였다.

"뭐, 너희들도 알다시피 내 미술 성적은 간신히 커트라인만 유지하는 수준이고."

김민정이 픽 웃었다.

"하긴, 한군이랑 성진이가 그린 그림은 눈뜨고 보기 힘든 물건이긴 하지."

가만히 있다가 불똥을 얻어맞은 나는 김민정의 말에 반박했다.

"네가 미학이 뭔지나 알겠냐?"

"뭐래, 작년 미술 시간엔 둘 다 꿈에 나올까 봐 무서울 지경으로 초상화를 그렸으면서."

실제로, 한성진과 내가 초상화를 그려 준 여자애는 울었지만.

그건 분명 감동의 눈물이었을 것이다.

아마도. 그럴 것이다.

김민정이 한숨을 푹 내쉬었다.

"나, 그때 조금 진지하게 니들이 사람 괴롭히는 줄 알았다니깐."

그 정도였나? 설마.

"그건 해체주의적 관점으로도 볼 수 있는 예술품이었어. 하긴, 너희들에겐 아직 일렀을지도 모르겠네."

"으휴, 말이나 못하면."

한성진이 웃으며 끼어들었다.

"뭐 어쨌거나, 내가 포토샵을 다루는 기술이랑 실제 결과물은 다를 수 있단 의미에서 한 말이야. 그래서 말인데."

그러면서 한성진은 정서연을 바라보았다.

"정서연 네가 좀 도와주면 좋겠어."

"내가?"

"응, 너 미술 잘하잖아."

한성진의 말에 정서연이 허둥지둥대며 얼굴을 붉혔다.

"에이, 아니야. 내가 뭘……."

"아니긴. 너 그림 잘 그리잖아? 이따금 교과서에 낙서하는 것만 봐도……."

"으아아, 그거, 본 거야?"

"응. 잘 그렸던데?"

"……."

정서연은 부끄러운지 고개를 푹 숙였고, 한성진은 씩 웃으며 김민정을 보았다.

"어때, 회장 후보. 개인적으로 포스터 디자인의 전체적인 느낌은 정서연한테 맡기면 좋겠는데."

"뭐어."

김민정은 팔짱을 끼며 고개를 끄덕였다.

"아무래도 성진's보단 훨씬 낫겠지?"

성진's라니, 동명이인인 우릴 싸잡아 그렇게 취급하는 건가.

김민정이 덧붙였다.

"서연이 너만 괜찮다면 나도 부탁하고 싶어."

그 제안에 정서연은 조그맣게 고개를 끄덕였다.

"……민정이 너까지 그렇게 나오면…… 나도 가능한 최선을 다할게."

"고마워. 한시름 놓았네."

또, 생각해 보면, 한성진이 깨트리고 싶지 않은 '관계'에는 정서연도 포함되어 있으리란 짐작도 가능했다.

정서연의 경우, 부촌인 S동 학군에서 몇 없는 중산층 공무원 가정 출신인 데다 체구가 작고 소심한 성격.

극단적인 가정이고, 나로선 그렇게 되지 않길 바라지만.

정서연은 '왕따'의 표적이 되기 쉬운 케이스였다.

아이들이란, 잔혹하다.

쉽게 무리를 짓고, 때에 따라선 그룹에 속하지 않은 약자를 핍박하는 것으로 소속감을 과시한다.

그나마 정서연은 학업 성적이 중상위 수준은 되어서 얕잡아 보이는 경우는 없었지만, 그것도 우리와 어울리는 동안 노력해서 성적을 끌어올린 것이었다고, 언젠가 들은 기억이 났다.

'누군가 주도자가 생기기만 하면 언제든 호구 잡히기 좋은

위치지.'

지금이야 천화초등학교의 이 조그마한, 하지만 면면은 최상위 카르텔에 속한 이 그룹에 소속되는 것으로 나름의 비호를 받고 있으니 언감생심 그런 생각을 품을 녀석은 없겠지만.

한성진은 우리가 초등학교를 졸업한 이후를 염두에 두고 정서연이 제대로 자리 잡을 수 있게끔 생각 중인 듯했다.

'상냥한 건지, 아니면 오지랖이 쓸데없이 넓은 건지.'

사실, 뭐랄까, 김민정과 정서연의 관계는 이 모임 집합 속에서 친구의 친구 같은 느낌에 가까운 것이었다.

김민정은 우리 모임 외에도 여타 교우 관계가 깊었던 반면, 정서연은 우리를 제외하곤 이렇다 할 교우 관계가 없었으므로.

"그보단."

김민정이 어조를 바꿔 입을 뗐다.

"일단 내가 회장이 되면 뭘 해 줄 수 있을지에 관한 공약이 중요하지 않아?"

글쎄.

사실 초중고교 전교회장이라고 하는 건 어디까지나 감투일 뿐이고, 그 목적도 민주주의 제도의 체험에 의의를 두는 게 고작이다.

해서, 다들 이런저런 공약—중고등학교의 경우는 두발 자유화니 뭐니—을 들고 유세를 펼치긴 하나, 그것이 이뤄지는 경우는 내가 알기론 없다.

어차피 거기에 고정적인 당파가 있는 것도 아니고, 임기만 채우면 그 뒤는 내 알 바 아니라는 한계 때문인 것도 있지만.

그렇다곤 해도 그 순간만큼은 아이들 특유의 낙관성이 진심으로 와닿는 법이다.

그러니 나도 누가 캐묻지 않는 한 '공약 따윈 중요하지 않고, 인기몰이만 하면 그만'이라는 냉소로 초를 칠 생각은 없었다.

"그래서, 어떤 공약을 들고 나오면 학생들에게 도움이 될까?"

김민정의 말에 정서연은 고개를 갸웃했다.

"그러게……?"

뭐, 천화초등학교는 시설 면에서나 복지 측면에서나 전국 최상위에 속하는 학교이니, 여간해선 불편함을 찾기가 힘들 것이다.

김민정이 고개를 돌려 나를 보았다.

"이성진, 너는 어때?"

"나? 나라면 전교 1등에겐 출석을 보장해 주는 수업 불참권이란 혜택을 제공하는 게 어떨까 싶은데."

"……그런 게 될 리가 없잖아. 농담하지 말고 좀 진지하게 생각해."

"그러면 유권자 개인에게 묻질 말았어야지. 개인 유권자란 모름지기 개인의 이익을 극대화하는 방향으로 사고하기 마련이거든."

"으휴."

가만히 있던 정서연이 끼어들었다.

"컴퓨터 수업을 정규 과목에 편성하는 건 어때?"

"컴퓨터 수업?"

"응, 얼마 전에 컴퓨터실도 생겼잖아. 그러니까 방과 후 교실에만 할당할 것이 아니라 컴퓨터 수업을 전교생 단위로 시행하는 거야."

"아, 좋은 생각이야. 그러면……."

김민정이 공책을 펼쳐 정서연이 말한 내용을 끼적인 뒤, 보란 듯 나를 깔보았다.

"거봐, 너도 이렇게, 서연이처럼 모두에게 도움이 되고 모두가 납득할 만한 공공의 이익을 생각해 보란 거야."

컴퓨터 수업 의무화? 그거, 어차피 2학기부터 예정된 일인데.

관련해선 한성진도 나에게 들어서 알고 있었던 바여서, 자연스럽게 나를 비호하려 입을 뗐다.

"야, 그건 어차피…… 아흑."

나는 한성진의 옆구리를 손가락으로 찔러 말을 막았다.

김민정은 어리둥절해하는 얼굴로 말을 하다 만 한성진을 보았다.

"응? 어차피, 뭐?"

"아니, 아무것도 아니야."

"싱겁긴."

뭐, 이미 예정된 국책 사업을 자신의 공으로 돌려 유권자의 표를 흡수하는 생색내기쯤은 선거판에서 흔히 쓰이는 방법이었으므로.

한성진은 내게 찔린 옆구리를 매만지더니 생각났다는 양 입을 뗐다.

"아, 그러면 음악실에 중고 악기를 들여놓는 건 어때?"

"중고 악기?"

"그 왜, 방과 후 교실로 음악 수업을 진행하고는 있지만 일단 해당 악기는 학생들 자비로 구매해야 하잖아? 그 자체가 진입 장벽을 높이고 있으니까, 입문은 학교가 학생들에게 대여하는 방식으로……."

"응, 그거 좋겠다. 그러면……."

거 예산 갉아먹는 제안을 아무렇지도 않게 해 대네.

물론 돈 쓸 일이 많아지면 재단 입장에서도 환영할 만한 일이긴 하지만.

이래저래 정서연과 한성진의 제안을 받은 김민정의 노트가 차츰 빼곡해지고(내가 건의한 '휴대용 게임기 소지 가능 건'은 입법 단계조차 밟지 못하고 기각되었다), 김민정은 샤프심을 밀어 넣으며 노트를 톡톡 두드렸다.

"응, 이만하면 됐어. 이제 여기서 중요 사안을 추리고 연설문을 써 봐야지."

김민정은 내심 뿌듯하단 듯 노트를 정리하곤, 때마침 들어온 담임을 보며 책상 아래 서랍으로 노트를 집어넣었다.

나는 담임이 지목한 임시 반장으로서 자리에서 일어나 '차렷, 경례'를 마쳤고.

자리에 도로 앉으며 담임이 출석을 부를 동안 옆자리의 김민정은 나를 흘겨보며 입을 뗐다.

"이성진 너는 아무 도움도 못 됐네. 이상한 농담이나 하고 말이야."

"뭐 어때."

나는 어깨를 으쓱였다.

"어차피 이대로만 간다면 공약으로 뭘 내걸든 간에 네가 압승할 텐데."

김민정은 내 말에 눈을 동그랗게 뜨더니, 내 말이 싫지 않다는 양 헛기침을 하며 고개를 돌렸다.

"흠, 흠, 그래? 뭐, 그렇게만 된다면 좋겠지만, 너무 낙관하는 거 아니야?"

"그런 거 아니야. 지금 우리 학교는 전국 평균이랑 달리 의외로 여자애들이 더 많거든."

내 말에 김민정이 인상을 찌푸렸다.

"뭐야, 설마하니 애들이 남자 여자 편을 갈라서 투표하기라도 할 거란 의미니?"

"사실이 그런걸. 지지난번 채선아 누나가 당선된 때엔 남학생 비율이 높았지만, 그땐 후보가 셋이어서 남학생들의 표가 나뉘었지. 이후 채선아 누나가 받은 표의 퍼센테이지를 보면 얼추 우리 학교의 여학생들 비율과 동일하고."

"……."

"또, 작년 전교회장은 남자였지? 그땐 남, 여 1 대 1 구도였고, 당시엔 남학생 비율이 높았어. 그 비율은 또 한 번, 전교생 남과 여 비율과 얼추 맞아떨어졌지."

"……뭐야, 그게."

김민정은 풀이 꺾인 기색으로 시무룩한 얼굴을 했다.

"그러면 내가 뭘 하건 간에 결과는 정해져 있단 거잖아?"

현실이 그런 걸 어쩌겠나.

비록 여당(與黨)과 야당(野黨)의 구분은 없지만, 여당(女黨)과 남당(男黨)의 구분은 존재하는 것이 초등학교 선거판의 실체였다.

'초등학교 선거판이란 사실상 인기투표나 다름없지.'

전교회장 후보에게 할당된 선거기간은 대략 일주일.

하지만 공식적으로 독려 연설을 할 수 있는 기간은 투표 당일 강당에 전교생을 모아 두는 십여 분이 고작이었다.

'후보가 누군지, 어떤 인물인지 알아볼 시간으론 부족할뿐더러, 초등학생들도 그들이 내세우는 공약이 이뤄질 리 없는

공허한 것이란 것쯤은 알아.'

다만.

나는 일부러 표정을 딱딱하게 굳혔다.

"물론 그것도 어디까지나 동일 선상에서 경쟁을 한다면 그렇단 의미야."

"……응?"

그때, 담임이 내 출석을 불러 잠시 대화가 끊겼다.

"이성진."

"예."

그 뒤 다음 출석을 부를 때, 나는 어리둥절해하는 김민정의 시선을 받았다.

"동일 선상에서 경쟁을 한다니, 무슨 의미야?"

목소리를 낮춘 김민정의 물음에.

"말 그대로의 의미지."

나는 담담히 말을 이었다.

"예컨대, 만일 상대 후보 쪽에서 햄버거를 돌리기라도 하면, 어떨 거 같아?"

"……."

내 말을 들은 김민정은 다시 한번 인상을 찌푸렸다.

김민정이 볼멘소리를 내뱉었다.

"그런 게 어디 있어. 그런 거 하면 안 되잖아."

물론 어른들의 선거판에선 불법이지만, 편법은 언제나 존재하기 마련인 데다가.

"안 될 건 없지. 그런 걸 금지한다고 명시해 둔 적도 없고, 설령 그렇다 하더라도 빠져나갈 구멍이야 얼마든지 있으니까."

선거기간, 초등학교 근처에서 자행되는 떡볶이 로비 같은 걸 모두 막아 내는 건 불가능에 가까운 이야기였다.

나는 말을 이었다.

"여기서 음, 상대 후보가 3반의 김수철이라는 애였지? 팔은 안으로 굽는다고, 3반 표는 모조리 김수철에게 향한다 치면……."

김민정이 내 말을 가로챘다.

"아니야. 그렇게 계산하면 안 되지. 3반에는 작년에 나랑 같은 반이었던 미혜도 있고, 아진이도 있고, 또……."

"그건 역으로, 김수철과 같은 반이었던 애가 우리 반에도 있을 거란 의미잖아?"

"……."

김민정은 아차 싶었는지 입을 꾹 다물었다.

나는 그런 김민정에게서 고개를 돌리며 말을 이었다.

"게다가 김수철은 축구부 부장이라고 하더라. 그러면 누군가, 학년이며 반과 관계없이 공 좀 차는 남자애들이라면 그 녀석과 운동장에서 공 한 번쯤 섞어 봤겠지. 그 영향은 무시하기 힘들어."

전생의 기억을 토대로 말미암아 생각해 보면, 김수철은 비록 이성진의 따까리로 남아 2인자 노릇을 해 온 녀석이긴 했으나, 그는 이럭저럭 리더십을 발휘하곤 하던 놈이었다.

"반면에 김민정 너는 동아리 활동도 하지 않고, 또 네가 가진 인기라는 건 어디까지나 너를 한정적으로 접하고 겪어 본 아이들에 해당하는 이야기야."

"……으음."

마냥 낙승이리라 생각했던 전교회장 선거가 생각만큼 호락호락하지 않다는 자각에 이르렀는지, 김민정의 안색이 다소 어두워졌다.

어느 세대고 후보의 진정성과 자질보단 연고주의와 정당에 입각한 고정 지지층이란 있기 마련이다.

김민정은 그런 씁쓰레한 현실을 자각해 가며 새삼스러운 자각에 침울해했다.

"여기에 더해 만일 김수철이 실현 가능성은 덮어 두고 포퓰리즘에 입각한 허울뿐인 선심성 공약을 쏟아붓기라도 하면 어떨 거 같아?"

"……."

"뭐, 공약이라는 게 그때 가선 별 의미가 없겠지만."

그러고 보면.

우리나라의 정치 냉소주의는 초 · 중 · 고등학교의 허울뿐인 학생회장 공약과 제도에서 그 싹을 틔웠던 건 아닐까, 하는 생각이 들 정도였다.

슬슬 김민정의 출석을 부를 때가 왔다 싶어서 나는 일단 대화를 마쳤다.

"뭐, 그것도 어디까지나 김수철이 어떻게 나오느냐에 따라 달라질 이야기이긴 하지만."

"……."

HR 시간이 끝나고, 1교시가 시작되기까지 짧은 쉬는 시간 동안, 아이들이 떠들어 대는 왁자한 소음을 뚫고 김민정은 내게 들으란 듯 입을 뗐다.

"유치해."

"뭐가?"

김민정은 흥, 하고 코웃음을 쳤다.

"뭐긴, 네가 말한 모든 것들이 그렇단 거야. 민주주의 사회의 유권자라면 모름지기 깨끗하고, 자신에게 이득이 될 후보에게 투표해야 하는 것이 유권자의 자질 아니야?"

발언 자체는 교과서에 입각한 퍽 입 바른 소리이긴 했으나.

이미 자기 자신을 선한 세력에 두고 사고를 전제하는 것부터가 유치한 발상이었다.

하나, 그 부분은 머리가 굵어지면 자연스레 깨달을 부분이어서 나는 딱히 반박하지 않았다.

그 대신.

"어른들이라고 해서 딱히 다르진 않아. 지난 역사의 세월

동안 참정권과 그 권리를 얻기 위한 투쟁이 괜히 나온 거겠어?"

위로 아닌 위로를 던져 주자, 김민정은 입을 삐죽 내밀며 투덜거렸다.

"……나도 햄버거 따위에 마음이 팔릴 애들의 표 따위는 필요 없어. 게다가 그런 건 결국 나중에 가선 자신의 목을 옥죌 뿐이야."

그렇게 내뱉은 그녀도 스스로 하는 말이 응석에 억지 섞인 푸념임을 자각하고 있으리라.

민주주의의 꽃이라 불리는 다수결이라 하더라도 언제나 옳지는 않고, 진화의 산물인 호혜성의 원칙도 얼마든지 악용이 가능한 요소였다.

'나부터가 잘난 인간이 아니니 관련해서 왈가왈부할 수 있는 건 아니지만.'

동시에 그녀 스스로도 방금 전부터 지금까지 자신을 선한 세력에 두었다는 낯부끄러운 자각을 한 것인지, 김민정의 얼굴이 조금 붉어졌다.

김민정은 그런 스스로의 인식을 덮어 버리듯 말을 이었다.

"또, 생각해 보면 초등학생한테 그럴 만한 돈이 있을 리도 없으니까……. 아, 너를 제외하면 말이지만."

김민정은 공연한 말을 덧붙인 뒤, 말을 이었다.

"그렇다는 건 이 선거에 다른 외부 세력이 개입한다는 의미고, 어, 그렇다는 건…… 걔네 부모님이 그런 일에 돈을 댈 거란 의미야?"

"부모님이란 그럴 만한 의사가 있는 이들에 한해선 훌륭한 스폰서 중 하나지."

"……말을 빙빙 꼰다? 네가 무슨 정치인이니?"

어깨를 으쓱이는 내게 김민정이 어조를 바꿔 툭 하고 물었다.

"현실에도 그런 게 있어?"

"현실?"

"아, 실수. 어른들이 하는 국회의원 선거나 대통령 선거 같은 때에 말이야."

김민정은 마치 나라면 그런 음험한 뒷사정을 꿰고 있으리란 생각을 전제로 물었지만.

"내가 어떻게 알겠어? 다만."

나는 일단 시치미를 뗐다.

"어느 상황에서건 지지 정당을 바꾸지 않는 콘크리트 층이 있단 건 공공연한 사실이고, 선거운동에 드는 비용이란 생각보다 만만치 않다는 것도 맞지. 또 그 자금이 후보 한 사람의 주머니에서만 나오는 경우란 드물고."

김민정은 복잡한 얼굴로 생각에 잠겼다가 내 말을 퉁명스레 받았다.

"치사해. 나는 어른들한테 기대지 않는데. 게다가 그렇게

돈을 들이지도 않고 말이야."

원래 정치란 유치하고 치사한 일이다. 게다가.

"뭐, 너는 이번 선거에 별다른 비용을 들이지 않는다고 생각할지 모르겠지만, 의외로 그렇지만도 않아."

"……무슨 의미야?"

나는 교과서를 정리하면서 말을 받았다.

"예를 들어서…… 이번엔 한군과 정서연이 선의에서 비롯한 재능 기부로 네 선거 활동을 도와주고 있지만, 원래라면 응당 그에 관한 인건비가 들기 마련이지. 그것도 선거비용에 포함해야 하는 거야."

내 말을 들은 김민정은 떨떠름해하는 얼굴로 중얼거렸다.

"뭐야, 그게. 결국엔 돈이 전부란 거잖아."

물론 돈이 전부는 아니지만, 그걸로 대부분을 해결할 수 있는 것이 자본주의 사회 아니겠는가.

돈으로 해결되지 않는 문제가 있다면, 돈이 부족하진 않았는지 한번 생각해 보라는 블랙 유머가 만연한 마당이니.

"왜, '현실'은 좀 다를 줄 알았어?"

"비꼬지 마. 내 생각이 짧았단 건 알겠으니까."

비꼬려는 의도는 아니었는데.

아무래도 그녀에겐 아직 '예전의' 이성진에 관한 선입견이 남은 모양이었다.

그건 조금 씁쓸했지만, 내가 무어라 말할 수 있는 성질은 아니었다.

"어렵네. 선거라는 거."

그렇게 중얼거린 김민정은 뒤이어 나를 똑바로 쳐다보았다.

"어쨌거나, 너는 내 편이지?"

나는 그 시선을 받아 넘겼다.

"응. 일단은 네 편이지."

내 말에 김민정은 일순 환한 미소를 지었다가, 고개를 갸웃했다.

"……일단은?"

"응."

김민정이 눈살을 찌푸렸다.

"그건 또 무슨 의미야? 설마하니 너도 남자애라고, 김수철이라는 애 편을 들 생각인 건 아니지?"

"사람을 뭐로 보고. 최소한 공약을 보고 나서 후보를 결정할 신중한 예비 유권자로 취급해 줬으면 싶은데?"

"……."

김민정이 나를 흘겨보았다.

"진심?"

"뭐, 어떤 의미에선 아직까진 네 편이란 의미지."

"뭐야, 이랬다저랬다 하기나 하고. 이성진 너. 나 도와주는 거 아니었어?"

물론 팔은 안으로 굽는다고, 전생에서도 밥맞이었던 김수철보단 아무래도 김민정 쪽에 마음이 기우는 건 사실이다.

하지만 일단은 김민정의 말에 아닌 척하며 부정했다.

"지난 연고와 우정에서 말미암은 도움 정도는 주겠지만, 특정 후보의 선거운동에 공식적으로는 개입하진 않을 생각이야. 지지 표명도 하지 않을 거고."

"왜?"

"왜긴, 내 입장이라는 것도 있잖아?"

"네 입장이라니. 그게 뭔데?"

나는 다소 날 선 김민정의 목소리를 가볍게 넘겼다.

"터놓고 말해서 우리 집안이 이 학교 재단과 이사회를 경영하고 있잖아? 그러니 내가 어느 특정 후보를 공식적으로 지지하고 나서면 그 자체가 불공정한 일로 비칠 수 있다, 이거지."

"……."

"왜, 그게 아니면 아예 공식적인 스폰서가 되어 줄까? 만일 내가 발 벗고 나선다면 교장 선생님이며 다른 선생님들까지 너를 지지하게 될 텐데. 돈도 안 들 테고."

그뿐이랴, 마음만 먹으면 개표 조작도 가능하다.

김민정이 입을 삐죽였다.

"……필요 없어. 정말, 너답네 너다워. 아주 잘났구나?"

"칭찬 고마워."

"칭찬 아니거든!"

그러면서 김민정은 나를 흘기던 시선을 거두며 책상 위로 턱을 괴었다.

"그래도 달리 말하면, 너처럼 남자니 여자니 따지지 않고 올바른 표를 행사하는 애들도 있긴 있단 의미겠지."

"응, 전부를 노리기보단 중도층을 공략하는 것도 선거 전략 중 하나긴 해."

"……그래. 대강 알겠어."

뒤이어 그 자세 그대로, 김민정은 한숨을 푹 내쉬었다.

"휴우. 다들 왜 이런…… 고생을 하며 정치인이 되려 하는 걸까."

나야말로 묻고 싶다.

예전에는 나도 김민정이 내신을 챙기거나 하는 필요에 의해 전교회장이며 반장직을 노렸으리라 생각했지만 김민정의 경우, 그런 타입은 아니었다.

김민정의 집안은 그렇게까지 교육에 열성적이지 않았고, 그 오빠인 김민혁이 국내 최고의 대학 중 하나인 한국대학교에 들어간 것 또한 부모의 강압이며 개입 없는 자발적인 요소였다.

전생에 그녀가 유학길에 올랐던 것 또한, 그녀의 아버지가 해외 지사로 발령을 받으면서 자연스럽게 이뤄진 것이었으니.

'그러고 보면, 내년부터 유학을 떠날 거라면 굳이 이렇게까지 얽매일 필요는 없을 듯한데 말이야.'

나는 생각난 김에 물었다.

"너는 어떤데?"

김민정이 어리둥절해하며 되물었다.

"응? 나? 내가 뭘?"

"뭐긴, 그러는 너는 왜 학생회장이 되려는 거야?"

김민정은 내 질문에 당황하는 기색을 보이더니 고개를 아주 반대편으로 돌렸다.

"그냥."

"……그냥?"

"……."

이어서, 김민정이 툭 하고 뱉었다.

"재작년 방과 후 교실 때 하던 일이 감명 깊어서 그랬다고 하면, 돼?"

되고 자시고, 그렇다면 그런 거지.

김민정은 가린 손바닥 사이 새빨개진 귓바퀴를 마저 덮어 가리며 말을 이었다.

"또, 어른들의 도움을 받긴 했지만 학생 신분이 나서서 무언가를 성취해 냈다는 경험은 장래에도 도움이 될 거 같았거든."

"아, 그래."

"그런데."

김민정은 스읍 하고 숨을 들이쉬곤 내뱉은 뒤, 괴었던 팔을 빼며 나를 똑바로 쳐다보았다.

"요즘도 선아 언니랑 연락 주고받아?"

"응, 이따금 메일로."

"언니랑 직접 만나거나 하진 않니?"

"그러진 않아. 피차 바쁘니까. 또 그럴 만한 이유도 없고. 왜?"

"아니야, 아무것도."

그러더니 김민정은 딱딱한 얼굴로 입을 꾹 다문 채, 입 꼬리를 실룩였다.

'……응?'

아, 설마.

「김민정 걔 말이야. 너 좋아하는 모양이다.」

한성진이 내게 했던 말이 새삼 기억났다.

……혹시, 김민정은 내가 채선아에게 모종의 연심을 품고 있을 거라 어림짐작하는 건가?

'그래서 채선아가 했듯 학생회장이 되려는 거고?'

만일 그런 것이라고 하면, 학생회장이 되고자 하는 동기치곤 불순했다.

'아니, 설령 그렇다고 한들, 그건 그녀가 학생회장이 되고자 하는 동기의 일부분이겠지.'

물론, 그녀가 전생과 달리 이번 생에서 학생회장이 되고자 함에는 재작년 방과 후 교실 건으로 임했던 경험도 적잖은 영향을 끼쳤을 것이다.

그렇다고는 하나.

나를 향한 김민정의 연심을 마냥 어린애의 풋사랑 취급하기엔 내가 생각하는 이상으로 진지하단 것에 더해, 김민정이 가진 추진력을 깨닫고 나니, 나로선 그게 적잖이 당혹스러웠다.

'이거 참, 난감하군.'

내가 새삼스러운 자각에 어찌할 바를 몰라 하는 사이, 다행스럽게도 1교시를 알리는 종이 울렸다.

종이 울리자마자 담임은 마치 기다렸다는 듯 드르륵, 문을 열고서 들어왔고, 아이들의 떠들썩함이 시나브로 잦아드는 사이.

임시 반장이었던 나는 '차렷'을 말하기 위해 자리에서 일어섰다.

쇠뿔도 단김에 뽑으랬다고, 우리는 학교에서 수업이며 분

단 청소 따위의 일과를 마치자마자 학교 뒤편 주차장을 향했다.

강이찬은 내가 사전에 통보한 대로 주차장에서 기다리고 있다가, 내게 고개를 꾸벅 숙였다.

"오셨습니까."

"아, 네. 청소 당번이라 조금 늦었습니다. 마침 일행 중에 주번이 있어서요."

"……그러셨군요."

강이찬은 초등학교에 남아 있는 시스템적 요소가 새삼스럽다는 양 슬쩍 감회에 젖은 얼굴을 했다.

한편.

전용 운전수를 부리는 초등학생 사장.

막연히 생각만 하던 것이 실재하는 것으로 드러나자 김민정과 정서연은 다소 어안이 벙벙한 기색이었다.

그도 그럴 것이 이번 생에서 나는 내가 딱히 누구라는 것을 학교에서는 티 내고 다닌 적이 없었고, 전생의 이성진과는 달리 내가 무어라는 건 반쯤 학교에 떠도는 헛소문 취급을 받았던 것도 사실이었으니.

사실, 부촌이라 불리는 S동의 천화초등학교에서도 내가 가진 재력과 배경은 유독 독보적이었다.

그런 상황에 운전수가 운전하는 고급 세단을 타고 어디론가 향한다는 상황은 초등학생들로 하여금 두근거리는 비일

상이기도 한 셈이었다.

'이것도 따지고 보면 회사 재원의 사적 유용인데 말이야.'

그러거나 말거나, 강이찬은 어차피 꼬맹이 하나가 타나, 넷이 타나 거기서 거기란 생각인지 뭔지 가타부타하는 일 없이 문을 열어 주었다.

"그럼 잘 부탁드리겠습니다. 일단 분당으로 가 주시죠."

"예, 사장님."

나는 조수석에 앉아 벨트를 매며 뒷좌석을 돌아보았다.

"다들 안전벨트 해."

그사이 이래저래 몇 번 얻어 타 본 적 있는 한성진은 그렇다 치고, 정서연이며 김민정은 조심스러운 기색이 역력했다.

중형 세단은 어린애 셋이 뒷좌석에 타도 공간이 넉넉했고, 심지어 마치 이런 일이 있을 거라고 짐작이라도 한 듯 가운데 자리에도 안전벨트를 옵션으로 설치해 두었을 정도였다.

김민정은 운전석의 강이찬을 향해 대표 삼아 고개를 꾸벅 숙였다.

"저, 잘 부탁드립니다, 운전기사 아저씨."

강이찬은 다소 딱딱한 얼굴로 백미러를 힐끗 살피며 기어를 넣었다.

"오빠입니다."

"네?"

"아저씨가 아니라 오빠입니다."

"아, 네. 운전기사…… 오빠."

애들이 보기엔 20대 중반만 넘어가도 그냥 아저씨지, 뭘 호칭에 연연하고 그러나.

그래도 그 경망한 상황 덕에 김민정도 어처구니없어하며 딱딱하게 굳은 어깨를 풀었다.

"운전기사 '오빠', 그럼 저희는 분당으로 가는 건가요?"

"일단은 그렇습니다."

강이찬은 그렇게 말하곤 기어를 넣었다.

"저희 때문에 오래 기다리시진 않았어요?"

김민정이 살갑게 던진 말에 강이찬은 나를 힐끗 살폈다가 그 말을 받았다.

"괜찮습니다. 원래 제가 하는 일 중 하나이니까요."

"혹시 성진이가 괴롭히거나 하는 건 아니죠?"

"……좋은 상사입니다."

왜 말을 아끼고 그러는 거냐.

그렇게 떠들며 가는 사이, 마침 청소 이야기가 나온 김에 꺼낸다는 양 한성진은 툭 하고 입을 뗐다.

"생각해 보니까 말이야. 교실이야 그렇다 쳐도, 왜 교무실이며 교사 전용 화장실까지 우리가 청소해야 하는 걸까?"

"그러면 청소 전문 인력 고용도 공약에 넣어 볼까?"

김민정의 말에 한성진이 고개를 끄덕였다.

"응, 뭐, 생각해 볼 직은 하잖아."

"흐음, 그러게 말이야. 만일 우리가 오늘 강당 청소 당번이 아니었다면 운전기사 오빠가 오랫동안 기다릴 필요도 없었을 테고. 괜찮을 거 같아."

앞자리의 나는 그 둘의 대화에 자연스레 끼어들었다.

"글쎄다."

"뭐가?"

나는 담담히 김민정의 말을 받았다.

"여기가 비록 재단에 의해 운영되는 사립 기관이라곤 하지만, 시설이며 재원을 추가하는 거랑 사람을 추가로 고용하는 건 조금 달리 생각해 볼 문제거든."

"왜?"

"만일 천화초등학교의…… 이른바 공용 시설 관리 인원을 고용한다고 치자. 이때 교실을 제외한 '공용 시설'이라 함은 어떤 게 있을까?"

한성진이 손가락셈을 하며 대꾸했다.

"응, 뭐, 당장 생각나는 것만 하더라도 교무실 두 개에 전용 화장실, 교장실, 행정실이며 강당 등등이 있겠네."

정서연이 끼어들었다.

"미술실도 있고, 음악실도 있어."

김민정도 거들었다.

"컴퓨터실도 추가해야지. 아, 급식을 하면서 생긴 식당까지도. 뭐, 우리도 주방 청소까진 하지 않지만."

암만 되바라졌다곤 하나, 저마다 떠들어 대는 그 행동거지가 애들답단 생각을 하며 픽 웃었다.

"어쨌건 넓지?"

"……응? 아, 그렇지. 넓어. 다른 학교랑 비교해도 그렇지 않을까?"

나는 김민정의 말에 고개를 끄덕였다.

"그럴 거야. 또, 김민정 네가 방금 말했듯 우리는 주방 청소까진 하지 않아. 주방 청소는 급식 업체에서 행하니까."

불과 칼이 있는 곳을 애들한테 맡기긴 위험하고.

"그런 식으로 학교에도 이미 애들 손이 닿지 않는 곳곳은 정기적으로 별도의 청소를 행하고, 동시에 전체적인 시설 관리를 도맡아 오고 있는 관리인 한두 사람 정도는 상주하고 있어."

"아, 맞아. 이따금 뵙기도 했지."

나는 김민정의 맞장구에 고개를 끄덕였다.

"하지만 몇몇 되지 않는 그 관리인들만으론 이 넓은 학교를 모두 관리하긴 벅차. 또 그렇다고 해서 그 넓고 많은 공용 시설의 청소를 전문으로 일임하는 추가 인원을 고용하게 되면, 그것만으로도 '불필요한 낭비'가 생기게 돼."

"무슨 의미야?"

나는 고개를 돌려 김민정을 힐끗 살폈다.

"혹시 최저 시급이라는 거, 들어 봤어?"

"최저 시급?"

뒷좌석의 아이들은 어리둥절해하는 얼굴로 서로를 보았고, 운전석의 강이찬은 '요즘 애들은 이런 이야기까지 하나' 싶은 얼굴로 우리를 힐끗 살폈다가, 나와 눈이 마주치곤 '어디에나 예외는 있는 법이지' 하는 얼굴로 운전에 집중했다.

나는 그런 주위를 살피며 말을 받았다.

"이른바 법으로 정해 놓은, 근로자의 생계를 보장하는 수준의 최저 임금이야."

"법으로 정해 둔 최저 임금이라고? 그런 게 있었어?"

"뭐, 지금 시점에선 있으나 마나 한 거긴 하지만."

운전대를 잡고 있던 강이찬은 내 말에 동의하듯 묵묵히 고개를 끄덕였다.

나는 그런 강이찬을 모른 체하며 재차 말을 이었다.

"그러나 이 시점에서 최저 시급은 실제 근로자가 가져가도 정상적인 생활이 가능한 수준이 아니야."

최저 시급, 최저 임금제란 이 시대에는 아직 본격적으로 이슈화되지 않은 쟁점이었다.

현시점에서 법으로 정해 둔 최저 시급은 1,275원, 9급 공무원의 1호봉 월급이 35만 원 남짓한 시절.

아무리 물가가 근 미래보다 싸다고 한들 내가 살았던 시절에 비하면 턱없이 부족하고, 이는 1996년 당시 대한민국의 물가를 고려해도 형편없긴 마찬가지였다.

“그래서 재단에서는 이들 관리인들에게 최저임금제가 아닌 별도의 고용 비용을 대고 있지.”

재단에선 이들 관리인들에게 이런저런 수당을 제외하고 얼추 6~70만 원가량 되는 월급을 지급하고 있었다.

“명목상으론 학교 내의 시설 유지 보수 및 관리라는 업종 분류를 취하고 있는데……. 여기서 ‘청소만을 목적으로’ 하는 인원을 충당하게 된다면 그에 못지않은 임금을 매월 인원당 지급해야 할 필요가 생겨.”

여기서 상여금을 비롯한 각종 수당은 언급하지 않았지만.

“그러니 학교에서도 굳이 사람을 고용하는 것보단 서로의 암묵적 동의하에 초등학생을 동원하고 있는 거고, 그에 따른 재원은 다시금 학교의 시설 투자에 쓰이는 거야.”

내 말에 한성진은 볼을 긁적이며 중얼거렸다.

“마냥 쉬운 일은 아니구나.”

여기서 보통은 해당 안건을 없던 것으로 돌리고 말 이야기가 되었겠지만, 잠시 생각하던 김민정이 고개를 들었다.

“그러면 필요할 때만 고용해서 일당을 지급하는 형식으로 가면 어때?”

초등학생치고는 제법 예리한 지적이었다.

하지만.

“그것도 이상론이지.”

“이상론이라고?”

"좋아. 김민정 네 말대로라면 학교에서는 해당 인력에게 청소를 할 때마다 일당으로 돈을 지급하겠지?"

"응."

"그러면 그 용역 인원은 그것만으로 생계 유지가 가능할까?"

김민정은 팔짱을 낀 채 생각에 잠겼다가 자신 없는 어조로 내 말을 받았다.

"으음……. 하긴, 지금 쟁점은 일당과 관련한 거고, 거기에 대청소를 매일 하는 건 아닐 테니까."

한성진이 끼어들었다.

"맞아. 게다가 어느 초등학교 한 곳을 청소하는 것만으론 생계를 유지할 수 없다면, 그 일을 하려는 사람은 생겨나지 않을 테고."

김민정이 반박했다.

"그렇다면 우리 학교뿐만 아니라, 다른 학교에 가서 일을 한다거나 해서 받는 돈을 늘릴 수 있지 않아?"

"그러자면 다른 초등학교에서도 '청소 전문가'를 고용하는데 동의해야 하지 않겠어?"

사안의 핵심을 꿰뚫는 한성진의 말에 김민정은 지기 싫다는 양 입을 삐죽였다.

"……그래도. 이건 성진이가 말하던 블루 오션이라는 거 아니야? 서로 이야기만 잘 나눠 보면 해 볼 만할 거 같은데."

그쯤해서 나는 자연스럽게 둘 사이에 끼어들었다.

"그렇지만도 않아. 여기엔 블루 오션을 들먹일 요소가 없거든."

"……무슨 의미야?"

"자. 여기에 가정을 더해서 만일 학교가 가진 돈이 간당간당해져 허리띠를 졸라매야 할 필요가 생긴다고 치자."

"……우리 학교도 그래?"

김민정의 말에.

"가정이라고 했잖아."

한성진이 쫑코를 놓았다.

뭐, 애들한테는 그런 이야기를 할 수 없지만, 전국 어딜 뒤져 봐도 천화초등학교처럼 돈이 넘쳐 나는 곳은 찾기 힘들 것이다.

"어쨌건, 그 상황이라면 학교에서는 어떻게 할 거 같아? 가장 먼저 '불필요한 예산'을 줄이는 데 힘쓰겠지 않겠어?"

한성진이 내 말을 받았다.

"그러면 학교 측에선 청소 용역을 쓰는 대신, 예전처럼 무상으로 애들을 부려 먹어 가며 청소를 시킬 거란 의미야?"

그걸 아동 착취급으로 묘사하는 건 어떨까 싶긴 하지만.

"……맞아. 그렇게 되겠지."

김민정이 떨떠름해하는 얼굴로 입을 뗐다.

"이성진 네가 말하는 건 예시가 조금 극단적인걸. 그럴 만한 수요가 있다면 해당 일자리가 사라지지 않고 계속해서 고용이 유지되지 않겠어?"

말하는 김민정은 그녀 스스로 '수요와 공급'이라는 기초 경제학을 떠올린 것에 퍽 자부심을 느끼는 모양이었다.

'애들이란.'

나는 이미 그 전제부터가 극단적이었다고 냉소하는 대신 김민정의 말을 차분히 받았다.

"그러면 지금 상황에서 초등학교 청소 용역을 부리는 건, 그 일에 무슨 특별한 기술을 요구하는 수요가 있어서 하는 걸까?"

"……."

잠시 생각하던 김민정은 부루퉁한 얼굴로 중얼거렸다.

"……냉정하게 말하면 굳이 그럴 필요는 없다, 는 거겠네. 기존 방식으로도 문제는 없었고."

"그렇지. 뭐, 학교 입장에서 애들에게 청소를 시키는 시간에 다른, 학생 본연의 추구해야 할 가치에 집중해야 한단 확고한 가치관이 있다면 모를까. 현실적으로는 한군이나 네가 말한 내용이 공약으로서 실현되기 어렵단 거지. 청소란 마음만 먹으면 누구나 어느 정도 선까진 할 수 있으니까. 학교에서도 교내 청결도에 그 이상 많은 걸 바라진 않을 거고, 그 또한 교육이란 명분을 들어 치부 가능한 요소니까."

한성진이 고개를 끄덕였다.

"……그러면 결국, 다시 돌아와서 이건 종사자를 정식으로 고용하는 것도 마찬가지인 이야기구나."

나는 고개를 끄덕였다.

"맞아. 그러니 학교 입장에선 굳이 없는 일을 만들어 가며 나서서 할 필요가 없는 일이지."

그때, 잠자코 이야기를 듣고 있던 정서연이 입을 뗐다.

"그러면, 아까 말한 고용이 이루어졌을 때…… 학교가 허리띠를 졸라맸을 경우 기존의 학교에서 청소 일하던 분들은 어떻게 되는 거야?"

그건 가정에 가정을 더한, 쓸데없는 감수성을 부여한 이야기였지만.

나는 담담히 그 말을 받았다.

"뭐, 우리가 방금 전까지 극단적인 예시 운운했으니 하는 말이지만…… 이어서 생각해 보면 학교의 재정이 나아지길 기다리거나, 다른 일자리를 알아봐야겠지."

"……."

사실, 이 모든 건 아주 남 이야기는 아니었다. 뒷좌석의 애들이 쉽게 풀이하고 간추린 것이나, 그건 달리 말해서…….

"또 그게 바로 세간에서 말하는 비정규직이라는 거고."

"……비정규직?"

이 사안은 얼마간 쟁점에 오르고, 뒤이어 머지않아 사회현상으로 번지게 될, 구조조정이며 비정규직의 이야기의 메타포이기도 했다.

회사 입장에선 필요에 따라 고용과 해고—아니 이때는 재계약이라고 해야 할까—에 유연성을 발휘할 수 있는 인사 형태이나, 법인이 아닌 개인 당사자에겐 언제 계약이 해지될지 모를 외줄타기를 해야 하는 것이 현재의 비정규직 제도였다.

'특히 IMF 이후엔 더더욱 심화될 조짐이 보이는 갈등 요소들이지.'

실제로 수많은 기업이 도산하고 문을 닫는 IMF의 암흑기, 회사가 문을 닫는 와중 제대로 된 퇴직금이라도 챙겨 PC방이나 치킨집을 차리면 그나마 다행이었다.

한편으론 여기서 비정규직의 수요가 급증하게 되는데, 해고를 통한 구조조정이라는 극단적인 압축 형태를 취하게 된 기업은 일손이 부족해지고, 궁리 끝에 비정규직을 찾게 된다.

비정규직이란 말 그대로 고용과 해고에 용이한 인사들이니, 내일이 어떻게 될지 알 수 없는 기업 입장에서는 특별한 기술이 요구되지 않는 분야에 파견직과 임시 고용된 인재를 선호하게 되고, 여기서 비정규직 제도의 명암이 짙게 된다.

"아, 뉴스에서 본 적 있는 거 같아."

"그게 뭔데?"

"응, 그러니까……."

나는 뒷좌석의 아이들이 저마다 떠들어 대는 이야기를 들으며 생각에 잠겼다.

여기서 애들한테는 말하지 않았지만, 이 상황에 가장 큰 이득을 보는 건 회사도, 비정규직 인원들도 아니었다.

'조광이 계획 중인 것들이지.'

비정규직을 총괄하는 연합과 단체.

깃발을 들고 방향을 지시하는 자들이었다.

아이들은 분당 사옥의 모습에 위축되기라도 한 양, 왁자하게 떠드는 일도 없이 멀뚱멀뚱한 눈으로 주위를 두리번거리기만 할 뿐이었다.

김민정도 그녀의 오빠인 김민혁에게 무어라 이야기를 듣긴 했지만 이 정도로 신식 건물일 줄은 몰랐다는 듯이 '와' 하며 나지막한 탄성을 입에 담았고, 정서연은 낯선 공간에 온 초식동물처럼 쭈뼛대며 김민정의 곁에 바투 붙어 내 뒤를 따랐다.

개중엔 오직 몇 번인가 종종 빌딩을 들렀던 한성진 정도만이 태연한 얼굴로 여유롭게 주위를 둘러보는 여유를 발휘했는데, 그러는 한성진도 처음 방문한 사장층 로비를 보면서부터 다소 멍한 얼굴을 보였다.

"오셨어요, 사장님."

로비에 자리한 비서실 카운터에 앉아 있던 전예은은 나를 보자마자 자연스럽게 일어서 내게 인사했다.

"네, 안녕하세요."

전예은은 고아원에서부터 익힌, 아이들을 대하는 미소를 지어 보였다.

"방문 예약하신 사장님의 친구분들이시군요. 저는 사장 비서인 전예은이라고 합니다."

그들과 그다지 차이 나 보이지도 않는 전예은의 앳된 외모와 그에 상반되는 직책이 묘한 위화감을 불러일으키는 모양인지, 아이들은 선뜻 나서서 대처하지 못하고 서로의 눈치를 살폈다.

서로가 허둥지둥하는 그 짧은 시간 뒤, 한성진이 대표로 먼저 나서서 그 인사를 받았다.

"아, 저는 천화초등학교 6학년 1반 한성진이라고 합니다! 또 이쪽은……."

한성진의 소개를 들으며 전예은은 미소 띤 얼굴로 가볍게 고개를 끄덕였고, 김민정과 정서연의 소개까지 마치고 나서야 전예은은 다시 고개를 돌려 나를 보았다.

"사장님, 괜찮으시다면……."

전예은이라면 눈앞의 한성진이 누구인지, 그리고 김민정이 김민혁의 동생인 것까지 알아냈겠지만 그녀는 관련해 내색하지 않으며 말을 이었다.

"……제가 스튜디오까지 친구분들을 인솔하겠습니다."

사전에 핸드폰으로 일정을 공유한 덕에 상황은 막힘없이 부드럽게 흘러가고 있었다.

"회의 준비는요?"

"윤선희 실장님이 진행 중입니다."

윤선희에게 맡겨 두었다면 문제없다.

"알겠습니다. 그럼 예은 씨에겐 인솔을 부탁드리죠."

"네. 여러분, 우선 소지하고 계신 가방을 제게 맡겨 주시겠어요?"

그런 섬세한 부분은 캐치하질 못했는데, 싶어 새삼 자각하고 보니 우리는 하교 직후였다.

전예은이 아이들을 인솔해 자리를 뜨고, 나는 사장실로 들어가 가방을 놓은 뒤 윤선희가 있는 회의실로 향했다.

각각의 자리에 회의 안건용 프린터를 놓던 윤선희는 내 인기척에 밝은 미소로 입을 뗐다.

"안녕하세요, 사장님."

"네, 안녕하세요. 윤 실장님. 제가 늦지는 않았죠?"

"그럼요."

그러더니 윤선희는 무언가를 찾는 양 내 주위를 살피곤 재차 입을 열었다.

"천화초등학교 학우분들과 동행하신다고 들었는데, 혼자

오셨네요?"

"애들은 예은 씨에게 스튜디오로 인솔을 부탁했습니다. 무슨 용건이라도 있으셨나요?"

"아뇨, 오랜만에 인사라도 할까 해서요."

하긴, 그녀는 방과 후 교실 건으로 한성진이며 김민정과 안면이 있는 사이였다.

"나중에라도 자리를 만들어 보겠습니다."

"아니에요, 굳이 그렇게까지 하실 건 없고요. 저도 그냥 예전 생각이 나서 그랬죠."

윤선희는 빙글빙글 웃는 얼굴로 손사래를 쳤다.

새삼 자각하는 것이지만, 처음 만났을 당시만 하더라도 딱딱하고 사무적인 모습이 역력했던 윤선희는 최근 들어 유들유들하고 미소가 자연스러웠다.

'연애를 하면 사람이 달라지는 걸까.'

얼마 전, 윤선희는 내 재종이자 이태준의 아들이기도 한 이남진과 교제 중임을 밝혔다.

그러지 않을까, 했더니 그렇게 되고 만 모양이었다.

'뭐, 둘 다 혼인 적령기이긴 하니.'

누가 누구랑 사귀거나 말거나 하는 건 당사자의 재량이지만, 되도록 신혼 휴가는 한가할 때 가 주었으면 하는 바람이다.

'문제는 언제 한가해질지 모른단 거지만.'

가벼운 인사는 그쯤 하면 됐다는 듯 윤선희는 스위치를 바꾸듯 사무적인 어조를 꺼냈다.

"그럼, 사장님. 알아 두셔야 할 부분이 있습니다만 참석자 보고를 드려도 될까요?"

"아, 부탁드리겠습니다."

윤선희는 내가 자리에 앉길 기다렸다가 입을 뗐다.

"금일 회의에서 해림식품의 정대성 전무님은 사정이 여의치 않아 불참한다며 대리인을 보내겠다는 통지를 보냈습니다."

그 보고에 나는 다소 황망해졌다.

'얼마 전엔 참석하겠다더니?'

설마 동생인 제니퍼를 마주하기 껄끄러워서 그러는 건 아닐까.

'그 둘은 전생에도 그랬지.'

공과 사는 구분해야겠지만, 정대성과 제니퍼 사이는 썩 화기애애하다고만 볼 수 없는 사이였다.

"뭐, 어쩔 수 없죠."

어차피 오늘 회의에 참석할 인원 중엔 거물이 한 사람 더 있었다.

"이미라 공동이사님은 참석하시나요?"

"참석하십니다."

"흠. 그러면 됐습니다."

정대성이 불참하긴 했지만, 이미라가 방문할 예정이니 회의의 격이 떨어질 걱정은 없었다.

그도 그럴 게 이성진의 고모이기도 한 이미라는 신화호텔과 신화식품의 오너로 승승장구 중인 인물이니까.

나는 생각난 김에 물었다.

"홍상훈 씨는 도착했나요?"

"네, 동행인과 함께 30분 전에 도착했습니다. 잠시 화장실에 간다고 하셨는데……."

이번에 기획 중인 신규 사업에는 저번부터 눈여겨보고 있던 제화기획 마케팅 기획3팀 홍상훈의 기획이 포함되어 있었는데, 그는 앞서 햅반 사업을 추진할 때 뛰어난 역량을 보인 바 있었다.

햅반의 성공에는 그의 지분도 일부나마 있었으니, 나는 이번 신규 사업을 빌미 삼아 제니퍼에게 S&S 경영 일부를 맡겨 볼까 생각하는 중이었다.

윤선희는 착석의 흔적이 보이는 빈자리를 보며 쓴웃음을 지었다.

"조금, 속앓이를 하시는 것 같아서요."

"흐음, 그렇습니까."

하긴, 팀장이라고는 하나, 그는 경력상 아직 햇병아리에 가까웠다.

어째 주위에 강심장만 있다 보니 자각하지 못한 것도 있지만, 그 입장에 이번 프로젝트의 핵심 인물로 발탁된 건 제법 부담이 되는 일이기도 할 터.

'능력 면에선 어쨌건 새가슴인 모양이군.'

더군다나 정대성이 불참한다고는 하지만 회의 참석자 면면은 결코 만만치 않으니까.

윤선희의 막힘없는 브리핑을 들으며 나는 회의 준비 자료를 들췄다.

'무탈하게 진행되겠어.'

조금 아쉬운 거라면, 이 자리에서 결정될 사인이 정대성의 불참으로 브레이크가 걸리지 않을까 싶은 정도.

하지만 그런 트집 잡기조차도 이미라가 방패막이가 되어주는 한, 별다른 문제는 없을 것이다.

'뭐, 그건 불참한 쪽 잘못이지.'

그사이 윤선희가 브리핑을 마쳤다.

"……김민혁 전무이사님은 회의 10분 전에 도착하신단 통보를 하셨습니다. 보고드릴 내용은 이상입니다."

"수고하셨어요."

"혹시 달리 여쭤볼 것은 없으신가요?"

"아닙니다. 괜찮아요."

윤선희는 빙긋 웃으며 고개를 끄덕인 뒤, 사무적인 어조를 친근하게 고쳐 입을 뗐다.

"회의 전까지 시간이 있으니, 차라도 한 잔 가져다 드릴까요?"

"음, 부탁드릴게요."

"네, 그럼 실례하겠습니다."

윤선희가 회의실을 나서고, 얼마 지나지 않아 마치 무대 위의 배우가 바뀌듯 제니퍼가 회의실로 들어왔다.

"실례하겠습니다……. 어머, 성진아?"

제니퍼는 내가 있는 게 의외라는 양 입을 뗐다.

"어서 오세요, 누나."

"……내가 1등인 줄 알았는데, 왜 이렇게 일찍 온 거야?"

나는 손목시계를 들여다보았다.

"아직 회의 20분 전인데요?"

"얘는."

제니퍼는 옆자리에 앉으며 내 어깨를 찰싹 때렸다.

아야.

"명색이 사장이면서 이렇게 눈치가 없어서야. 원래 높으신 분은 이런 자리에 좀 늦게 들어와야 하는 법이야."

"그런 법이 세상에 어디 있어요?"

"관습법의 일종이야."

제니퍼는 뻔뻔하게 말했다.

"그 왜, 시간에 딱 맞춰 오기라도 했다가 높으신 분이 너를 기다리고 있었다고 하면 부하들에겐 그 자체로 부담스러운 일이 되거든. 그것 때문에라도 사장은 일부러라도 지각을 하는 거고.”

그렇게 들으니 한편으론 그럴듯하긴 했지만.

“그래서 시저스 조례 때도 지각이 잦으신 건가요?”

“……헤헷.”

제니퍼는 내 지적을 웃음으로 무마하더니 의자를 빙글 돌려 주위를 돌아보았다.

“오빠는? 아직? 설마 꼴에 갑질인가?”

“정대성 전무님은 못 오신대요.”

“갑질의 정점이네, 이거.”

“설마요. 그래도 대리인을 보내겠다고 했는걸요.”

내 말에 제니퍼는 코웃음을 치며 회의 자료를 뒤적였다.

“들으니까 오늘 제법 중요한 자리인 거 같던데, 이런 자리에 불참하겠다는 건 그 인간 나름의 거부권 행사 아니야?”

생글생글 웃는 얼굴로 회의실에 들어오긴 했지만, 그녀도 이번 회의가 제법 중요한 자리임을 알고 있다는 양 의상에 힘을 빡 준 티가 났다.

어쨌거나 경영 수완이며 재능이 있는 그녀였다. 이번 회의가 그녀의 커리어에 있어 분수령이 되리라는 것쯤은 꿰고 있었으리라.

“저희 고모님은 오시기로 했으니 그럴 걱정은 없을 거예요.”

“음…… 그렇긴 하지만.”

제니퍼는 어깨를 으쓱였다.

그즈음, 회의실 바깥으로 두런거리는 목소리가 들렸다.

"정말, 팀장님도. 약국에서 청심환 사 왔으니까, 그거 드세요."

"그거 먹으면 네 알째야."

"……과잉 복용 아니에요? 어머, 설마 그래서 배탈이 난 건가?"

그리고 문이 열리며 초면의 20대 후반 사내와 그보다 조금 아래 연배의 여성이 회의실로 들어섰다.

"아."

"어머."

둘은 우리를 보자마자 움찔했고, 나는 자연스럽게 일어서서 둘에게 향했다.

"어서 오세요. 혹시 제화기획의 홍상훈 팀장님이십니까?"

"아, 응……."

짐작한 대로, 홍상훈과 그 휘하 팀원이었다.

'팀장치곤 생각보다 젊군.'

한편 홍상훈은 영 믿음직스럽지 못한 얼굴로 나를 멍하니 쳐다보고 있었는데, 옆의 부하가 그 옆구리를 팔꿈치로 찔렀다.

"꺼흑?"

"팀장님, 'SJ컴퍼니 사장님'께 제대로 인사하셔야죠."

이 자리에 초등학생이 왜 있나 싶던 얼굴이던 그제야 홍상훈은 뜨악한 얼굴로 제정신을 차렸다.

“아, 그, 그렇지! 넵! 실례했습니다! 저는 제화기획 마케팅 기획3팀 홍상훈 팀장이라고 합니다! 아, 그, 저기, 명함이…….”

허둥지둥하는 홍상훈 곁에서 그녀는 한숨을 푹 내쉬더니 명함 두 장을 꺼내 한 장은 홍상훈에게, 나머지 한 장은 자신이 챙기곤 내게로 왔다.

“제, 제화기획 마케팅 기획3팀 홍상훈 팀장입니다. 아, 했던 말 또 했…….”

쭈뼛쭈뼛한 홍상훈 곁의 여직원은 똑 부러지는 태도로 고개를 꾸벅 숙이며 양손으로 명함을 내밀었다.

“실례했습니다. 제화기획 마케팅 기획3팀 이유미입니다.”

“반갑습니다. SJ컴퍼니 이성진 사장입니다. 그리고 이쪽은…….”

나는 미소 띤 얼굴로 둘의 긴장을 풀어 주고자 했고, 제니퍼는 눈치껏 내 보조에 나섰다.

“젊으시네요, 다들. 아, 저는 요 빌딩 지하에 있는 식당 사장인 제니퍼라고 해요.”

제니퍼는 정금례가 아닌 제니퍼란 이름을 댔고, 둘의 어리둥절해하는 시선을 받으며 어깨를 으쓱였다.

“에이 그렇게 딱딱한 자리가 아니니까 걱정하실 거 없어요."

그러면서 그녀는 보란 듯 내 머리 위로 손바닥을 턱 얹었다. 손 치워라.

"게다가 사장이라곤 해도 요런 꼬맹이고, 저한텐 누나, 누나 하면서 따라다니는걸요."

내가 언제.

"게다가 저희는 피차 20대 또래잖아요? 아, 20대 맞으시죠?"

나는 아닌데?

"아, 그, 그렇습니다만……."

제니퍼의 말에 제화기획의 두 사람은 서로의 얼굴을 살폈고, 제니퍼는 다시 한번 보란 듯 내 머리를 툭툭 두드렸다. 손 치워라.

"뭐, 그러니 나중에 오실 이미라 공동이사님께만 예의를 차려도 될 거예요."

어쨌거나 이런저런 제니퍼의 노력 덕에 홍상훈은 긴장한 티를 간신히 씻어 냈고, 나는 제니퍼의 손을 치우며 미소를 지었다.

"그렇습니다. 저희가 아직 젊은 회사여서요. 임직원 평균 연령이 낮은 편이다 보니 가능하면 수평적인 관계를 지향하고 있습니다."

제니퍼는 나중에 두고 보겠지만.

제니퍼는 앞으로 닥칠 고과의 불이익도 눈치채지 못한 채 맞장구를 쳤다.

“맞아요. 회의에 참석할 이 회사 임원인 민혁 씨도 저랑 비슷한 나이고요. 뭐, 이래 봬도 회사는 잘 굴러가는 거 같으니까 걱정 안 하셔도 돼요.”

“그, 그렇습니까, 하하…….”

“그럼, 다들 앉을까요?”

우리는 적당히 회의실에 자리를 잡았고, 뒤이어 제니퍼가 싱글싱글 웃으며 나를 보았다.

“그나저나, 김민혁 전무이사님은 언제쯤 오십니까, 사장님?”

“네. 10분 전에 오겠다고 들었으니…….”

나는 손목시계를 힐끗 살폈다가 말을 이었다.

“곧 오실 거예요.”

“흐음. 그쪽은 설마, 바쁜 척?”

“바쁜 척이 아니라, 생각보단 바쁜 사람이에요.”

“그래? 그런 것치곤…….”

그 말이 떨어지기 무섭게, 회의실 문이 왈칵 열렸다.

‘타이밍 한번 기가 막히는군. 양반은 못 되…….’

나는 생각을 멈추고 자리에서 벌떡 일어섰다.

‘……엥?’

김민혁은 양반이었다.

"음, 저희가 조금 일찍 온 거 같군요."

상대는 조금 일찍 도착했다.

이미라였다.

그리고 그 뒤엔.

"숙부님."

'왜 여기 계세요' 싶은 인물이 모습을 드러내마자, 나머지 인원도 아차 싶었다가 부지불식간에 기립했다.

"뭐, 늙은이들에겐 남아도는 게 시간이다 보니, 아무래도 시간을 어기고 만 모양이구나, 허허."

나는 그 예상치 못한 불청객을 보며 간신히 입을 뗐다.

"……할아버지?"

이휘철이 싱긋 웃었다.

"나도 슬슬 밥값은 해야겠다 싶어서."

이휘철은 빙긋 웃으며 회의실 문을 열어젖힌 뒤, 뒤를 돌아보았다.

"재훈이, 들어오게."

"아, 그럼."

나는 홍상훈 곁의 이유미가 청심환을 물 없이 꿀꺽 삼키는 걸 곁눈질로 보며 침음을 삼켰다.

그리고 제니퍼는 어처구니없다는 듯, 이휘철과 동행한 노인을 쳐다보았다.

"……아빠?"

해림식품의 회장인 정재훈이라.

'정대성 전무의 대리인치곤 거물이 납셨군.'

할아버지인 이휘철에 고모인 이미라, 그리고 제니퍼의 아버지인 정재훈까지.

'정말, 가족 같은 회사야.'

한편.

그때 마침 김민혁이 회의실의 열린 문으로 들어왔다.

"10분 전에 오는 척하고 15분 전에 도착해 버리기~."

음.

"……히끅?"

콧노래를 흥얼거리다 말고 딸꾹질을 하는 김민혁을 보니, 제니퍼가 말한 관습법의 의미를 조금 알 것 같았다.

3장

윤아름과 SBY가 소속사로 두고 있는 SJ엔터테인먼트는 여의도의 임대 건물과 분당 SJ컴퍼니 사옥 양측을 모두 사용하고 있었다.

여의도에 자리한 건물에서는 주로 SBY의 안무 연습, 녹음, 휴게 시설 등이 쓰였고 여타 자잘한 서류 업무 등은 모두 분당 사옥에서 이루어지고 있었는데, 소속 연예인들의 프로필 사진을 갱신하거나 하는 일도 도맡아 하고 있었다.

그 스튜디오로 향하는 엘리베이터에 오르며, 전예은은 마치 초등학생의 견학을 안내하는 것처럼 자상하게 관련한 내용을 풀어 주었다.

"그러면 SBY 오빠들은 여의도에 계신 거네요?"

정서연은 SBY와 만나는 걸 조금 기대했다는 듯 아쉬워했고, 전예은은 그런 정서연에게 빙긋 미소를 지어 주었다.

"네. 방송국이랑 가깝기도 하고, 그러다 보니 여의도 근방엔 SBY분들의 활동에 필요한 제반 시설도 밀집되어 있거든요."

전예은의 조곤조곤한 목소리를 들으며 한성진은 전예은의 옆모습을 힐끗 살폈다.

한성진은 그녀를 자신과 그리 나이 차가 많이 나지 않을 거라고 생각하면서도, 어딘가 어른스럽다고 생각했다.

여간한 일은 한성진과 공유하는 이성진이었지만 그런 이성진도 전예은과 관련한 이야기는 거의 꺼내지 않았고, 그저 스치듯 '비서를 한 명 고용했다'는 정도만 언급한 바.

엄밀히 말해 한성진과 전예은은 요한의 집에서 만난 적 있는 구면이었지만, 서로 대화를 나눠 본 적도, 또 그녀 스스로도 주위 풍경과 동화되듯 존재감을 지우고 있었기에 한성진은 전예은을 초면인 양 대하며 묘하게 어색해하고 있었다.

전예은은 그런 한성진의 시선을 눈치챈 듯, 부드러운 미소를 지으며 한성진을 돌아보았다. 한성진은 당황한 나머지 저도 모르게 얼른 고개를 돌렸고, 전예은은 살포시 웃으며 입을 뗐다.

"학생회장 선거용 포스터를 촬영하신다고 했죠?"

김민정이 전예은의 말을 받았다.

"네, 언니. 아, 언니라고 불러도 될까요?"

"그럼요."

김민정은 말이 나온 김에 묻는다는 양 덧붙였다.

"그런데…… 언니는 나이가 어떻게 되세요?"

전예은은 얼굴에 미소를 유지한 채 대답했다.

"올해로 열일곱 살이에요."

"어? 그러면, 언니, 고등학생이에요?"

여러 의미가 함축된 질문이었으나, 전예은은 거기에 담긴 의도 중 하나를 골라 무탈한 대답을 내놓았다.

"제 또래는 그렇죠. 저는 고등학교로 진학하는 대신 이곳에 입사하는 것을 택했습니다."

"어…… 으음, 그래도 돼요?"

김민정은 그렇게 말하곤 스스로도 아차 싶었던지 얼른 덧붙였다.

"그게, 저는 그럴 나이가 되면 무조건 고등학교에 진학을 해야 한다고 생각했거든요."

전예은은 질러 놓고 보는 아이들의 당돌함에도 언짢아하는 기색 없이 친절하게 말을 받았다.

"꼭 그런 것만은 아니에요."

마침 띵, 소리와 함께 엘리베이터가 멈춰 섰고, 전예은은 열린 문을 나서며 말을 이었다.

"중요한 건 자신의 환경과 장래를 생각해서 선택하고 결정하는 거죠."

"음…… 부모님께선 다른 말씀 없으셨어요?"

김민정의 말에 전예은은 발걸음을 멈칫했다가, 다시 발걸음을 떼며 미소를 띠었다.

"저희 부모님은 자유방임주의시거든요."

"부럽다……."

김민정의 중얼거림에 전예은은 아이들에게 보일 리 없는 쓴웃음을 지었다가 다시금 미소를 머금었다.

"그런 건 사람마다 다르겠죠."

대한민국 재계 서열의 손에 꼽히는 인물들이 한자리에 모인 회의실은 묘한 긴장감으로 가득했다.

그 프로페셔널한 윤선희조차 내게 차를 가져다주러 왔다가 식겁하며 다시금 인원수에 맞춰 다기를 준비했고.

회의실 탁자 위엔 티백 녹차 대신 옥로와 (전예은이 아끼는)양갱이 놓였다.

이휘철은 차를 한 모금 후룩 마셨다가 찻잔을 내려놓으며 입을 열었다.

"자, 그럼 회의를 진행해 보자꾸나."

그는 마치 자신이 이 자리의 대표인 양 회의를 주도하기 시작했지만, 언감생심 그걸 언짢아하는 사람은 이 중 아무도 없었다.

'하긴, 누가 감히 그러겠어.'

이휘철이 말을 이었다.

"방금 전 안건을 훑어보니 S&S의 이름을 걸고 빵집을 하나 차려 보겠다지?"

"예."

나는 이휘철의 말을 받았다.

"최근 시장 동향을 살펴보니 베이커리 시장의 수요가 증가하고 있음을 확인할 수 있었습니다. 그리고……."

참석자들은 내 말에 더해 회의 자료에 첨부된 자료를 들여다보며 고개를 주억거렸다.

내 보고를 들은 이휘철이 턱을 긁적였다.

"으음. 그럴듯하구나. 앞으론 빵집이 제법 쏠쏠한 장삿거리가 될 거란 건 이해했다."

"감사합니다."

"하나, 관련해선 이미 신화명과가 있지 않느냐? 그러니 굳이 이쪽에서 별도의 빵집을 만들 필요는 없어 보이는데……."

이미라가 주도하고 있는 신화명과는 신화호텔과 신화식품의 지분을 더해 설립한 합자회사로, 프리미엄 고급 베이커리를 표방하며 백화점 등지에 입점, 쏠쏠한 매출을 올리고 있는 회사였다.

이휘철이 말을 이었다.

"그러니 차라리 기존에 있던 미라의 신화명과에 S&S의 지분을 투자해서 그걸 키워 보는 건 어떻겠느냐? 신생 브랜드가 맨땅에서 성공하는 것보단 그나마 프레스티지가 있는 신화명과를 이용하는 것이 응당해 보이는구나."

그 말에 모두의 시선은 이미라를 향했고, 이미라는 잔잔한 미소를 지었다.

"경영전략상으로는 숙부님의 말씀이 옳습니다만, 해림식품 측을 초빙한 성진이 나름의 생각이 있을 테니, 그걸 들어 보지요."

"허허, 이거 참, 늙은이 괄시하는 것도 아니구."

이휘철은 농담을 섞어 가며 투덜거렸지만, 나는 그 화법에 속으로 혀를 내둘렀다.

'나중에 이슈가 제기되는 것보단 미리 언급해서 뿌리를 잘라 내는 게 효율적이란 거지.'

이휘철이 곁에 앉은 정재훈을 보며 말을 이었다.

"좋다, 모처럼 두문불출하는 정 회장을 끌고 왔으니 어디 우리 손주 이야기를 한번 들어 보자꾸나."

"두문불출은 내가 아니라 자네겠지."

정재훈은 이휘철에게 힐난을 던지곤 나를 쳐다보았다.

자수성가형 거인 특유의 자신만만한 어조와 위압감이 나를 짓누르는 듯했다.

전생에도, 현생에도 말로만 들었을 뿐, 초면.

"이성진 사장."

"예, 회장님."

"나는 비록 못난 아들 녀석의 대리인 자격으로 나오긴 했다만."

정재훈이 겉보기엔 자상해 보이는 미소를 머금고 말을 이었다.

"혹여 그대는 지금 봉효가 염려하는 바가 무엇인지 알겠는가?"

알다마다.

이 자리에 모인 거물들의 심기를 거스르지 않고, 단순 지분 양도와 투자 확장이 아닌, 공공의 이익을 추구하는 방향의 솔루션.

정재훈에게선 한자리에 모이기 힘든 사람들이 모처럼 모였으니, 그에 합당한 의견을 내야 할 거라는 압박감이 동시에 전해졌다.

'사전 동의도 없이 멋대로 찾아와 놓고선.'

나는 속으로 투덜거리면서, 미소를 지었다.

"제가 아직 어려서 많은 것을 알지는 못합니다만, 이번 사업은 경영고문님이 우려하시는 바로 흘러가지 않을 겁니다."

"……호오."

또한 앞서 이휘철이 찔러본 바는 이른바 카니발라이제이

션(Cannibalization : 자기 시장 잠식)을 염두에 둔 이야기였다.

"그럼 S&S 측은 여기 계신 이미라 이사님의 신화명과와는 겹치지 않는 선에서 베이커리 사업을 진행할 거란 의미냐? 어떻게 할지 한번 들어 보자꾸나."

"예. 제 나름대로 분류한 바입니다만……."

1980~90년대의 베이커리 시장은 '왕관 베이커리'를 필두로 한 프랜차이즈형 빵집과 동네 빵집, 그리고 공장에서 생산되는 양산형 빵 세 가지가 각축전을 벌이고 있었다.

그중 주목받고 있는 건 80년대 말부터 시장에 뛰어들어 확장 일로에 선 '왕관 베이커리'로, 사람들은 이제 양산형 빵과 동네 빵집으로 대표되는 베이커리 시장이 사양세에 접어들지나 않을지 예의주시하는 상황.

내가 기억하기론 '왕관 베이커리'의 경우 1996년도에 정점을 찍어 그 매출액이 1,000억에 달했으니, 결코 얕잡아 볼 시장은 아니었다.

'IMF 이후 하락세를 겪다가 부도를 맞이하게 되긴 하지만.'

그렇다고는 해도 '왕관 베이커리'의 몰락이 베이커리 시장 전체의 몰락을 의미하는 것은 아니었다.

그건 상승세에 고무된 '왕관 베이커리' 측의 실책으로, 범국가적 경기 침체와 무분별한 확장이라는 상극이 어우러진 결과였다.

"……해서, 베이커리는 이상의 세 가지로 분류할 수 있습

니다.”

“그렇지.”

정재훈은 미소 띤 얼굴로 고개를 끄덕이긴 했지만, 이 정도는 딱히 놀랄 만한 분석도 아니라는 듯한 뉘앙스로 말을 이었다.

“자네의 말마따나 그건 어디에나 있는 이야기이기도 하고.”

“그렇습니다. 회장님의 말씀대로 각각은 대기업과 중견기업, 자영업자가 경영하는 소기업의 형태로 분류되겠지요.”

“음.”

일단 동의하고 나선 뒤, 차분히 정재훈의 말을 받았다.

“하지만 회장님께선 베이커리 시장이 가지고 있는 특수성을 간과하신 것 같습니다.”

슬쩍 찔러보았으나, 이휘철이 자리에 있어서인지 아니면 그 천성인지 정재훈은 붉으락푸르락하는 일 없이 ‘어디 계속해 보라’는 듯 경청하는 태도를 취했다.

‘어쨌건 이 양반도 범상한 영감은 아니야.’

나는 혀끝으로 마른 입술을 핥은 뒤 말을 이었다.

“잠시, 편의상 어쭙잖은 비유를 들어 보겠습니다. 빵을 만들고 제작하기 까지를 최솟값 0에서 최댓값인 100까지로 간략히 예시를 들자면.”

나는 시선을 회의 자료로 돌리는 일 없이 똑바로 정재훈의 눈을 받았다.

“해림식품에서는 귀사의 자회사인 야니 브랜드를 통해 공장 완성 제품을 일반 식자재 시장에 납품하는 형태를 띠고 있습니다. 소비자는 100의 형태를 띤 제품만을 받으며 이는 대기업이 하는 일이라 할 수 있습니다.”

“음.”

“여기서 최근 성장세에 이른 왕관 베이커리는 재료 유통 및 자사가 가진 기술을 가맹점에 제공하며 빵을 구워 냅니다. 그러면서 왕관 베이커리는 품질을 균일화하며 그들이 가진 브랜드 네임을 지켜 내고 있지요, 때때론 본사에서 완성된 빵을 받아 소매하기도 합니다. 저는 이를 2~30으로 잡겠습니다.”

나는 고개를 돌려 가만히 경청 중인 이미라를 바라보았다.

“반면, 이미라 이사님의 신화명과는 형태상 동네 빵집에 가깝다고 할 수 있습니다.”

명실상부 최고급 호텔 베이커리를 표방하는 대신화명과를 동네 빵집과 엮어 들먹였지만, 김민혁이며 홍상훈, 이유미를 제외하곤 내 말을 담담하게 받을 뿐이었다.

아니.

이미라는 싱긋 미소를 지으며 알아들었다는 양 끼어들었다.

“그래서 동네 빵집에 비유를 들었구나.”

"……무슨 의미인가?"

정재훈의 말에 이미라는 고개를 끄덕였다.

"신화명과는 모두 직영점을 표방하고 있습니다. 고객들에게 저희가 낼 수 있는 최고의 품질, 최고의 기술력을 제공하려면 어쩔 수 없는 일이죠."

감히 이 자리에서 '최고'를 입에 담고 있었지만, 이미라에겐 그럴 만한 자격이 있었다.

신화명과는 프랜차이즈형 빵집이 즐비한 근 미래에도 명실상부 TOP의 위치를 고수하던 고급 베이커리였으니까.

"신화명과의 각 직영점은 새벽부터 빵을 반죽하거나, 또는 전날 부풀려 둔 빵을 이용해 시간마다 빵을 구워 냅니다. 그렇게 완성된 빵은 해당 지역에서 소비하는 것을 목표로 삼고, 백화점에 납품하는 제품 또한 최소 1~2시간 이내에 비치하는 것을 원칙으로 하고 있습니다."

이미라는 베이커리 공정의 대략적인 공정을 쉽게 풀어 설명했고, 뒤이어 나를 바라보았다.

"그러니 성진이가 말한 대로, 형태상으론 0에서부터 100을 모조리 완성하는 동네 빵집에 가까운 거겠죠. 그렇지?"

나는 고개를 끄덕였다.

"예. 그리고 여기서 저는 이번 신규 론칭 브랜드를 해림식품의 야니와 왕관 베이커리 사이의 길에서 이야기를 해 보고자 합니다. 그러자면……."

나는 이미라와 정재훈을 번갈아 보았다가 말을 이었다.

"공장형으로서 해림식품이 가진 강점과 프리미엄 베이커리로서 신화명과가 가진 노하우 양측을 흡수한, 둘의 수요가 겹칠 리 없는 새로운 시장이 열릴 뿐만 아니라 베이커리 시장 자체가 커지게 될 겁니다."

정재훈은 가만히 고개를 끄덕였다.

"그러면 이성진 사장. 고급 제품인 신화명과야 그렇다 치고, 해림식품에서는 무엇을 해 줄 수 있다는 건가?"

나는 정재훈을 향해 미소를 지었다.

"아뇨. 냉동 제품 제작 및 유통의 1인자인 해림식품이기에 할 수 있는 일입니다."

전생, 해림식품의 자회사인 '파리 파네'가 베이커리 시장을 선점할 수 있었던 건 그들이 가진 냉동 기술에 힘입은 바가 컸으니까.

'냉동 생지.'

그건 프랜차이즈형 빵집이 우후죽순 생겨날 수 있었던 핵심 기술 중 하나였다.

베이커리 시장의 특수성은 빵이라는 상품이 가진 시효성에 바탕을 두고 있다.

빵이란 여느 완제품 못지않은 감가상각의 성격을 띠고 있는데, 여기엔 단순 유통기한 이상의 '갓 구워 낸 빵'이라고 하는 메리트가 고객의 선택 결정권에 지대한 영향을 끼친다.

이때 빵은 어느 정도의 보존성을 띠나, 품질 관리를 위해 최소한 당일 생산 제품의 당일 소비를 지향하는 즉시성을 필요로 하는 상품이기도 했다.

쉽게 말하면, 빵은 '갓 만든 것이 가장 맛있다.'

그런 한편 각각의 베이커리는 동시에 소비자 접근성을 충족할 필요가 있었고, 이때만 하더라도 각 매장은 판매 시설과 제과 시설 두 가지를 구비해야 했다.

이러한 진입 장벽은 베이커리가 시내 중심가에 자리 잡기 힘들다는 것이 더해지며 '대기업이 굳이 나설 필요가 없는' 시장으로 점쳐질 요소이기도 했다.

그러니 그간 베이커리 시장은 '동네 장사'의 대표 격이라고 할 수 있었고, 대기업이 발을 들이밀기 힘든 영역의 상품 모델이었다.

제아무리 이 시대의 '왕관 베이커리'가 프랜차이즈 형태를 표방하고 있다곤 하나 사실 본질적으론 '동네 빵집'의 발전형에 가까웠고, 그러다 보니 각 매장이 필요로 하는 최소한의 용적률은 무시하지 못할 만큼 커다랬다.

하지만 냉장 냉동 및 유통 기술의 발전으로 '냉동 생지'가 보급되기 시작하면서 이러한 진입 장벽을 대폭 낮춰 주는 결과를 불러일으켰다.

'공장형 유통과 직영점이 가지는 품질 관리, 두 마리 토끼를 잡은 셈이지.'

전생의 경우, 해림식품의 자회사인 '파리 파네'가 베이커리 시장을 선점할 수 있었던 건, 그들이 가진 냉동 기술에 힘입은 바가 컸다.

그렇게 해서 '파리 파네'는 모기업이 소유한 유통망과 냉동 생지를 생산 · 보급하는 뒷배를 등에 업고 갓 구워 낸 '프랜차이즈형 빵집'이 시내 중심가에 위치한다고 하는, 세계에서 유래를 찾기 힘든 형태의 비즈니스 모델로 자리매김하기에 이른다.

냉동 생지에 관한 내 보고가 끝나자 정재훈과 이휘철은 그럴듯하다 여겼는지 묵묵히 고개를 끄덕였고.

"여기서."

나는 주위를 둘러보며 입을 뗐다.

"제가 제안드리고자 하는 건 이 '냉동 생지'의 유통과 보급에서 출발한 공장형과 현지 생산 및 소비를 동시에 충족하는 소매점 사이의 절충점 형태의 사업 모델입니다."

이미라가 내 말을 받았다.

"하긴, 빵이라고 하는 건 반죽과 발효가 대부분을 차지하니까. 그 과정을 줄이고 단순히 '굽는다'는 것만으로도 공정을 대폭 줄일 수 있을 거고, 그 효율상의 해당 메리트는 상당할 거야."

그렇게 말하면서도 이미라는 그 말 속에 이번 신규 론칭 베이커리가 신화명과의 품질에는 미치지 못하리란 확신을 담고 있었다.

'뭐, 재료 조달이며 제과 기술면에서 장인의 그것을 표방하는 신화명과와 그 맛에선 정면 대결로 이길 순 없겠지만, 이쪽은 이쪽 나름의 가성비라는 무기가 있고.'

여기서 나는 최소한 이미라가 반대자로 회의에 임하지 않는 것만으로도 나는 족하다 여겼다.

"네. 각 매장의 부담도 덜 수 있고, 냉동 생지의 유통 과정에 한 단계를 더 거쳐 케이크 종류도 판매가 가능할 거라 봅니다."

"케이크?"

"예. 동시에 점포의 크기를 줄이는 만큼 가맹점주의 의사에 따라 카페형 프랜차이즈로 발돋움도 가능하겠죠. 관련해서는 자사의 커피 프랜차이즈인 로스트 빈과 상호 교류를 통한 시너지 효과도 예상하고 있습니다. 로스트 빈은 베이커리로부터 당일 생산된 제빵류를 받고, 베이커리 측은 로스트 빈에서 로스팅된 원두를 받아 올 수 있을 테니까요."

말해 무엇할까마는, 갓 구워 낸 빵이 맛있는 것처럼 갓 로스팅한 원두가 커피 맛을 끌어올리는 법이다.

이는 애당초 로스트 빈 브랜드를 론칭할 당시부터 고려 사항으로 넣은 것이었고, 지금 프리미엄 커피로서 로스트 빈의 입지를 다져 둔다면 훗날 스타벅스가 국내로 들어올 때도 속절없이 밀려나지는 않을 거란 계산이 서 있었다.

그때, 잠자코 있던 정재훈이 입을 뗐다.

"과연, 그래서 이 자리에 해림식품이 필요했던 게로군. 시장이 겹치지도 않을뿐더러, 이는 한편으론 봉효 자네가 말한 블루 오션이라는 것이기도 할 테지."

이휘철은 히죽 웃으며 그 말을 받았다.

"그것도 성진이가 알려 준 말이라네. 들을수록 제법 적절한 표현이라 생각하지 않은가?"

그 어조엔 '내 손주가 이 정도다' 하는 자랑이 섞여 있어서, 정재훈은 가볍게 눈살을 찌푸렸다.

"주책은. 늙어도 곱게 늙을 것이지. 손주 자랑 하려면 돈이나 내놓고 하게."

"늘그막에 하는 손주 자랑은 팔불출도 아니라야."

"이 사람이, 한 번 죽었다 깨더니 능청만 늘었어."

정재훈은 이휘철의 농담에 잠시 어울려 주었다가 고개를 돌려 나를 보았다.

"그럼, 일단 알겠네. 이성진 사장. 이 빵집…… 음, 아니지. 혹여 뭐라고 부를지 정해 둔 건 있는가?"

나는 그 말에 고개를 돌려 홍상훈을 바라보았다.

"관련해선 저도 전문가의 의견을 들어 보고자 합니다."

이 자리에 모인 모두의 시선을 받은 홍상훈은 움찔하더니 볼펜을 내려놓으며 떨리는 목소리로 입을 뗐다.

"저, 여러 모로 생각해 보았습니다만."

뒤이어 홍상훈은 심호흡을 한 번 하더니 떨림 없는 어조로 말을 이었다.

“이때는 귀사의 브랜드가 가진 강점에 솔직할 수 있도록 ‘오늘 구운 빵’이라는 이름 그대로를 사용하면 어떨까 합니다.”

한국어로 된 문장형 상호는 이 시대에 드문 것이었는데, 홍상훈은 근 미래에나 있을 법한 담백하고 직관적인 상호명을 그 자리에서 뱉어 냈다.

‘오늘 구운 빵이라, 시대를 앞서가는 느낌이긴 한데……. 즉석에서 지어낸 것치곤 나쁘지 않군.’

이미라가 그 말에 고개를 갸웃했다.

“브랜드명을 ‘오늘 구운 빵’으로 하자는 건가요?”

“아, 네, 넵! 그렇습니다!”

“음, 좀 더 외래어를 가미한 명사가 좋지 않겠어요?”

외래어를 브랜드 상호로 정하는 것이 이 시대의 허세 섞인 유행이었으니 이미라의 말도 일리는 있었지만, 홍상훈이 눈을 반짝하고 빛냈다.

“저는 이 경우, 자사가 가진 브랜드의 캐치프레이즈를 그대로 사용하는 것이 효과적이리라 판단했습니다.”

어리바리한 모습과 달리, 한번 옳다고 생각한 부분엔 물러서지 않는 강단이 보이는 게, 아무래도 윗선의 눈밖에 나기 딱 좋은 인물이긴 했지만.

이미라는 곱씹을수록 괜찮다고 여겼는지 결국엔 그 명명에 동의하듯 고개를 끄덕였다.

"나쁘지 않군요."

"감사합니다!"

"아니, 감사할 것까지야……."

이미라는 조금 당황하며 고개를 돌려 나를 보았다.

"성진이는 어떻게 생각하니?"

생각해 보면 이 자리에 모인 이들은 경영 능력이야 어쨌건 네이밍 센스와는 거리가 먼 이들이었다.

나는 어차피 홍상훈에게 마케팅 기획을 일임할 생각이었기에, 흔쾌히 고개를 끄덕였다.

"네, 좋다고 생각해요."

"흐음, 뭐, 그러면 그러자꾸나."

홍상훈과 이유미가 안도의 한숨을 내쉬는 걸 보며, 정재훈이 입을 뗐다.

"그러면 브랜드 네임은 S&S의 대표이사를 겸하는 이성진 사장의 결정대로 하고."

정재훈도 성격상 괜한 트집을 잡는 인물은 아니었던지 이 시대엔 비교적 파격적인 네이밍에도 그러려니 했다.

마케팅에 브랜드 네임이 중요하지 않은 건 아니었지만 정재훈에게 그런 것쯤은 어디까지나 '편의상 부를 만한 이름'이 필요하단 느낌이었고, 브랜드 네임이란 얼마든지 경영으로 빛내면 그만이란 생각이리라.
정재훈이 그윽한 시선으로 나를 쳐다보며 말을 이었다.
"하면, 그 자리에 앉을 경영자로는 누굴 생각하고 있는가?"
그에게 중요한 건, 브랜드 네임이 아니라 그 브랜드를 이끌어 갈 주체였다.
이번 일은 해림식품 측의 협조가 필수불가결한 요소였고, 만일 내 대답이 내키지 않는다면 아마, 회장의 권한으로 이 모든 걸 '없던 일'로 치부해 버리고 말 냉정함이 그 미소 속에 언뜻 묻어났다.
'호락호락하지 않아. 하지만.'
생각해 둔 바는 있었다.
아니, 오히려 정대성이 아닌 정재훈이 있는 자리이기에 나로선 더더욱 좋은 일이었다.
나는 고개를 돌려 제니퍼를 보았다.
"저는 여기 계신 시저스 본점의 사장이자 S&S의 정금례 이사님께서 신규 론칭할 베이커리의 경영을 담당해 주셨으면 합니다."
내 말에 제니퍼는 어느 정도 짐작은 했으나 정말로 이 자리에서 임명할 줄은 몰랐다는 양 벙벙한 얼굴을 했다.
"내가? 아니, 제가요?"
"예. 이젠 시저스도 궤도에 올랐고, 그 시저스의 경영을 궤도에 올린 건 정금례 이사님의 능력이니까요."

제니퍼는 곤혹스럽다는 듯 손가락을 책상 위에 까딱거리다가 팔짱을 꼈다.

"으음, 하지만 나는 시저스도 관리해야 하고……."

한편, 정재훈은 속내를 알기 어려운 표정으로 나를 지그시 바라보다가 입가에 미소를 걸었다.

"그래도 괜찮겠는가?"

이어서, 그는 이 자리를 집어삼킬 것 같은 카리스마를 보이며 말을 이었다.

"지금 위치야 어쨌건 금례는 내 여식일세. 이성진 사장. 그대의 말대로라면, 이번 사업의 지분은 사실상 우리 해림식품이 고스란히 가져가는 모양새가 될 텐데, 이성진 사장은 그래도 무방하겠느냔 의미야."

그 의도한 바가 숨김없이 담긴 말이었다.

지금은 필요에 의해 협력 중이긴 하지만, 엄밀히 따져 타인과 타인. 그것도 이익에 반하는 일이 있다면 얼마든지 손절도 가능하며 마음만 먹으면 해림식품이 이번 프로젝트를 집어삼키는 것도 가능하다는 뉘앙스의 선언.

냉정한 비즈니스의 세계에서 살아남은 인간의 발언이고, 실제로도 해림식품은 S&S 따위 안중에도 없이 이번 일을 추진할 힘과 능력이 있었다.

'암만 삼광에 비하면 다소 격이 떨어진다지만, 그 바닥은

굴러 들어온 돌이 섣불리 넘볼 영역은 아니란 거지.'

제니퍼는 당황하면서 정재훈의 말에 끼어들 낌새를 보였다.

"아빠, 지금은……."

"넌 가만있어라."

"……."

나는 그 부녀를 보며 속으로 혀를 내둘렀다.

'이러니 제니퍼가 기를 쓰고 해림식품에서 독립하려 한 거겠지. 그건 정재훈 나름의 부성애겠지만, 그게 다소 비틀려 있단 것도 알 듯하고.'

정재훈이 나를 물끄러미 보았다.

"실례했네. 그래서 이성진 사장. 자네 생각은 어떠한가?"

하지만 나는 그 도발에도 거리낌 없이 고개를 끄덕였다.

"예, 오히려 저는 정금례 이사님이 해림식품과 그 관계자이기에 더더욱 믿고 맡기고자 합니다."

"……하."

정재훈은 의자에 등을 기대며 나를 뚫어져라 쳐다보더니, 짧게 웃었다.

"그럼, 좋네."

그러면서 정재훈이 미소 띤 얼굴로 말을 이었다.

"냉동 생지 제작은 해림식품에서 책임지고 전담하도록 하지."

마침내 허락이 떨어졌다.

제니퍼는 안도와 동시에 떨떠름한 기색을 감추지 않았고, 정재훈은 그런 딸의 시선을 아랑곳하지 않았다.

“그러면 그다음 일이 남았군. 공장을 짓고, 유통 경로를 확보한 뒤 가맹점을 모으는 건 어디, 해림 쪽에서 나서서 대신 해 주면 되겠는가?”

정재훈이 이 ‘귀찮은 일’을 도맡아 해 주겠단 듯 나섰으나, 나는 그 말에 빙긋 웃었다.

“관련해선 미흡하나마 미리 잡아 둔 것이 있습니다.”

이어서 나는 윤선희를 보았다.

“윤선희 실장님, 다음 자료를 배부해 주시겠어요?”

그 말에 윤선희는 기다렸다는 듯, 미리 준비해 둔 유통 사업망 구도 자료를 각 자리에 배부했다.

그녀는 재단의 일을 해 오며 쌓은 경험뿐만 아니라 이직 직전 삼광 그룹 본사 기획팀 시절의 짬밥까지 어디로 증발한 건 아니어서, 앞서 내 업무 명령을 따라 거미줄처럼 촘촘하고 막힘없는 기획서를 준비해 두었다.

정재훈은 배부된 자료를 보며 픽 웃었다.

“이거, 볼수록 물건이군. 마치 이렇게 될 줄 알고 있었다는 양 준비까지 마치고 말이야.”

“과찬이십니다.”

말은 그렇게 했지만, 물론 이렇게 흘러갈 줄 알았다.

'이런 잘 차려진 밥상을 마다할 사람은 없지.'

그야 정재훈과 이휘철이 오는 건 예상 밖이었지만, 그건 오히려 제 아집으로 똘똘 뭉친 정대성을 상대하는 것보단 훨씬 수월한 일이었다.

그렇게, 역사에 없던 해림식품의 '파리 파네'와 신화식품의 '에브리 데이'가 합작한 베이커리인 '오늘 구운 빵'의 론칭이 일사천리로 준비되었다.

'원래대로라면 양강 구도를 이루는 두 회사의 합작이라. 이거 드림 팀이라면 드림 팀인걸.'

이후 회의의 방향성은 하느냐 마느냐의 결정 상황에서 어떻게 할 것인가의 선택 상황으로 바뀌었다.

냉동 생지 공장은 S&S가 자금 일부와 부지를 제공하는 형태로 해림식품의 인프라를 투입한다는 협의가 이루어졌고, 정재훈 회장은 얼마 뒤 있을 주주총회에서 해당 사안을 발표하기로 했다.

이미라는 신화명과에서 제빵 기술자를 파견, 앞으로 있을 가맹점주에게 교육 및 지원을.

SJ컴퍼니는 해림식품 및 신화식품 측과 S&S의 예산을 추가 편성하여 유통 배급망을 확장하는 것으로 회의가 일단락되었다.

"그럼 '오늘 구운 빵'의 브랜드 홍보 및 마케팅은 제화기획에 정식으로 의뢰를 넣겠습니다."

내 말에 홍상훈과 이유미는 '해냈다'는 표정으로 득의양양해했고, 이유미가 홍상훈을 대신해 대답했다.

"예, 그럼 빠른 시일 내에 견적서를 작성해 드리겠습니다."

"부탁드리죠. 그럼 이상으로 회의를 마치겠습니다."

내 선언과 동시에 공식적으로 회의가 끝났지만, 이 자리의 거물 셋의 눈치를 본 까닭인지 김민혁이며 윤선희 등은 늘어지는 일 없이 바짝 긴장을 유지한 채 서류를 정리했다.

"회의가 일찍 끝났구나."

이휘철의 간략한 소회에 나는 고개를 돌렸다.

"아, 네. 그렇습니다만, 무언가 하실 말씀이라도 있으십니까?"

"아니. 불필요한 낭비가 없었던 회의였단 의미에서 한 말이다."

이휘철은 빙그레 웃으며 말을 이었다.

"네가 회사에서 일하는 모습을 나는 오늘 처음으로 보았다만, 걱정할 건 없어 뵈는군."

"……감사합니다."

이휘철의 칭찬에 혹여 다른 꿍꿍이가 있는 건 아닌지 경계하고 있었더니, 그는 그대로 자리에서 일어섰다.

"그럼 이만 돌아가 보마. 혹여 집에 먼저 들어가거든 저녁은 따로 챙길 필요 없다고 전하려무나."

"예, 할아버지."

이후 이휘철은 정재훈이며 이미라를 대동하고 회의실을 나섰고, 김민혁은 그제야 경직된 어깨 근육을 풀며 탁자 위로 쓰러지듯 엎어졌다.

"후아, 이게 대체 무슨 일이냐."

그 상태에서 고개만 돌려서, 김민혁은 내게 툴툴거리며 푸념을 늘어놓았다.

"너도 정말, 어르신들을 모실 거였다면 미리 말 좀 해 주지 그랬어?"

"저도 오실 줄 몰랐어요."

"그래? 하긴 들어 보니 그런 거 같긴 하더라만."

김민혁은 다시 몸을 일으켜 기지개를 쭉 켰다.

"끄응. 수명이 몇 년은 줄어든 거 같아."

나는 그 너스레에 픽 웃었다.

"익숙해질 거예요."

"……익숙해져야 할 정도로 빈도가 잦은 일이 되려나."

이어서, 김민혁은 묵묵히 서류를 챙기던 제니퍼를 돌아보았다.

"아, 맞아. 축하드립니다, 누님."

"응?"

제니퍼는 서류를 챙기다 말고 멀뚱한 얼굴로 김민혁을 보았고, 김민혁은 그런 제니퍼에게 웃는 낯을 보였다.

"거, 왜. 어마어마한 프로젝트의 책임자가 되었잖아요. 그거 축하드린다고요."

"……아, 그래. 고마워."

"뭐, 앞으로 일감 지옥이 기다리고 있을 테니 마냥 축하드리기도 뭣하지만 말입니다요."

김민혁과 제니퍼는 비슷한 연배에 사교성이 좋다는 공통분모로 의기투합해서, 누나 동생 하는 사이로 발전해 있었다.

제니퍼는 김민혁의 말에 쓴웃음을 지었다.

"그러게 말이야. 시저스만 해도 벅찰 지경인데……."

그녀는 희미한 미소를 띠며 나를 보았다.

"성진이 너도 그럴 계획이 있었다면 언질이나 주지 그랬니?"

"짐작은 하고 계셨잖아요?"

제니퍼가 고개를 저었다.

"아니, 베이커리 운운하는 건 알았지만 이렇게 커다란 사업일 줄은 몰랐어. 기껏해야 시저스 3호점 정도만 생각하고 있었지……."

내 생각이지만 아마, 오늘 이후 제니퍼의 역할은 이보다 더 커질 것이다.

제니퍼가 어깨를 으쓱였다.

"그래도 이왕 기회가 온 거, 제대로 해 볼 거야. 아무튼 수고했어. 준비하느라 바빴겠다."

"아니에요. 자료 준비는 윤선희 실장님이랑 민혁이 형이 도맡아 해 주셨는걸요."

그 은근한 공치사에 윤선희는 서류를 끌어안은 채 웃었고, 김민혁은 우쭐대는 얼굴로 의자에 등을 기댔다.

"말도 마라, 진짜. 그나마 이래저래 단련이 되어서 망정이지, 안 그랬으면 어르신들 뵐 낯이 없었겠다."

내 얼굴은 낯이 아닌가.

언젠가 직속 상사가 누군지 각인을 시켜 줘야겠다고 생각하면서, 나는 서류를 챙기며 일어선 홍상훈을 보았다.

"홍상훈 팀장님, 수고하셨어요."

"아, 넵! 사장님도 고생하셨습니다!"

홍상훈은 아직도 얼떨떨한 얼굴이었고, 이유미는 그런 홍상훈을 한 번 흘겨보았다가 내게 위계 섞인 미소를 지었다.

"부족한 점이 많았을 텐데 배려해 주셔서 감사드립니다."

"아닙니다. 아, 추후 세부 디테일 논의는 여기 계신 정금례 이사님과……."

제니퍼가 끼어들었다.

"우리끼린 그냥 제니퍼로 해 줘."

"……아, 네. 제니퍼 이사님과 협의해 주세요."

홍상훈과 이유미는 서로를 보며 고개를 끄덕이고, 홍상훈이 어눌하게 입을 뗐다.

"그, 사장님, 혹시 이번 일에 저희 권한은 어느 정도로 주어집니까?”

제화기획 측은 이번 회의를 통해 많은 것을 얻어 갔다.

주어진 일의 성과를 보였을 뿐만 아니라 수주까지 따냈고, 이대로 회사에 돌아가도 좋은 평가가 기다리고 있으리라.

그래서 홍상훈도 ‘이만하면 됐다’는 양 크게 기대는 하지 않는 투였으나.

나는 제니퍼를 보았다.

“제니퍼 누나는 어떻게 생각해요?”

“응? 음, 나는 가능하면 기획 단계부터 머리를 맞대고 생각했으면 싶은데.”

제니퍼의 말에 홍상훈과 이유미는 ‘그래도 될까’ 싶은 얼굴로 그녀를 보았고, 제니퍼는 그런 둘을 보며 미소를 지었다.

“저도 식당을 경영해 보니, 브랜드 이미지라는 것이 중요하더란 걸 새삼 깨달았거든요. 그런 이미지 구축에는 마케팅 전문가들의 디테일한 시선이 필요하다고, 줄곧 생각했어요.”

시저스의 성공에는 오승환의 뛰어난 요리 실력도 한몫했겠지만, 거기엔 ‘이탈리안 전문점’으로서 철저한 이미지 관리의 공치사를 빼놓고 이야기할 수 없을 것이다.

제니퍼는 시저스를 설립할 당시부터 컨셉과 브랜드 이미지를 중시했고, 그 결과 시저스는 ‘이탈리아풍 패밀리 레스토랑’으로서 확고한 이미지를 구축할 수 있었다.

“그러니 앞으로 종종 얼굴을 보게 될 거 같은데, 괜찮으시겠죠?"

제니퍼의 말에 홍상훈은 마른침을 꿀꺽 삼키곤 세차게 고개를 끄덕였다.

"잘 부탁드리겠습니다!"

마케팅 담당이 하는 일이란 보통 대부분이 저질러 놓은 일의 수습이다 보니 기획 단계에서부터 협의가 이루어지는 경우는 좀처럼 없었고, 뭐만 하면 욕부터 먹고 보는 것이 마케팅 담당자들이었다.

잘해야 본전이고, 역사에 남을 정도가 아니라면 트집이나 잡히기 일쑤.

'그들도 이미 일에 임하는 의욕부터가 다를 거야.'

제화기획은 형태상 삼광 그룹의 계열사이긴 했으나, 일찍이 이휘철의 경영권 분리와 함께 떨어져 나가 사실상 독립채산제를 목적으로 움직이는 유격대 역할을 해 오고 있었다.

그들의 전성기는 IMF 이후 대규모 물갈이를 거친 뒤부터 찾아오는데, 그 황금기의 첨병이 눈앞의 젊은 인재들이리라.

'디자인과 마찬가지지. 이때만 하더라도 마케팅은 다 된 제품에 숟가락을 얹는 정도의 인식뿐이었어.'

그러던 것이 바이럴 마케팅이며 소셜 마케팅 등 세간에 다소 전문적인 마케팅 용어가 정착할 정도로 알려지기 시작하면서 마케팅은 주목을 받게 된다.

나중엔 오히려 멀쩡한 제품에 마케팅이 찬물을 끼얹을 만큼 관계가 역전되기도 하지만.

'중요한 건 균형이지.'

이미 전생에 그 역량과 성과를 보인 제니퍼이니, 어련히 알아서 잘하리라 믿는다.

'제니퍼는 전생에도 그런 성향이 있었지.'

전생의 제니퍼는 해림식품 지분 일부를 물려받아 '파리 파네'를 설립했을 뿐만 아니라 양도 당시 악재뿐이던 계열사를 대폭 개편, 큰 성공을 거둔 바 있었다.

그리고 거기엔 마케팅의 힘이 한몫 단단히 자리 잡고 있었다.

'그러니 제니퍼는 제화기획이랑 상성이 잘 맞을 걸.'

나는 싱글벙글한 홍상훈을 보며 입을 뗐다.

"홍상훈 팀장님."

"네, 분부하십시오!"

텐션이 오락가락하는 사람이라고 생각하면서, 나는 미소를 지었다.

"괜찮으시다면 혹시 부업 하나 해 보지 않으실래요?"

"……예? 부업, 말씀입니까?"

VVIP 전용 지하 주차장으로 향하는 승강기 문이 닫히자

마자, 이휘철은 입을 열었다.

"오늘은 내 억지에 어울려 주느라 수고했다."

"아닙니다, 숙부님."

이미라는 쓴웃음을 지었다.

"오히려 숙부님께서 정 회장님을 모셔 주신 덕에 일이 잘 풀렸습니다. 정 회장님, 이 자리를 빌어 다시 한번 감사드립니다."

그녀의 말에 곁에 서 있던 정재훈은 픽 웃었다.

이미라의 말마따나 정재훈이 자신이 아닌 정대성이 회의에 참석했다면, 책임자 자리를 놓고 불필요한 공방이 오갔을 것이다.

"아니오. 겸사겸사 발걸음을 했소만, 양보라고 하면 이 대표이사님만 할까."

"과찬이십니다."

또 역시나, 이번 일에는 이미라의 적잖은 양보가 있었다.

이 바닥엔 영원한 원수도 동지도 없다고 하지만. 애당초 이미라와 정재훈은 동종 업계 종사자로서 다소간 물과 기름처럼 섞이기 힘든 관계였다.

신화식품이 취급하는 것은 프리미엄 제품군을 지향한다고는 하나, 두 회사가 다루는 제품군에 교집합이 없을 리는 없었고.

그러잖아도 얼마 전까지 두 회사 사이에는 전국 사업으로 확대되려는 급식 사업 납품 건을 두고 알력이 오갔다.

와중 이성진은 이를 의도했는지 어쨌는지, 국내 식자재 유통업계의 탑을 달리는 두 곳을 하나로 합친 S&S를 설립해 명분과 실리 두 마리 토끼를 잡았다.

승강기가 멈추고, 이휘철은 그윽한 미소를 띤 채 앞장서며 말을 받았다.

"그래, 미라야. 네가 보기엔 어떨 거 같으냐?"

"음."

이미라는 잠시 생각한 뒤, 솔직한 감상을 내놓았다.

"사실, 언뜻 생각하기론 틈새시장을 노리는 것이 아닐까 생각했습니다만."

이휘철 소유의 중형 세단으로 향하며 이미라는 재차 말을 이었다.

"아마도 오히려, 이번에 성진이가 론칭할 브랜드는 향후 문화 현상의 주류로 거듭날 거라 생각합니다."

이휘철은 미소를 머금으며 고개를 끄덕였다.

"성진이가 그런 건 잘 잡아내지. 신통방통한 녀석이야."

정재훈이 그 말에 맞장구를 쳤다.

"그래. 하나, 젊을수록 좋다지만, 이번엔 너무 어려서 탈이군. 몇 년만 일찍 났어도 좋았으련만, 아쉽군. 아쉬워."

"예끼, 이 사람. 넘볼 걸 넘봐야지."

껄껄 웃는 이휘철을 보면서 정재훈이 고개를 까딱였다.

"아무튼 자네 말마따나 재밌는 아이더군. 좋은 구경 했어."

"암. 지켜보면 지루하진 않은 아해야."

"지루하지 않은 정도가 아니지 않나? 나야 초면이긴 해도 들리는 이야기는 다채롭던데."

이휘철은 정재훈의 칭찬을 담담한 얼굴로 받았다.

"뭐, 이번 일은 어쩌다 잘 풀린 것에 지나지 않아."

이휘철이 말을 이었다.

"아니 매사가 그렇긴 해도, 녀석 스스로 자만에 빠지진 않으니 내버려 두고 있을 뿐이지."

정재훈은 이휘철의 말에 픽 웃었다.

"일을 벌여 놓고 보는 건 자네를 닮았는데?"

"그렇게 말하는 걸 보면 내 피가 어디 가진 않은 모양이군."

말은 그렇게 했지만, 아니 오히려 그렇기에 사실, 이성진을 향한 이휘철의 평가는 팔이 안으로 굽는 일 없이 냉정했다.

이휘철의 생각에 이성진이 가진 바 경영자로서의 역량은 때론 천재적이면서 때때론 파격적이고, 돌다리도 두들겨 보고 건널 만큼 조심스러운 한편 말뚝도 들어가지 않을 만큼 성공을 담보로 한 확고한 신념까지 엿보였다.

하지만 개중 이성진의 가장 큰 장점은 스스로의 부족함을 잘 알고 인재를 중히 쓰는 것에 있었다.

그런 이성진의 모습은 세상 모든 것을 움켜쥘 듯 탐욕스럽다가도 한편으론 무욕해 보였다.

나이 지긋한 이휘철의 전용 운전수가 차문을 열었고, 각자는 자리에 탔다.

"그보다 자네 딸은 어떻던가? 내 보기엔 나쁘지 않던걸."

정재훈은 시트에 등을 붙였다.

"대성이에 비하면 금례 걔는 아직 멀었어."

그는 뒤이어 미소를 지었다.

"하지만 좀 둥글둥글해지긴 했지."

"그래, 이제 회사를 물려줄 생각은 들었나?"

"음."

정재훈이 고개를 끄덕였다.

"애당초 몇 개 정돈 예정하고 있었어. 대성이 그놈은 손에 음식 묻히는 걸 좋아하지도 않고. 둘 다 외국 물까지 먹여 놨더니 어째 성향은 그렇게까지 다른지."

정재훈이 한숨을 내쉬었다.

"어쨌든 받아 낼 거라면 주주들 보기에 그럴듯한 감투 하나쯤은 있어야 할 게야. 이번 사업이 잘 풀리면 몇 푼쯤 더 쥐여 줄 수 있겠고."

"미적거리지 않는 편이 좋을걸. 가능하면 올해 안으로 승부를 보는 걸 추천하지."

이휘철의 말에 정재훈은 고개를 돌렸다.

"무슨 의미인가?"

"별거 아닐세. 그냥 경기 흐름이 좋지 않아 보여서."

"허어, 지금은 단군 이래 가장 호경기 아닌가?"

정재훈의 말을 들은 이휘철은 무표정한 얼굴에서 입매를 비틀었다.

"그렇게 말하는 걸 보면 자네도 역시 평생 밥장사나 할 팔자야."

"……."

"은행 돈은 모조리 동남아로 몰리는 가운데 홍콩 쪽 금융시장의 조짐이 좋질 않아. 두고 보세나. 어쨌건 살아남았으니 결과도 알 수 있겠지."

이휘철은 그렇게 말하고 하품을 했다.

"하암. 늙으니 느는 건 잠뿐이군. 나중에 깨우게나."

그러곤 이휘철은 냅다 시트를 눕힌 뒤, 눈을 지그시 감았다.

4장

사장실에는 전예은이 인솔한 초등학생들이 옹기종기 모여 앉아 언제 왔는지 모를 공가희의 패킷몬 강의가 이뤄지고 있었다.

“그러니까, 풀 타입 패킷몬은 무적이란 말이에요. 이건 미래에도 변치 않을 요소로…….”

전예은은 다과를 테이블로 나르다가 나를 발견하고선 인사를 건넸고.

“오셨어요.”

“왔어? 어라, 오빠도 있네.”

김민정은 고개를 돌려 인사를 건넸다가 뒤따라 들어온 김민혁에게 알은체와 시비를 동시에 걸었다.

"오빠는 여기 어쩐 일이야? 일 안 해?"

"……일하다 온 거거든. 한군도 안녕."

"네, 형. 오랜만이에요. 일본 출장은 어땠어요?"

"뭐, 이럭저럭……. 그나저나 처음 보는 친구도 있네?"

"아, 네! 안녕하세요, 같은 반 정서연이라고 합니다."

뒤이어 나머지 초등학생들은 제화기획팀 일동에 이어 제니퍼, 윤선희 등등과 차례차례 인사를 나누었다.

이 모든 인원들이 한데 모이자 넓었던 사장실은 전에 없이 북적거렸고.

"포스터 이미지 파일을 가져왔는데……."

여기에 더해 조인영까지 찾아오면서 사장실은 더 이상 나만의 작은 업무 공간이 아니게 되었다.

'뭐, 오늘 할 일은 대강 마무리했으니 상관없나. 그보단 우선…….'

한편, 홍상훈은 공가희의 포켓몬 강의에 푹 빠져서 이런저런 질문을 던져 댔고, 공가희는 더 신이 나서 떠들어 댔다.

"에헴, 조만간 패킷몬이 정발되고 나면 저는 프로 패킷몬 트레이너로서 정점에 설 예정이에요."

뭔 소릴 하는 거야. 한성진부터 이기고 와라.

아니, 그보다 네 본업은 패킷몬 프로게이머가 아니라 작곡가잖아.

"어라, 아직 국내 출시되지 않은 게임인 겁니까? 보니까

한글이 출력되던데요."

"일본에는 얼마 전에 나왔는데, 한국은 이런저런 사정으로 잠시 일이 밀렸다나 봐요. 뭐라더라, 북미 버전을 어쩌고 해야 한다던데요. 뭐, 어쨌건 이럴 때일수록 앞서가야죠. 사장님 인맥이라는 건 이럴 때 쓰는 거예요."

고작 며칠 앞서 게임을 플레이하는 걸로 내 인맥을 들먹이다니.

아무튼 간에 그보단.

'흠, 홍상훈은 패킷몬에 흥미를 보이는 건가?'

전생의 해림식품 제빵 브랜드인 '야니'에서 패킷몬 빵으로 사회현상을 불러일으킬 만큼 재미를 보았다는 걸 떠올려 보면, 상황이 제법 아이러니했다.

'언젠가 기회가 오면 패킷몬 빵의 기획과 패키징도 맡겨 봐야겠어.'

내가 제아무리 시대의 흐름을 꿰고 있다곤 하나, 세부 디테일로 파고들면 놓치기 마련인 일도 왕왕 일어나기 마련이다.

그리고 나는 이번 생에서 그걸 배웠다.

'일은 가능한 한 전문가에게 맡기는 편이 좋지.'

그 전에.

"홍상훈 팀장님, 잠시 실례해도 되겠습니까?"

"예? 아, 넵."

나는 홍상훈이며 이유미에게 눈짓해 비서실로 이 북적거

림을 피해서 피신 중인 전예은을 찾았다.

전예은은 그 타고난 능력 탓에 사람이 북적이는 걸 꺼려했는데, 듣기론 소음으로 가득한 공간에 있는 기분에 약간의 멀미 끼를 느낀댔다.

비서실의 휴게용 의자에 앉아 이어폰을 꽂은 채 종이를 끼적이던 전예은은 나를 포함한 세 사람의 인기척을 느끼곤 얼른 자리에서 일어섰다.

"아, 사장님."

전예은은 자리를 정리하며 나를 보았다.

"혹시 다과가 더 필요한가요?"

"아닙니다. 그대로 계세요. 필요하면 알아서 가져다 먹겠죠."

"네."

전예은은 쓴웃음을 지었다.

"……아이들은 휴게실에서 기다리게 할 걸 그랬나 봐요."

그러면서 전예은은 힐끗 비서실을 곁눈질로 구경 중인 둘에게 시선을 던졌다.

"저, 그러면 지금은 무슨 일로……."

"물론 예은 씨에게 용건이 있어서죠."

"저에게요?"

전예은은 어리둥절해하며 나를 보았고, 나는 그녀에게 홍상훈과 이유미를 소개했다.

"소개드리겠습니다. 예은 씨, 이쪽은 제화기획에서 오신 홍상훈 팀장님과 이유미 프로입니다."

제화기획은 서류상의 직급은 있으나, 대외적으론 모두를 이름 뒤에 '프로'라는 접미를 붙여 수평적인 사풍을 지향하는 곳이었다.

'홍상훈과 이유미 콤비는 그 수평성이 과해서 원래 지인 사이는 아닐까 싶을 지경이지만.'

회의 참석 명부를 보았으니 이름과 직책은 알고 있을 테지만, 그와 별개로 전예은은 홍상훈과 이유미가 누군지 이미 얼추 파악하고 있었을 것이다.

전예은은 물끄러미 바라보던 시선을 거두며 두 사람에게 꾸벅, 고개 숙여 인사했다.

"방금은 경황이 없어서 제대로 된 인사를 못 드렸죠. 반갑습니다. 사장 비서인 전예은이라고 합니다."

"아, 예. 제가 홍상훈 팀장입니다. 상당히 어려 보이시네요, 하하. 혹시 나이가……."

이유미가 홍상훈의 옆구리를 팔꿈치로 쿡 찔렀다.

"커흡."

"……팀장님, 숙녀의 나이를 묻는 건 실례예요."

이유미는 이어서 한숨을 푹 내쉬었다.

"죄송해요, 예은 씨. 보이는 것 이상으로 눈치가 없는 인간이라."

전예은은 그런 둘을 보며 미소 지었다.

"아니에요. 실제로도 사회생활을 하기에는 어린 편이거든요. 저는 올해로 열일곱 살이 됩니다."

홍상훈은 옆구리를 매만지며 맞장구를 쳤다.

"진짜로 어리네요."

"팀장님, 또!"

뭐, 이 회사 사장이 초등학생인 마당에 새삼스러울 것도 없지만.

나는 적당한 선에서 둘 사이에 끼어들었다.

"회의실에서 부업 이야기를 말씀드렸죠?"

"아, 네. 기억하고 있습니다."

그쯤에서 전예은은 내가 이 두 사람을 소개한 이유를 눈치챈 듯했지만, 그녀는 일부러 모른 채 내 말을 기다렸다.

"사실, 예은 씨는 제 비서직뿐만 아니라 SBY의 프로듀싱 업무도 겸하고 있거든요."

"아, SBY! 그러고 보니 SJ컴퍼니의 계열사엔 엔터테인먼트 회사도 포함되어 있었죠. 기억하고 있습니다. 여기 이유미 프로가 또 SBY의 팬이거든요."

이유미는 이런 자리에서 사적인 이야기를 언급한 홍상훈을 흘겨보았지만, 홍상훈은 스스로 무슨 잘못을 했는지 모르겠단 얼굴이었다.

"그러셨군요. 알고 계시다니 이야기가 조금 빨라지겠습니다.”

“하하, 예, 게다가 듣기론 별 재미를 못 보고 활동 중지…… 커흡.”

이쯤하면 나도 이유미가 홍상훈을 졸졸 따라다니는 까닭을 알 듯했다.

동시에 홍상훈의 제화기획 3팀의 실적이 지지부진한 까닭도.

“뭐, 기대한 만큼 인상적인 활동을 못 한 것도 사실이니까요.”

나는 홍상훈의 말에 일단 맞장구를 쳐 주었다.

“그래서 다음 앨범은 좀 더 제대로 활동을 해 보고자 합니다만.”

“어라, 다음 앨범도 나옵니……. 아, 이유미 프로, 스톱! 방금은 그거야, 활동 휴지 기간의 기간이 짧았단 의미!”

나는 저 콤비의 페이스에 휘말리지 않으려 신경 쓰면서 말을 이었다.

“……아무튼 제가 드리고픈 말씀은 현재 복귀 준비 중인 SBY의 프로듀싱에 제화기획 3팀에서 도움을 주실 수 있을까 해서요.”

업무 이야기가 나오기 시작하자, 영 미덥지 않던 홍상훈의 눈빛이 예리한 빛을 품고 반짝 빛났다.

“프로듀싱 업무에 도움을, 말씀이십니까?”

"막연한 호의에 기대는 것이 아닌, 공식적으로 제안드리는 겁니다."

홍상훈 같은 타입에게는 이야기를 명확히 전달하는 것이 효과적임을 나는 지난 경험으로 이해하고 있었다.

"물론 자사와 귀사의 입장상으론 베이커리 사업이 더 중요한 업무라는 건 인지하고 있습니다만, 저는 이 베이커리 사업 진행이 시간상 물리적인 여유가 있는 업무라 판단하고 있습니다."

이번 베이커리 사업은 공장을 짓고, 부동산을 알아보고, 유통망을 확보함과 동시에 가맹점주를 모아 교육하는 절차를 밟아 진행해야 할 일이었다.

일이란 혼자서 앞서간다고 해서 능사가 아닌 법이다.

서로의 톱니바퀴가 맞물려야 하고, 뭐든 절차와 진행 과정을 차근차근 밟아 나가야 하는 법이므로.

그러니 일의 중요도와 시급성을 A, B, C, D로 분류한다면 이제 막 회의를 마친 '오늘 구운 빵' 건은 C. 시간에 여유가 있고 중요한 것으로 분류 가능한 업무였다.

그에 비해 SBY의 앨범 작업은 나에겐 B. 시간은 급하나 크게 중요하진 않은 것이 될 터이나 전예은에겐 A, 시간이 급하고 중요한 일로 분류해 두고 있으리라.

'딱히 전예은을 배려한 건 아니야.'

거기에 더해.

'만일 SBY에 주목할 만한 성과를 낸다면 그다음 업무를 믿고 맡길 수도 있겠지.'

나는 햄반 건에 더해 이번 회의로 홍상훈의 자질을 제법 높이 평가하고 있는 편이었지만, 그게 단순한 '소 뒷걸음 치다 쥐 잡은 격'이 아님을 스스로 증명해 주었으면 하는 바람도 있었다.

내 말을 들은 홍상훈이 고개를 주억거렸다.

"그렇겠죠. 기획 단계에서부터 일을 맡겨 주신 만큼 일단 큰 틀은 잡아야겠지만, 주요 협력 업체 중 한 곳인 해림식품의 주주총회 결과도 기다려야 하겠고요."

그런 것처럼 보이지 않았는데, 의외로 말귀를 알아듣는 게 빠르다.

"예, 그러니 가능하다면 이번 일의 수주를 맡아 주셨으면 합니다. 다만 이번 일은 베이커리 건과 달리 기획 면에서 어느 정도 진행된 상황이긴 합니다만."

"상관없습니다. 망친 일의 뒷수습 하는 건 익숙하거든요."

"좋습니다. 그럼 승낙하신 것으로 알고, 귀사엔 빠른 시일 내에 품의서를 작성해 드리도록 하죠."

내가 그 태도를 문제 삼지 않는 것으로 이유미는 더 이상 홍상훈의 옆구리를 찔러 대지 않았지만, 떨떠름한 표정을 관리하려 노력하며 입을 뗐다.

"저, 이성진 사장님."

"예."

"제안은 감사드립니다만, 관련해선 상급자의 승인이 필요한 일이라 판단하고 있습니다. 가능하다면 내부에서 검토 후에……."

홍상훈이 그 말을 끊었다.

"에이, 당연히 승인해 주실걸."

"……."

"게다가 이런 재밌어 보이는 일을 놓쳤다가 다른 팀이 채 가면 어떡해. 그러니까 여기선 예, 알겠습니다, 하고 받아 두는 게 좋을 거 같지 않아?"

"……끄응."

고심 끝에 이유미는 결국 두 손을 들었고, 나는 전예은을 보았다.

"예은 씨도 괜찮으시겠죠?"

"예, 물론이에요. 제화기획 여러분께서 도와주신다면 저야 감사드릴 일이죠."

전예은이 아랑곳하지 않는 걸 보니, 홍상훈의 능력은 검증이 되다시피 한 듯했다.

전예은까지 허락이 떨어지니 홍상훈은 히죽 웃으며 악수를 청했다.

"그럼 잘 부탁드리겠습니다."

"아…… 네."

그 스스럼없는 모습이 전예은의 성격상 내키는 일은 아니었겠지만, 전예은도 그걸 겉으로 드러내는 인물은 아니었다.

홍상훈은 조금만 풀어 주면 서슴없이 선을 넘는 인물인지, 방금 전까지 전예은이 책상 위에 끼적이고 있던 작업물에 흥미를 보였다.

"그런데 방금 전까진 뭘 하고 계셨습니까?"

"아, 이거요."

전예은은 쓴웃음을 지으며 종이를 슬쩍 등 뒤로 감춰 가렸다.

"SBY의 신곡 가사를 좀 보고 있었어요."

그 말에 홍상훈이 싱글벙글하며 눈을 반짝 빛냈다.

"오, 가사! 저도 봐도 될까요?"

"그게……."

홍상훈은 엣헴, 하고 헛기침을 하더니 가슴을 쭉 내밀었다.

"만족하실 겁니다. 이래 봬도 저, 시인이거든요."

"……시인?"

"예, 학창 시절 일이긴 합니다만, 신춘문예 시 부문 가작 당선자거든요. 제가 몸담고 있는 제화기획도 그 특채로 들어갔고 말이죠."

"아…… 예."

"그러니 이번에 한솥밥을 먹게 된 마당에, 검토차 한번 볼 수 있겠습니까? 서비스로 봐 드리죠."

전예은은 곤혹스럽다는 듯 나를 힐끗 살폈고, 나는 어깨를 으쓱였다.

"예은 씨만 괜찮으시다면 관련해서 협력 부탁드리겠습니다."

그녀는 결국 귀를 빨갛게 물들이면서 슬며시 감춰 뒀던 종이와 이어폰을 내밀었다.

"저, 음악도 함께 들으시겠어요?"

"아뇨, 일단 가사만 읽어 보고 싶군요."

홍상훈은 빠르게 종이를 훑은 뒤, 짤막한 평을 입에 담았다.

"별로군요. 형편없어요."

거 신랄하군.

나는 전예은이 움찔하는 걸 놓치지 않으며 가만히 홍상훈의 말을 들었다.

"주제는 둘째 치고 말에 리듬감이 부족합니다. 게다가 생각이 쓸데없이 깊어요. 의미를 담아내는 것도 좋지만 그걸 의식한 탓에 전체 맥락이 딱딱해지고 말았습니다. 그러니 여기선 단순한 메타포로……. 볼펜 좀 주시겠습니까?"

"네, 여기……."

홍상훈은 자리에 앉아 볼펜으로 글 몇 줄을 쳐내고 악필로 끼적이더니 흡족한 듯 고개를 끄덕였다.

"어떻습니까? 훨씬 낫죠?"

그 말에 전예은은 가사를 들여다보더니 멍한 얼굴로 고개를 끄덕였다.

"정말이네요. 느낌이 달라졌어요."

"작사가가 누군지는 모르겠지만, 이걸론 밥 먹고 살기 힘들겠습니다. 개인적으론 다른 일자리를 알아보라고 전해 주고 싶군요, 하하하!"

홍상훈의 말에 전예은은 여간하면 감정을 드러내지 않는 그 얼굴에 보기 드문 억지웃음을 띠어 올렸다.

"……아, 음, 네. 그러게 말이에요."

"자, 그럼 이번엔 음악을 들어 보죠. 아, 이게 그 말로만 듣던 MP3입니까? 아 귓밥."

"……."

……이렇게 해서 겸사겸사, 작사가까지 끌어들이게 되었다.

비록 전예은은 여간하면 홍상훈과 자리를 함께하려 하지 않긴 했지만, 싫은 사람과도 얼굴을 마주해야 하는 그게 사회 아니겠는가.

마타도어.

상대 후보의 근거 없는 흠결을 찾아내 이를 깎아 내는 선거 전략 중 하나로, 실시간 검증과 전파가 이루어지기 힘든 정보화 시대 이전에는 제법 효과적인 방법이었다.

"그거 들었어?"

"어떤 거?"

"그 왜, 1번 후보로 나온 김민정 말이야."

"응, 걔가 왜?"

다만 이 마타도어 전략이 효과를 극대화하고자 하려면 '전혀 근거 없는' 흠결이 아닌, 어느 정도 사실에 기반을 둔 비방이 효과적인데.

"있지, 김민정이랑 같이 다니는 애들 있잖아."

"아, 응, 알아."

그중에서도 해당 후보의 주변 인물이 절차상 평등과 공정성을 위배하고 있다는 의혹에서 출발한다면, 일단 후보자와 관련한 관심에서 비껴가 주목하게 된다.

"걔들이 작년 전교 성적 1, 2, 3등을 나란히 차지했다면서?"

"응, 그렇지. 유명하잖아."

여기서 주체는 상대 후보를 직접 공격하는 대신, 우선은 주변 사람을 야금야금 갉아먹는 식으로 전개된다.

"실은 그거, 좀 수상하단 이야기가 있어."

"어떤?"

“그 왜, 어떻게 어울려 다니는 친구들이 나란히 전교 1, 2, 3등을 유지하고 있느냔 의미야.”

그리고 선제공격이 가해진 마타도어는 유권자로 하여금 어느 정도 확증 편향을 띠게 만들어, 설령 콩으로 메주를 쑨다 하더라도 그 콩이 강낭콩은 아닌지 의심케 만든다.

“그거 혹시, 시험지가 유출되었다거나?”

“어쩌면 그럴지도 모른단 의미지.”

동시에 상대는 이 마타도어에 대응하느라 정력을 쏟게 되고, 그 대응 방식에 따라 선거판은 진흙탕이 되기도 했다.

“게다가 그 왜, 이성진이라는 애.”

“어, 그 말 없고 조용한 애?”

“걔네 집 엄청 부자래.”

“진짜?”

유권자란 생각 이상으로 감정적이다.

어떤 것이든 그렇지 않겠냐마는 감정과 의지는 행동의 원동력이 되고, 결정과 선택, 그 결과에 영향을 끼친다.

“혹시 둘이 사귀나?”

“모르지 그건.”

설령 우연에 기인했을 지라도 의혹이 의혹과 교집합을 이루는 접점을 보이고, 삼인성호(三人成虎), 그것을 떠들어 대는 사람이 늘어날수록 소문은 과장되고 부풀려지기 마련이다.

“게다가 그 세 사람, 줄곧 같은 반인 것도 수상해.”

"듣고 보니 그러네."

물론 깨어 있는 유권자는 그런 소문에 휘둘리지 않고 냉정하게 사태를 바라보기도 하나.

"아니야, 김민정 걔는 수업 시간에도 발표 잘하고 그래. 원래 공부 잘하는 애야."

"그러면 이성진이라는 애는?"

"어, 글쎄?"

"내가 알기로 예전엔 성적도 그냥 그랬다던데."

"……그거 수상한걸."

"그치?"

그 비방이 애정이 있는 당사자가 아닌 주변 인물을 향하고 있는 만큼 심리적 허들도 낮추게 된다.

'애라고 얕봤더니, 상당히 치사한 수를 쓰는군.'

전교회장 1번 후보 김민정과 그 주변 인물 관련한 의혹.

전교에 그런 소문이 나돌고 있다는 건, 그날 밤 내 방을 찾아온 한성아를 통해 알게 되었다.

"예은 누나한테 들으니까 포스터에 담기는 정보는 간단할수록 좋대."

벌써 전예은과 누나 동생 하고 호칭할 사이가 되었는지,

한성진은 그렇게 말하며 완성된 포스터를 내게 보였다.

"그래서 네 눈엔 어때 보여?"

자신만만한 모습대로, 초등학생이 만든 것치곤 상당히 완성도 높은 포스터였다.

"제법인데. 네가 한 거야?"

"이번엔 구경만 했어. 전체적인 큰 그림은 정서연이 했고, 거기에 세부 디테일은 인영이 형이랑 예은 누나가 도와줬지."

한성진은 턱을 긁적이며 말을 이었다.

"그래서 오늘 회사에선 사실상 꿔다 논 보릿자루였어."

"아니야. 이번 일은 네 작업물이 계기가 된 거니까, 지분이 전혀 없다곤 못 하지."

"하하, 그런가? 그나마 가희 누나가 선거 송 만들어 준다는 건 간신히 말렸지만, 괜한 걸 했나 싶기도 하고……."

그즈음 똑똑, 하고 문을 두드리는 소리에 나는 고개를 돌렸다.

"예."

"이성진 오빠, 쿠키 구워 왔어. 문 좀 열어 줄래?"

한성아였다.

"아, 잠깐만 기다려."

문을 열어 주자 쟁반에 쿠키며 주스를 담은 한성아가 방 안으로 쏙 들어왔다.

"엥, 오빠도 있었네?"

"……왜, 난 여기 있으면 안 되냐?"

"아니야. 없으면 부를 생각이었어."

한성아의 말마따나 쟁반 위엔 주스 잔이 세 개가 놓여 있었다.

"웬일이래? 평소엔 사랑의 방해꾼이니 뭐니 하면서 쫓아내 놓곤."

"뭐어……."

한성아는 입을 삐죽이며 얼버무렸고, 우리는 방바닥에 빙 둘러 앉았다.

"혹시 일하는 중이었어?"

한성아의 말에 한성진은 어깨를 으쓱였다.

"김민정 선거 캠프 소속 위원으로서 선거 전략 구상 중이었지."

"아, 맞아. 민정 언니 전교회장 한댔지."

그렇게 말한 한성아는 고개를 갸웃했다.

"……요즘 생각하는 건데, 오빠 말투가 갈수록 이성진 오빠랑 닮아 가는 거 같아."

"그거, 욕이지?"

"응, 욕이야."

이것들이 어른을 놀리나.

"포스터 나왔는데, 한번 볼래?"

"응, 볼래. 볼래."

한성아는 김민정의 얼굴이 실린 포스터를 보더니 빙긋 웃었다.

"와, 예쁘게 잘 나왔다. 민정 언니도 연예인 하면 할 수 있을 거 같은데."

"헹, 걔 성격에 무슨. 그 등쌀에 스태프들이 죽어 나갈걸."

"……언니한테 일러바친다?"

"그건 좀 봐주라."

한성아는 포스터를 침대 위에 고이 올려 두곤 고개를 돌려 나를 보았다.

"그러면 이성진 오빠도 그 선거 캠프인가 뭔가 같이하는 거야?"

"간접적으로만. 내가 본격적으로 나서면 공평하질 않잖아?"

"흐응, 공평성? 그런 이유?"

"왜?"

한성아는 '아무것도 아니야' 하며 고개를 저었다가 어조를 바꿨다.

"그보단 오빠들, 오늘은 오랜만에 좀 힘 좀 줘서 구워 봤는데, 어때?"

얼른 먹어 보고 감상을 내 달란 은근한 압박에 우리는 한성아가 구워 온 버터 쿠키를 한 입 먹어 보았다.

'음.'

맛있다는 감상 외엔 떠오르질 않는다.

한때 소금과 설탕을 헷갈리던 한성아는 이제 이 집안의 수제 쿠키 간식을 책임질 정도의 위상까지 올라섰다.

한성진도 쿠키를 한 입 더 아작 씹으며 고개를 갸웃했다.

"맛만 있네. 뭐가 바뀐 건지 모르겠는데?"

"오빠한텐 기대도 안 했어. 이성진 오빠는?"

나는 쿠키를 입에 털어 넣고 고개를 끄덕였다.

"맛있어."

"어휴, 맛있는 거야 당연한 거고. 바뀐 점 말이야."

왠지 '나 오늘 바뀐 거 없어?' 하고 묻는 듯한 뉘앙스였다.

"……글쎄?"

"정말, 오빠들은 미각이 둔하네. 사모님이랑 희진이는 단박에 알아차렸는데."

"그래?"

사모야 그렇다 쳐도 이희진까지?

장래 신화 브랜드를 인수했을 만한 자질이 벌써부터 싹수가 보이고 있었군.

듣고 보니 저번보다 맛이 더 좋은 듯도 하고.

하긴, 한성아의 쿠키는 언제나 기대 수준 이상의 맛을 보이곤 했다.

"그래서 어떤 게 다른데?"

"응, 이번엔 배합도 다르게 했고, 또, 이름이 뭐더라, 프랑스에서 들여온 버터를 넣었거든. 거기에 라빠 어쩌고 하는 사탕수수 설탕에 게랑드 소금을 살짝 넣어서 단맛을 끌어올렸고 말이야. 어때, 완전 프랑스! 하는 느낌이지? 그치? 뒷맛이 어딘가 거품 있지 않아?"

왜냐면 한성아의 수제 쿠키는 항상 가성비 폭망의 정점을 찍고 있었으니까.

"……거품이 아니라 기품이겠지."

"아, 맞다. 기품, 기품……."

그런고로 제조 단가도 높고.

'그냥 맛있을 수밖에 없는 거지 뭐.'

그러면서 나는 요리엔 재료가 7할을 차지한다는 오상훈 셰프의 지론을 떠올렸다.

'팔 만한 물건은 아니야. 그랬다간 마진이 남질 않을 테니까.'

음, 무심결이긴 해도 이걸 상품의 잣대로 판단하는 걸 보니, 이것도 직업병인가.

한성진은 수입산 버터나 국산 버터나 맛만 좋으면 그만이라는 양 어깨를 으쓱였다.

"그나저나 모처럼 쿠키도 굽고, 오늘은 촬영이 일찍 끝난 모양이네."

"아니, 내 분량은 얼마 전에 끝났어. 오늘은 여기저기 인사만 하고 돌아와서 일찍 온 거야.”

“네 분량은 끝났다고?”

“그렇대도. 그래서 아무튼, 오늘은 그냥 얼굴만 비치고 일찍 왔어. 뭐, 드라마 끝나면 쫑파티에도 다녀와야 하니까 완전히 끝난 건 아니지만.”

“흐음, 뒤에 분량이 제법 남은 걸로 아는데.”

한성아는 담담하게 대답했다.

“나 트럭에 치여서 죽었거든.”

“…….”

“그러니까 이제부턴 엄마가 나를 버린 아빠에게 복수를 하게 될 거야.”

“…….”

“음, 어쩌면 위장 죽음일 뿐이고 부활하게 될지도 모르겠다고 감독님께 듣긴 했는데. 어떻게 될진 잘 모르겠어.”

누가 아침 드라마 아니랄까 봐 막장성이 대단하다.

“그런 시나리오가 통용되다니, 드라마의 세계는 이해할 수가 없네.”

“시청률은 높대.”

“그게 신기하단 말이야.”

한성진은 휘유, 하고 한숨을 내쉬었다가 아차하며 눈을 깜빡였다.

“잠깐, 그보단 트럭 사망 씬이라니, 괜찮은 거야, 그거?”

“괜찮아. 나는 깜짝 놀라는 표정만 지었고, 트릭은 따로 촬영했는걸.”

“교차 편집을 했군.”

“어쭈, 오빠도 제법 아네?”

“연예인 오빠잖아.”

“에이, 연예인은 무슨.”

한성아는 공연히 한성진의 어깨를 주먹으로 툭툭 쳐 댔고, 한성진은 그런 한성아의 공격을 군말 없이 맞아 주며 엄살을 부렸다.

전생엔 과보호에 가깝던 나와 한성아의 관계가, 이번엔 곧잘 티격태격하는 평범한 남매 수준으로 바뀐 것이 남다른 감회라면 감회였다.

“그럼 이제 촬영은 끝? 다음 작품은 이야기 나온 거 없어?”

“아직은 없어. 또 할지 안 할지도 잘 모르겠고.”

“왜, 해 보니 별로야?”

“그냥. 촬영하다 보니까 학교나 집에 있는 시간도 잘 없고. 애들은 내가 드라마에 나오는 줄도 모르는걸.”

그야 아침 드라마니까.

“뭐, 나나 아버지는 네 선택을 존중해 줄 테니까 이 기회에 천천히 생각해 봐. 벌써부터 장래를 결정하는 건 이르기도 하고.”

"응, 고마워, 오빠. 나도 곰곰이 생각해 볼게. 조언이 필요하면 이성진 오빠한테도 물어볼 테니까, 걱정하지 마."

한성아는 그렇게 말하곤 주스를 한 모금 마셨다가 내려놓았다.

"그건 그렇고……."

한성아는 괜히 나를 힐끔거리며 쳐다보았다.

'뭔가 할 말이 있어 보이는 표정인데.'

해서, 나는 쿠키를 입안에 마저 털어 넣고 물었다.

"왜, 무슨 할 말 있어?"

"……."

한성아는 잠시 가만히 있더니, 나를 똑바로 쳐다보았다.

"이성진 오빠. 있잖아."

"응."

"혹시, 민정 언니랑 사귀는 사이였어?"

"풉!"

한성진은 마시던 주스를 뿜었고, 한성아가 구워 온 쿠키를 먹던 나는 사레가 들려서 켁켁거렸다.

"으엑……."

한성아는 인상을 찌푸리면서 한성진이 뿜어낸 방바닥의 주스를 휴지로 닦았다.

"성아야, 너, 대체 무, 무, 무슨 소리야?"

한성진의 말에 한성아는 대답하지 않고, 나를 물끄러미 쳐다보았다.

"그래서, 진짜야?"

나는 주스 한 모금으로 목을 넘긴 뒤 간신히 대답했다.

"그럴 리 없잖아."

"……."

내 대답에 잠시 뜸을 들였던 한성아가 방긋 웃었다.

"그치? 아닐 거라고 생각했어. 암, 이성진 오빠가 그럴 리 없지."

해석하기에 따라선 묘하게 신경을 긁어 대는 발언이었지만, 그 자체는 별것 아닌 해프닝으로 비칠 내용이었다.

한성진은 그런 한성아의 머리를 쥐어박으려다가 고개를 저었다.

"어휴, 요 꼬맹이가 벌써부터 이상한 거나 묻고."

"아니면 됐지 뭘."

이래저래 이성에 관한 호기심이 생겨날 시기인가.

하지만 나는 방금 주제를 웃어넘기는 대신, 문득 썩 좋지 않은 예감을 느꼈다.

그도 그럴 것이, 이번 일은 그 상황과 시기가 묘하게 맞아떨어지고 있었으므로.

"그리고 나 꼬맹이 아니다? 나, 오빠보다 돈 많거든."

"그렇게 따지면 이성진은 할아버지냐?"

나는 그 사이를 비집고 입을 뗐다.

"성아야, 그거 어디서 들은 거야?"

"응? 아, 그게……."

내 목소리가 생각 이상으로 착 가라앉아 있었는지, 한성아는 우물쭈물하며 대답했다.

"……우리 반 애들이 그러던 걸."

"애들?"

"응. 있잖아, 애들은 이성진 오빠가 공부 잘하는 것도 이상하게 생각한대. 나야 이성진 오빠 똑똑하단 걸 알아서 신경도 안 썼지만."

"……."

나는 앉은 자세로 턱을 괴었다.

소문은 단순한 스캔들 이상으로, 그 경위가 상당히 구체적이었다.

'누가 작정하고 떠들어 대지 않고선 나오기 힘든 디테일이군.'

그쯤 하니 한성진도 단순히 웃어넘기고 말 분위기가 아니라는 걸 어렴풋하게나마 깨달은 듯 어색한 웃음을 띠며 내 어깨를 툭 하고 쳤다.

"너무 신경 쓰지 마. 헛소문인걸."

"글쎄다."

나는 등을 펴고 자세를 곧추세웠다.

"나는 이번 일을 마냥 우연은 아니라고 보거든."

"……무슨 의미야?"

아무래도 상관없는 일이긴 했지만.

이번 생엔 남의 몸뚱이고 그런 취미도 아니어서 얌전히 지냈더니, 꼬맹이들에게 얕잡아 보이고 있었던 모양이었다.

'흠, 앞으로 있을 국회의원 선거의 예행연습 겸, 조금 움직여 볼까.'

다음 날 아침.

등교 과정의 학교에서 나는 나와 한성진을 향한 주위의 공연한 시선과 힐끗거림을 느낄 수 있었다.

"신경 쓰지 마."

한성진도 그런 시선을 의식한 듯 내게 말을 건넸지만, 신경이 쓰이지 않을 리는 없다.

전교 1등을 밥 먹듯 하고 있는 잘생긴 부잣집 도련님이어서 그런 걸까, 암만 조용히 지냈다곤 해도 '누가 6학년 1반의 이성진인지' 정도는 다들 알아보고 있는 듯싶었다.

'이건 뭐 낭중지추(囊中之錐)도 아니고.'

이 몸뚱아리엔 내가 생각하는 이상의 흡인력이 있기라도 한 모양이었다.

"왔어?"

거의 항상 1착을 놓치지 않는 김민정은 이 모든 이변을 눈치채지 못한 듯, 교실에 앉아 한성진과 나를 반겼다.

"포스터 가져왔지? 오늘 각 층 알림판에 붙여 둘 생각인데……."

"아, 응. 그래."

한성진은 공연히 주위를 살피며 선거용 포스터를 내놓았고, 잠시 포스터를 들여다보던 김민정은 조금 부끄럽다는 듯 입을 샐룩였다.

"어제 보긴 했지만 내 사진이 이렇게 큼지막하게 나온 건 처음이라 영 어색해."

그러면서 헤헤 웃어 버리고 마는 것은 그 나이대 애들답다고 생각하면서, 나는 자리에 앉았다.

김민정은 포스터를 둘둘 말아 가방에 꽂은 뒤 옆자리의 나를 힐끗 쳐다보았다.

"이 말을 전한다는 걸 깜빡했네. 어제는 고마웠어."

"아니야, 뭘. 돈도 제대로 지불했잖아? 우린 정당한 거래를 했을 뿐이야."

그 정도야 사장의 재량껏 무료로 제공해 줄 수 있는 서비스였지만, 김민정은 한사코 용돈을 꺼내 비용을 지불하려 했다.

그건 한편으론 김민정다운 모습이었지만, 아마 제대로 청구를 하게 되면 그녀의 용돈으론 감당할 수 없는 인건비가 포함되었으리라.

해서, 나는 사실을 감추고 적당히 재료값 정도만 받았지만, 그것만으로도 김민정의 얼굴은 잠시 울상이 되긴 했다.

"그건 달리 말해서, 나도 그때만큼은 네 고객님이었단 거니?"

"그런 셈이지."

"그런 것치곤 다른 사람들한테 하듯 친절하질 않았는데."

"서비스 요금은 제외했거든."

"……최악이야."

나는 어깨를 으쓱였다.

그즈음, 정서연이 등교하며 우리 자리로 왔다.

생각에 잠긴 얼굴로 고개를 푹 숙인 정서연을 보며 김민정은 미소를 지어 가며 먼저 인사를 건넸다.

"안녕, 서연이도 왔어?"

"……아, 응. 얘들아 안녕."

정서연은 얼버무리듯 김민정의 인사를 받았고, 이런 일에는 눈치가 빠른 김민정이 정서연의 평소답지 않은 태도에 고개를 갸웃했다.

"무슨 일 있니? 어제 성진이네 회사 다녀와서 피곤했어?"

"아니, 아니야. 즐거웠어."

"……그래?"

"응. 그런데……."

"응?"

"……아, 아니, 아무것도 아니야."

정서연은 제 자리에 앉았고, 김민정은 무언가 말 못 할 사정이 있다고 어림했는지, 일부러 활기찬 어조로 보란 듯 포스터를 꺼냈다.

"짠, 이거 봐. 어제 우리가 작업한 거야."

"와, 예쁘게 나왔네."

"서연이 네가 디자인한 거잖아? 너 나중엔 이쪽으로 장래 희망을 정해도 되겠다 싶을 정도야."

"으응."

정서연은 김민정의 사교성 높은 화술에 방어기제가 허물어진 양, 나와 김민정을 번갈아 보더니 속에 꾹 눌러 담고 있던 걸 천천히 풀어냈다.

"저기, 민정아."

"응, 왜?"

그 눈짓에서 나는 정서연이 하려던 이야기가 무엇인지 눈치챘다.

"있잖아, 나, 집에서 동생한테 들었는데……."

동생 네트워크라는 건 상당히 전파력이 높은 모양이었다.

'어쩌면 하급생을 중심으로 소문이 전파된 것일지도 모르겠군.'

이윽고.

"뭐어?"

정서연의 전언을 들은 김민정은 일단 얼굴을 붉히더니, 뒤이어.

"아니, 그건 대체 무슨 소리야? 내가 이성진이랑……."

저도 모르게 따지듯 물었다가, 그 주어를 입에 담을 수 없다는 양 말꼬리를 흐렸다.

예상한 것 이상의 서슬 퍼런 힐난에 정서연은 허둥지둥하며 변명하듯 대답했다.

"아, 아니, 나도 헛소문인 건 알아. 동생한테도 그럴 리 없다고 했어."

"……아니야. 미안, 방금은 당황해서."

"괜찮아……."

김민정이 한숨을 푹 내쉬었다.

"왜 갑자기 그런 소문이 돌고 있는 거야? 전교회장 후보라서 눈에 띈 김에 떠들어 대는 걸까, 정말이지……."

어째, 마냥 싫다는 눈치는 아닌 듯한 건 내 자의식일까.

이어서 김민정은 눈동자를 굴리며 힐끗 나를 쳐다보았다.

"흥. 어차피 얼토당토않은 헛소문이니 금방 사그라지겠지."

그 말에 나는 툭 하고 뱉었다.

"글쎄다."

"……왜, 너도 할 말 있어? 어쨌건 나랑 엮여서 불쾌하다

이거니?"

그 묘하게 가시 돋친 말을 나는 태연하게 받아넘겼다.

"실은 어제 성아한테도 비슷한 이야기를 들었거든."

"……성아한테?"

김민정이 고개를 돌려 한성진을 보았고, 한성진은 고개를 끄덕여 긍정했다.

"그랬지."

김민정은 사태가 생각 이상으로 심상치 않단 걸 직감했는지, 표정이 딱딱하게 굳었다.

"……그러거나 말거나, 그게 무슨 상관인데?"

김민정이 토해 내듯 말을 이었다.

"설령 내가 이성진이랑 그렇고 그런 사이라 하더라도, 후보자의 자질이랑은 상관없는 이야기잖아?"

"없지는 않아."

나는 김민정의 말을 부정했다.

"들어 보니 그런 의혹에 더해 우리가 전교 1, 2, 3등을 나란히 차지하고 있는 것도 수상쩍다고 여기고 있더군."

"……뭐야, 그게."

상황과 시기와 그 내용이 이 정도로 구체적이면, 누가 소문의 주체인지는 뻔한 이야기였다.

급기야 김민정은 인상을 찌푸렸다.

"혹시 시험지 유출이라거나 그딴 걸 의심하는 거야? 정말

형편없네. 내가 너희 둘을 이기려고 얼마나…….”

적잖은 노력을 기울였겠지.

김민정이란 인물은 예전부터 백조가 호수 아래 갈퀴질을 해 대듯 남들 보이지 않는 곳에선 각고의 노력을 기울여 오던 사람이었다.

‘이번엔 상대가 나빴다고 할 수밖에.’

속에 중년 아저씨가 들어앉은 이 몸은 둘째 치더라도, 한성진―동시에 전생의 나는 원래부터 별다른 노력 없이 성적 상위권을 유지하는 요령을 타고난 인간이었다.

천재 같은 건 아니다. 남들에 비해 기억력이 좋다 보니, 주입식 교육에 최적화된 교육 커리큘럼에선 그 자질이 잠시 빛을 반짝하고 빛냈을 뿐.

전생에는 이성진의 눈치를 보느라 일부러 성적을 낮추곤 했지만, 그럴 까닭이 없어진 이번 생에는 남들보다 조금 더 노력하는 것만으로도 초등학교 전교 1등 정도야 우습다.

나는 김민정을 보며 입을 뗐다.

“어쨌건 의혹이란 꼬리에 꼬리를 물고 퍼지는 법이거든. 그 왜, 이를테면 자신의 인생과 하등 상관없는 연예인들의 스캔들에 이입하는 것이나 매한가지지.”

김민정은 이번 일을 남 이야기하듯 내뱉은 내가 싫었던지 아무런 말없이 나를 노려보듯 쳐다보았고, 나는 어깨를 으쓱였다.

"말했잖아? 공정성에 위배가 될지 모르니 나는 한발 물러서 있겠다고. 뭐, 결국엔 이렇게 엮이고 말았지만."

"최악이야."

나를 향한 비난인 줄 알았더니, 김민정이 고개를 돌리며 무표정하게 말을 이었다.

"……치사해. 비겁하고."

아, 김수철을 향한 힐난이었군.

김민정이 자리에서 일어섰다.

"당장 그 김수철이라는 애를 찾아가서 따져야겠어. 3반이랬지?"

나는 김민정의 소매를 잡았다.

"잠깐만."

"뭐야?"

"따질 수 있겠어?"

"무슨 소린데, 그건? 내가 못 할 거 같아? 따라올 거 아니면 그 손 놔."

"진정하고 들어. 아닌 말로, 이건 실체가 없는 헛소문에 불과한 이야기야."

"……."

"네가 뭘 하건 본인이 잡아떼면 그만이란 거지. 오히려 이 상황에 본인이 직접 나서면 그 소문을 과하게 의식하고 있단 증명밖에 되질 않아."

김민정은 내가 붙잡은 소매를 세차게 뿌리치고 나를 노려보았다.

"넌 어쩌면 매사가 그러니? 왜, 이것도 남의 일 같아? 왜 그렇게 냉정한 건데?"

"……."

"그리고."

김민정이 고개를 돌렸다.

"……별로. 의식하거나 하지는 않는걸."

뒤이어, 희미하게 물기가 어린 목소리로 김민정이 말을 이었다.

"……그래도, 이런 건 싫어."

이 정도로 난리를 피웠더니 학급 내에서 우리를 힐끔거리는 시선이 삼척동자도 눈치챌 만큼 선명해졌다.

나는 차분한 어조로 입을 뗐다.

"괜찮아, 내가 도와줄게."

김민정은 눈을 동그랗게 뜨더니, 고개를 홱 돌리곤 얼른 눈가를 훔쳤다.

귓바퀴가 빨갛다.

"……그러면 같이 가서 따져 줄 거야?"

"방금 한 말을 어떻게 들은 거냐? 이번 일은 그렇게 흘러가거나 해결될 일이 아니라니까."

내 말에 김민정은 조금 냉정을 되찾았는지 멀뚱한 얼굴로 나를 쳐다보았고.

"그러니까 지금부터 네가 하고 있는 선거운동을 도와주겠단 거야."

그 말에 김민정은 다소 어처구니없다는 듯 고개를 갸웃했다.

"지금까진 도와준 거 아니었어?"

"엄밀히 말하면 그렇겠지만, 이전까진 어디까지나 대가에 따른 인프라만 제공해 준 거였지."

"……."

"서비스 요금을 제외한 그거 말이야."

"……너는 정말이지."

김민정이 픽 웃었고, 나는 김민정의 의자를 툭툭 두드렸다.

"앉아 봐. 본격적으로 선거 전략을 세워 볼 테니까."

나는 연습장을 펼쳐 대략적인 원형 도표를 그렸다.

"일단, 너나 김수철이나 확고부동한 지지층이 얼마간 있을 거야."

머리를 맞댄 아이들은 내 말에 저마다 생각하는 바가 있는 양 고개를 끄덕였다.

그런 아이들을 보면서, 나는 말을 이었다.

"정확한 계산은 힘들겠지만 대략…… 각각 30% 정도는 될 거 같군. 뭐, 지금 상황에선 김수철을 향한 부동층이 김민정 너보단 조금 더 앞서겠지만."

그 말에 김민정은 떨떠름해하는 얼굴로나마 고개를 끄덕여 긍정했다.

아직 어려서 그런지 조금 감정적으로 치달아 욱하는 면은 있지만, 본질적으론 냉정하고 자기관리에 철저한 것이 김민정이었다.

나는 볼펜 끝으로 도표 한가운데를 툭툭 두드렸다.

"선거의 핵심은 여기, 각각의 지지층을 제외한 40%의 중도 표를 흡수하는 것이랄 수 있지."

근본은 여당야당으로 갈리는 어른이나 여당남당으로 갈리는 아이들이나 다를 것이 없었다.

"여기서 김수철이 가지고 있는 지지층은 빼어 올 수 없다고 보는 게 편해. 이 표심은 어지간하면 바뀌지 않겠지. 김수철에겐 이럭저럭 인망도 있다 했고, 저학년 중엔 아직도 남자는 우리 편, 여자는 적, 이라고 생각하는 남자애들도 있을 테니까."

개중 개인적인 친분에 의해 좌지우지되는 극소수의 표, 또 각자의 이득에 따라 표심을 움직일 이들.

거기에 감정적 호소에 반응하는 감정적인 유권자들까지.

나는 연습장 페이지를 다음 장으로 넘겼다.

“우리가 가진 시간과 에너지는 한정되어 있어. 여기서 네가 모든 이들에게 이 헛소문을 해명하는 것으로 시간을 쏟는 건 에너지 낭비야.”

“하지만 오해는 바로잡아야 하지 않을까?”

한성진이 끼어들었다.

“헛소문이긴 해도, 그런 건 내버려 두면 걷잡을 수 없을 정도로 커지기도 하잖아. 만에 하나 잠잠해진다고 하더라도 그걸 기다릴 시간이 넉넉한 것도 아니니까.”

나는 고개를 끄덕였다.

“맞아. 초등학생 선거는 그게 문제지. 후보자 검증의 시간도 부족하고…….”

거기에 냉소적으로 덧붙여 말하면, 초등학교 전교 회장 선거야 어디까지나 민주주의 체험에 의의를 두는 것에 불과하다.

진지하고 영리한 후보자보단 끼 많고 웃긴 녀석이 당선되기도 하는 것이 학교 선거판.

그러니 누가 당선되건 학생들의 학창 생활에 극적인 변화가 일어날 리도 만무한 것이다.

“거기에 공식적인 연설은 투표 전 한 차례에 불과하지. 굳이 이런 일에 우리 후보자님이 일일이 나서 가며 대응할 필요는 없다는 의미야.”

김민정이 입을 삐죽였다.
“……그러면 쿨하게 이대로 내버려 두잔 의미야?”
“그런 말은 하지 않았어.”
나는 씩 웃었다.
“대신, 누구를 적으로 돌렸는지는 깨닫게 해 줘야겠지.”
그 말에 김민정은 떨떠름해하며 나를 흘겨보았다.
“설마, 찾아가서 싸우려는 건 아니지? 그런 건 절대 용납 못 해.”
“그럴 리가 있냐.”
만화를 너무 봤나.
암만 애들은 싸우면서 큰다지만 지금 현시점의 나보다 덩치가 큰 김수철을 상대로 주먹다짐을 해 볼 생각은 추호도 없다.
‘전생에도 쌈박질은 내 장기가 아니었고.’
자고로 군자는 위험을 가까이하지 않는 법이다.
나는 연습장을 김민정에게 넘기며 말을 이었다.
“어쨌거나 내일부턴 아침 일찍 교문 앞에서 애들한테 악수나 해 줘.”
“안 그래도 그럴 생각이야. 오늘 하교 때도 할 생각이고. 아참, 이성진 너도 도와줄 거지?”
나는 고개를 저었다.
“아니. 나는 빠질게.”

"……하긴, 회사에 가 보니까 너 꽤 바쁘긴 하더라."

김민정이 어깨를 으쓱였다.

"그래도 내일 오전 등교 때 도와주는 것 정도는 괜찮지 않아?"

"그것도 빠질게."

"엥? 방금까진 도와준다더니."

"도와준다는 의미에서 하는 말이야."

"……말하는 게 앞뒤가 안 맞는걸."

"따로 생각해 둔 게 있어서 그래."

나는 고개를 갸우뚱하는 김민정에게서 고개를 돌려 정서연을 보았다.

"정서연, 너 한 살 아래 동생이 있다고 그랬지?"

"응? 아, 응. 맞아. 5학년 2반."

정서연에게 연년생 동생이 있다는 건 언젠가 들은 적이 있었다.

"그 친구 이름이 뭐야?"

"응? 동생 이름?"

그다음 쉬는 시간, 나는 한성진과 함께 5학년 교실이 모여 있는 복도로 향했다.

"네, 제가 정지연인데요."

정지연은 그녀의 아버지인 정진건 형사의 유전자 일부를

물려받은 모양이었는데, 언니인 정서연과는 성격도, 몸집도, 행동거지도 남달라 자매가 맞는지 의심스러울 정도였다.

그나마 눈매며 이목구비가 닮긴 했지만, 정지연의 인상은 정서연에 비해 좀 더 시원시원하고 보이시한 느낌이 짙었다.

아마 그녀는 김민정과는 다른 의미에서 학급의 구심점 역할을 해내고 있으리라.

"선배들이 언니의 친구인 그 성진's죠?"

성진's라니, 벌써 정착한 별명인가.

내 표정이야 어쨌건 한성진은 고개를 끄덕였다.

"응, 나는 한성진이라 하고, 여기는 이성진. 만나서 반가워."

"네, 말씀은 많이 들었어요. 아빠랑 언니한테 들은 그대로인 느낌이네요. 아, 전혀 나쁜 의미는 아니에요."

뭐, 그 두 사람이 나나 한성진에 대해 나쁜 말을 전했을 것 같진 않다.

그녀는 이쪽, 5학년 학급이 모인 복도에서 이쪽을 힐끔거리는 동창들의 시선을 의식한 듯 고개를 돌렸다.

"자리를 옮길까요?"

우리는 적당히 비어 있는 다목적실로 자리를 옮겼다.

"저를 찾아오신 건 예의 그 소문 때문이죠?"

"맞아. 이야기가 빨라지겠네."

한성진의 말에 정지연은 어깨를 으쓱였다.

"그러실 줄 알고 나름대로 조사해 본 게 있어요. 선배들만 괜찮으시다면 들려 드릴 용의도 있는데요."

상급생 두 명이 있는 자리임에도 정지연은 주눅 드는 기색 없이 시원시원하게 말을 뱉었다.

내가 고개를 끄덕이자, 정지연은 그녀가 아는 바를 우리에게 털어놓았다.

김수철에겐 두 살 아래의 동생이 있었다.

예의 소문은 그 4학년짜리 여자애로부터 비롯했는데, 이미 하급생들 사이에선 여자애들 특유의 네트워크를 통해 퍼질 대로 퍼졌다는 듯했다.

'더욱이 방과 후 교실은 그런 소문이 위아래 가릴 것 없이 전파되기 더할 나위 없는 환경이기도 하지.'

김민정의 지난 업적이 지금은 그녀의 발목을 붙잡는 형태로 변질되고 있다는 것이 아이러니하다면 아이러니한 일이지만.

정지연이 나를 물끄러미 쳐다보며 말을 마쳤다.

"……뭐, 언니도 그럴 리 없다고 한 데다가, 저도 선배들을 보니 그럴 거 같진 않지만요."

나는 정지연의 말에 고개를 끄덕였다.

"맞아. 하지만 소문이 다른 형태로 변질되고 있다는 건 조금 생각해 볼 문제지."

정지연은 나를 물끄러미 쳐다보는 시선을 유지한 채, 당돌하게 물었다.

"혹시나 해서 여쭙는 거지만요, 정말 그런 건 아니죠?"

그 물음은 나와 김민정 사이의 스캔들을 재확인하는 것이 아닌 거기서 한발 더 나아간, 시험지 부정 유출과 관련한 추궁을 향해 있었다.

나는 그 말을 태연하게 받아 넘겼다.

"당연히 아니지. 그럴 필요도 없고."

"하긴, 아빠도 그렇게 말씀하셨어요. 이성진 선배는 쓸데없이 꼬리 밟힐 일은 하지 않을 사람이라고 하던데요."

초등학생을 향한 인물평치곤 시니컬했지만, 나를 향한 정진건 형사의 평가가 나쁘지 않다는 것 정도는 알겠다.

정지연이 말을 이었다.

"제가 깊이 관여할 입장은 아니지만, 그래도 제가 아는 애들한테는 그럴 리 없다고 이야기해 뒀어요."

"……그거 고마운걸."

"뭘요. 따지고 보면 선배 덕분에 저희 집 컴퓨터가 굴러가고 있는 것이기도 한걸요."

생각 이상으로 감이 좋은 애였다.

"그 부분은 어른들끼리 이야기가 끝난 내용이니까 신경 안 써도 돼."

"하하, 네. 어른들끼리, 말이죠."

정지연은 그렇게 내 말을 일부러 웃어넘기곤 표정을 진지하게 고쳤다.

"결과적이긴 하지만 저도 선배들에게 신세를 진 입장이니까, 필요하다면 김수철 선배의 동생에게 한마디 경고를 줄 수도 있는데요."

후배들 사이에서 정지연이 가진 영향력이 어느 정도 수준인지는 모르겠지만, 긁어 부스럼을 만들지도 모를 공연한 일을 만들 필요는 없다.

"아니야. 됐어. 생각해 준 것만으로도 고마워."

다만.

"대신이라고 말하긴 뭣하지만, 간단한 일 한 가지만 해 주면 되는데. 혹시 해 줄 수 있겠어?"

정지연은 잠시 생각하더니 힘차게 고개를 끄덕였다.

"네, 말씀만 하세요. 뭔데요? 아, 선거 활동 하시는 거, 도와드릴까요?"

"아니, 그건 네가 하고 싶으면 하는 거고…… 그래도 도와준다면 큰 도움이 될 거야."

"맡겨 주세요. 이래 봬도 저, 아는 얼굴이 제법 많이 있거든요."

정지연은 씩 웃었다가 뒤이어 다시 물었다.

"아, 혹시 그 외에 다른 걸 부탁하시는 건가요?"

나는 고개를 끄덕였다.

"응, 이 말만 퍼뜨려 주면 돼. 내일 급식 메뉴는 명태 순살 튀김이 나올 거라고."

내 말에 정지연은 눈을 껌뻑였다.

"네? 그거 무슨 암호예요?"

"암호는 무슨. 그냥 말 그대로의 의미야."

정지연은 잠시 생각하다가 인상을 찌푸렸다.

"……으엑. 어라, 잠깐만요, 원래 내일 메뉴는 돈가스잖아요."

메뉴를 꿰고 있네.

하긴, 그런 애들이 있지. 급식 메뉴로 뭐가 나올지 줄줄 꿰고 있는 그런 애들.

게다가 돈가스라고 하면 선호도가 높은 급식 메뉴 중 하나이기도 하고.

"맞아. 원래는 그랬지."

"그런데 선배, 왜 명살 순태…… 아니지, 명태 순살 튀김이 나온단 거예요?"

"글쎄다? 나도 어디선가 주워들은 거라서."

나는 픽 웃으며 덧붙였다.

"아, 어쩌면 그냥 그럴 기분이 들었을지도 모르겠는데?"

"……저로선 거기에 무슨 의도가 있는 건지 모르겠는데요."

"아무튼 해 줄 수 있지?"

정지연이 나를 흘겨보았다.

"어려운 일은 아닌데…… 그러면 정보의 출처가 이성진 선배님이라는 것까지 밝혀도 될까요?"

"오히려 그래 주길 바라는 거야. 아, 모레는 미역 줄기 무침이 좋겠군."

"……."

"왜? 몸에 좋잖아. 미역."

정지연이 한숨을 내쉬었다.

"선배, 후배가 이런 말씀을 드리면 안 되겠지만, 되게 악당 같으시네요."

"고마워. 그럼 부탁할게."

"……."

정지연을 교실까지 바래다준 뒤, 돌아오는 길.

한성진이 내게 물었다.

"진짜야?"

"뭐가?"

"내일 명태 순살 튀김이 급식으로 나오는 거냐?"

나는 고개를 끄덕였다.

"응."

"……왜?"

"애들이 싫어하는 메뉴 중 하나니까."

한성진이 질색하며 나를 쳐다보았다.

"너 설마, 이 학교 애들 전체에게 경고성 기합을 주려는 의미는 아니지? 설마 그런 소문 때문에?"

나는 빙긋 웃으며 한성진을 바라보았다.

"혹시 싫어하는 메뉴 있어?"

한성진은 무심결에 대답하려다가 입을 다물곤 천천히 입을 뗐다.

"……탕수육. 나는 탕수육만 보면 몸에서 거부반응을 일으키곤 해."

그 말에 나는 미소 띤 얼굴로 고개를 끄덕였다.

"그러면 좋아. 내 친구가 그렇다고 하니, 내일 모레는 조기 튀김으로 해 줄게."

"……웩."

"아, 생각해 보니 애들한테는 쌀밥보단 잡곡밥이 몸에 더 좋겠군."

"……우와. 진짜, 너……."

"왜? 몸에 좋은 거야."

한성진은 고개를 저었고, 나는 그런 한성진의 어깨를 툭툭 두드려 준 뒤 고개를 돌렸다.

"내일부터는 한동안 따로 움직이자."

한성진이 고개를 갸웃했다.

"무슨 소리야? 따로 움직이자니?"

"그야, 이 학교의 악당이랑 친하게 지내면 너한테 좋을 게 없잖아."

"진짜로 악당이 될 생각인가 보네. 무슨 의도야?"

나는 한성진에게 씩 웃어 보였다.

"두고 보면 알아."

다음 날인 수요일 급식은 내가 호언장담했듯 명태 순살 튀김이 나왔다.

"원래는 돈가스 아니었어?"

"있잖아, 나도 들은 내용인데……."

"……진짜냐."

목요일 급식은 잡곡밥에 미역 줄기 무침과 조기 튀김.

"이게 뭐야. 너무한 거 아니냐?"

"이건 대놓고 괴롭히는 거 같은데."

"이럴 바엔 예전처럼 도시락을 싸 들고 다니는 게 낫겠다."

"……문제는 우리 엄마가 좋아하고 있다는 거야."

"어른들이 뭘 알겠어."

"이거 혹시, 그건가?"

"그거라니."

"왜, 있잖아. 들으니까 김수철 쪽에서 이상한 소문을 내서……."

금요일에는 아이들을 위해 뭘 해 줄까, 생각하다가 몸에 좋은 콩고기와 미역 냉국을 주기로 했다.

"……여기 학교지?"

"응."

"절이 아니라, 학교 맞지?"

"그럴 걸. 아, 맞아."

"뭐가?"

"교무실에 가니까, 선생님들은 짜장면 시켜 드시던데."

"우와, 치사해. 우리는 선택권도 없는데?"

"이게 다 이성진 때문이야."

"……이성진 걔, 김민정이랑 얼레리꼴레리였지? 두고 보자."

"어, 으음, 나도 그런 줄 알았는데……."

"……아니야?"

"저번에 보니까 싸우고 있던데?"

"진짜냐……."

"그 왜, 교문 앞에서 하는 유세 때도 코빼기 하나 안 비치던 걸. 싸운 거 맞지 않아?"

"흐음."

김민정이 내 자리로 찾아와 따지고 들었던 건 제법 유명했다.

그러다 보니 오늘도.

"야, 이성진."

"왜? 오늘 HR 시간에 전교생 연설 있잖아. 바쁜 거 아니었어?"

김민정은 내 말을 무시하곤 재차 말을 이었다.

"너 지금 대체 뭐 하자는 거야? 아무리 그래도 사흘 연속 이러는 건 너무하잖아."

"그래? 흠, 토요일엔 급식이 없어서 아쉽네. 다음 주 월요일도 기대해."

"……잠깐 나 좀 보자."

나는 그 말에 보란 듯 읽고 있던 업무용 서류를 팔락였다.

"바빠."

김민정은 쾅 하고 내 책상을 내리치더니 눈을 부라렸다.

"잠깐이면 돼."

"뭐, 그러면 잠깐만."

나는 서류를 챙겨 자리에서 일어섰다.

"봐, 봐, 또 싸운다."

"그러고 보니까 예전에는 원수였지, 저 둘. 나 옛날에 같은 반 해서 알아."

나는 무어라 수군거리는 아이들의 시선을 의식하면서, 누가 봐도 안색이 나빠 보이는 김민정의 뒤를 따라 건물 밖으로 나왔다.

"아, 여기 화단이면 듣는 사람이 없을 거야."

내 말에 김민정은 발걸음을 멈췄다가 방향을 꺾어 성큼성큼 걸었고, 나는 머리를 긁적이면서 그 뒤를 따랐다.

3월 초 교내 화단은 내 당숙이자 재단 이사장인 이태준이 심어 둔 매화나무가 가지가지마다 꽃망울을 틔우는 중이었고, 여전한 꽃샘추위로 다소 쌀쌀한 날씨 탓인지 인적이 드물었다.

"자, 이성진."

김민정이 몸을 휙 돌려 나를 보았다.

"여기면 됐지? 그래서 대체 뭘 하자는 건데?"

그 말에 나는 들고 있던 서류를 김민정에게 내밀었다.

"내가 왜 그랬는지는 이걸 보면 대강 알 거야."

"……뭔데?"

김민정은 통명스럽게 서류를 받아 들고 그걸 잠시 읽어 보더니.

"……너, 진짜."

인상을 찌푸리며 나를 노려보았다.

나는 나를 노려보는 김민정의 시선을 가볍게 받아넘겼다.

"오늘 있을 후보 연설에서 그 내용을 토대로 발표하면 괜찮을 거야."

김민정은 한숨을 푹 내쉬었다.

"너는 이기기 위해서라면 뭐라도 하겠단 거니?"

"이기기 위해서가 아니라, 지지 않기 위해서지. 게다가 시작은 그쪽이 먼저 했고.”

“그렇다고 해서…….”

김민정은 무어라 말을 잇다 말고 양 입을 꾹 다물었다가, 다시 입을 뗐다.

“‘고작’ 초등학교 전교회장 선거에 네 사업을 끌고 오는 건 지나치잖아.”

내가 김민정에게 내민 건 학교 급식 시스템 개선안이었다.

‘공개 입찰을 통한 교내 급식소 업체 선정.’

초등학생들에겐 다소 어려울 수 있으나, 본질적으로는 ‘현재 불만이 쌓일 대로 쌓인’ 급식 업체의 방만 경영을 질책하고 보다 질적으로 안정화된 방안을 모색한단 내용이었다.

계기는 김민정의 전교회장 선거와 관련한 것이긴 했으나.

마냥 김민정에게 좋으라고 한 일만은 아니었다.

전국에서 가장 빨리 급식을 들여온 곳 중 하나인 천화초등학교는 정부에서 밀어주고 있는 ‘급식소 운영 모범 사례’ 중 하나였고, 그 일거수일투족이 지대한 관심을 받고 있었다.

즉, 천화초등학교의 움직임은 전국 각지의 학교 및 기숙사 시설에 참고 사례가 된다.

‘시범 운영의 단계를 넘어섰으니, 본격적인 확장에 들어가야겠지.’

이곳 천화초등학교의 경우, 현재는 신화식품에서 급조한 급식 사업부에서 급식 납품을 도맡아 오고 있으나, 당초의 납품 계약은 향후 업체 선정에 독과점으로 시비가 걸릴 여지가 있는 주먹구구식 계약에 가까웠다.

해서, 나는 이번 재입찰 기회를 통해 본 급식 사업부를 해림식품과의 합자회사인 S&S로 가져올 생각을 하고 있었다.

이미라 측도 내 제안을 흔쾌히 받아들였다.

신화식품은 기존 프리미엄 식자재 유통에 집중하는 한편, 식자재 유통과 관련해 업계의 공룡인 해림식품과 급식 입찰 건으로 정면 대결을 붙었다간 이래저래 건질 것도 없는 상황이 온다.

그러니 모처럼 만든 '합자회사'가 나서 주는 편이 그들로서도 이모저모 모양새가 설 것이라 판단했으리라.

더욱이 이번 제안은 해림식품과의 관계 및 상황이 예전 같았더라면 삶은 호박에 젓가락도 안 박힐 이야기였겠지만, 현재는 서로가 S&S의 지분을 상당수 소유한 상황에서 전망이 괜찮은 공동 사업도 추진 중이었으니, 이미라도 해 볼 만하단 판단이 섰을 것이다.

'재주는 곰이 넘어 줄 테니.'

동시에 해림식품 역시도 식품 사업부를 제니퍼에게 양도 중인 와중 공연한 경쟁으로 신경을 소모하느니, 그들도 지분을 쥐고 있는 합자회사인 S&S의 등 뒤를 밀어주는 것이 낫단 판단이 섰다.

이래저래 윈윈.

모두가 만족할 만한 거래였고, 천화초등학교의 급식 납품 업체 공개 입찰은 S&S가 날아오를 발판으로선 더할 나위 없는 출발점이었다.

'그리고 이걸 전국 규모로 확장하는 게 앞으로 있을 일의 포석이야.'

급식과 관련한 신화식품의 노하우와 해림식품의 영향력이 어우러진 S&S의 힘이라면 향후 있을 급식 사업 입찰 경쟁 때에도 만만찮은 우위를 차지할 수 있으리라.

'거기에 더해 이번 일을 계기로 S&S의 유통망이 전국적으로 뻗어 나가게 되면, 그때부터지.'

나는 어깨를 으쓱였다.

"신경 쓸 거 없어. 어차피 원래부터 이렇게 할 생각이었거든. 이왕 할 일에 숟가락만 조금 얹은 거라고 생각해."

"……."

김민정은 입을 옴짝거리다가 말고 무표정한 얼굴로 나를 지나쳐 화단을 떠났다.

'화가 난 건가.'

뭐, 김민정은 지금 자신이 무엇에 화가 났는지도 모를 것이다.

게다가 생각 이상으로 냉정한 성격이니, 이번 연설 때 내가 준 서류를 잘 써먹겠지.

나는 머리를 긁적이고 화단의 웃자란 회양목을 향해 입을 뗐다.

“나와도 돼.”

그 말에 여자애 한 명이 배시시 웃으며 관목을 돌아 내 앞에 섰다.

“들켰네요.”

아직 이목구비에 앳된 티는 역력하지만, 눈동자만큼은 생기 있게 반짝 빛나는 소녀였다.

관상을 볼 줄 안다며 들먹일 생각은 없지만, 내 경험으로 말미암아 살필 때 이런 타입은 대개 주위 사람을 쥐락펴락할 줄 아는 사람들이었다.

‘게다가…….’

그녀는 뒤이어 내게 고개를 꾸벅 숙였다.

“죄송해요. 엿들을 생각은 없었지만, 제가 끼어들 입장도 분위기도 아니어서요.”

“그렇다고 자리를 뜨지 않을 이유는 없지 않아?”

내 말에 여자애가 싱긋 웃었다.

“그야…… 굳이 여기까지 찾아오신 걸로 보아, 왠지 저에게 용건이 있으실 거라 생각했거든요. 억측인가요?”

“딱히. 네가 요 며칠 화단을 서성거렸단 건 알고 있었고.”

말하면서 나는 화단과 맞닿은 건물 창을 올려다보았다.

“어차피 너도 나한테 용건이 있을 거라 생각해서.”

“헤헤, 보고 계셨네요.”

여자애는 싱긋 웃은 뒤 미개봉 상태의 팩 주스 하나를 내게 선뜻 내밀었다.

"드실래요? 1+1이라 받아 왔는데, 저 혼자 먹기엔 양이 많아서요."

"받을게."

나는 그녀가 내민 팩 주스를 받아 스트로우를 꽂고 한 입 마셨다.

'이 인공적인 맛이 땡길 때가 있지.'

그사이 여자애는 나를 따라 하듯 팩 주스 한 모금을 마시곤 입을 뗐다.

"요즘 학교 매점에 사람들이 많아요. 이것도 다 선배님 덕분이네요."

"이럴 줄 알았으면 매점 경영도 내가 맡을 걸 그랬군."

"음, 이게 바로 대기업이 소상공인을 압박하는 구조로군요."

"농담이야."

"저도요. 선배님도 설마 코 묻은 애들 주머니까지 노리실 분은 아니라고 믿으니까요."

퍽 되바라진 여자애라 생각하면서 나는 픽 웃었다.

"사람 잘못 봤네. 나는 돈 되는 일이라면 설령 코 묻은 돈이라 하더라도 노릴 거야."

"어머, 그럼 어떻게 하실지 기대할게요. 음, 분명 대단한 거겠죠?"

"응, 아마 사회현상을 일으킬 만큼."

패킷몬 빵과 그 제품군이라면 가능할 것이다.

"아, 맞다."

그녀는 가벼운 웃음기를 머금은 채 나를 보더니, 이어서 손에 든 팩 주스를 벤치에 내려놓곤 치마를 손바닥으로 탁탁 털어 낸 뒤 내게 정중히 고개를 숙였다.

"그러고 보니 인사가 늦었습니다, 선배님. 처음 뵙죠? 4학년 김수연이라고 합니다."

이번 사태의 장본인이자 김수철 후보의 동생인 김수연.

나는 그 모습이 퍽 연극적이라 생각하면서 인사를 받았다.

"응, 그래. 인사가 조금 늦었지만, 6학년 이성진이다."

"아뇨, 저야말로."

김수연은 벤치에 앉아 팩 주스를 한 입 쪽 빨아 먹었고, 나는 그녀 곁의 벤치 빈자리에 앉았다.

"괜찮아. 어린 나이에 할 수 있는 실수 중 하나지. 개중엔."

나는 고개를 돌려 김수연을 바라보았다.

"굳이 적으로 돌릴 필요가 없는 사람까지 적으로 돌리는 것도 있겠고."

"흐음, 저희는 그럼 적인가요?"

나는 손목시계를 들여다보았다.

"내게 마타도어를 걸어온 시점에서는 그렇지. 뭐, 그것도 몇 시간 안 남았지만."

내 말에 김수연이 웃었다.

"다행이네요. 그럼 선배님, 제가 싫어진 건 아니죠?"

"오늘 처음 본 사이에 좋고 싫고 할 건 없지 않아? 그 방식은 마음에 안 들지만, 개인적인 악의는 없었던 모양이니까."

"마치 로미오와 줄리엣 같네요."

"머큐시오와 티볼트는 아니고?"

김수연은 내 핀잔에도 아랑곳 않고 배시시 웃으며 벤치에 앉은 채 발을 동동거렸다.

나는 그런 그녀를 보며 툭 하고 단도직입적으로 물었다.

"김수철이 시켰어?"

"흐음~."

김수연은 동동거림을 멈추고 기지개를 쭉 켜더니 착, 발을 모았다.

"일부는 맞고, 일부는 아니에요."

"어정쩡한 대답인데."

"엄마를 통해서 애들한테 '오빠를 잘 부탁한다'며 햄버거를 사서 돌리란 것까진 사실이거든요. 실은 저희 엄마가 좀 극성이세요."

"김보성 동부지검장님은 아니시고?"

내 말에 김수연은 눈을 동그랗게 뜨더니 큭, 하고 소리 죽인 웃음을 터뜨렸다.

“아빠는 모르실걸요. 뭐, 오빠가 전교회장 선거 후보에 출마한다는 것까진 아시려나.”

“다행이네. 나도 너희 아버지께 밉보이고 싶진 않거든.”

“그러실 분은 아니에요.”

“응, 들으니까 그러신 것 같군.”

“그리고 일단은 가족이거든요. 바보 멍청이 오빠라도 말이죠.”

이 이상 가족과 관련한 대화는 그녀 스스로도 썩 내켜 하지 않는 모양인지, 김수연은 어조를 고쳐 화제를 바꿨다.

“그래도 이걸로 김민정 선배님과 관련한 스캔들도 해명하고, 표심도 얻게 되셨네요. 축하드려요.”

“윈윈이지?”

“글쎄요?”

김수연은 고개를 갸웃했다.

“이성진 선배님은 이번 일로 모든 학생들에게 악의 축 취급을 받게 되셨는걸요. 그러니 엄밀히 따져 모두가 이긴 상황은 아니죠.”

“괜찮아, 나는 그런 거 신경 안 쓰니까.”

“흐음, 왠지 만화에서처럼 ‘악역은 익숙하니까’ 같은 말씀을 하실 줄 알았는데.”

“암만 그래도 그건 좀 너무 오글거려.”

"오글거린다? 음, 그런 표현도 있군요."

김수연은 공연히 주먹을 쥐었다 펴며 고개를 주억거렸다.

"사실, 예상외이긴 했어요. 저는 그저 선배님께서 저를 찾아와 경고를 주시거나 할 거란 생각을 하고 있었는데, 하시는 일이 이렇게 스케일이 클 줄은 몰랐거든요."

"뭐, 어차피 미역이랑 조기 튀김 재고도 언젠간 처리해야 했거든. 나는 그걸 조금 앞당겼을 뿐이야."

"조삼모사네요."

김수연이 웃었다.

"그럴 거라면 차라리 선거 공약으로 향후 며칠간 돈가스며 탕수육처럼 선호도 높은 메뉴가 나올 거라고 어필하는 편이 낫지 않았을까요?"

"공약에 포퓰리즘을 남발하면 뒷감당이 힘들잖아."

"누가 신경이나 쓰겠어요? 또 어차피, 제가 알기로 역대 천화초등학교 전교회장 중 탄핵당한 사례는 없는데요."

이 시대에 '탄핵'이라는 용어를 아는 초등학생이라니, 상당히 귀한 인재였다.

"선례는 언제고 생길 수 있는 거잖아? 게다가 그랬다간 나랑 후보자 간의 유착이 드러나게 될 테고."

"그렇군요. 생각이 짧았습니다."

그녀는 꾸벅 고개를 숙인 뒤, 주스를 마저 빨아먹었다가, 빈 팩을 얌전히 벤치 옆자리에 놓았다.

"뭐, 어차피 선배님께선 이 초등학교에 다니는 것 자체에 흥미가 없으시니까요. 그런 의미에선 애들한테 조금 밉보여도 상관 않으시겠단 거죠?"

"그렇게 보여?"

"누가 봐도 그럴 거예요. 의무교육이니 적당히 시간이나 때우고 돌아가야지, 하고. 그러면서 성적까지 잘 나오는 걸 보면 조금 치사하단 생각마저 들지만요."

"왜, 공부가 어려워?"

"귀찮긴 하죠."

김수연은 어깨를 으쓱였다.

"너무 잘해도 질투받고, 뭐든 적당한 선이 중요하다고 생각해요."

"사고방식이 초등학생답질 않네."

"선배님께 듣고 싶진 않은데요."

김수연은 혀를 쏙 내밀었다.

"그래도 덕분에 선배랑 안면을 트게 되었으니까, 저한테는 윈, 이네요."

김수연이 손가락으로 브이를 그리더니 손가락을 까딱였다.

"또, 선배님의 인기가 없을수록 저한테는 이득이고요. 그런 의미에선 윈윈?"

나 참. 나는 고개를 저었다.

"선배로서 잔소리 좀 하자면 세상일은 그렇게 네 생각처럼 돌아가진 않는단다."

"저도 알아요. 이번 일로 배웠거든요. 그래도."

김수연은 내 눈을 똑바로 쳐다보았다.

"이 일을 계기로 저, 선배님의 머릿속엔 제법 인상적으로 남게 됐잖아요?"

"그건 그렇지. 너 같은 초딩은 잘 없을 테니까."

"초딩? 음, 선배님은 이상한 용어를 잘 발굴하시네요. 아무튼 일단은 그걸로 만족하려고요."

"……잘 보니 너, 스토커 기질이 있네."

"그런 것보단 좀 더 고상한 표현이 좋겠는데요. 짝사랑에 빠진 소녀, 같은?"

"오글거린단 표현은 이때 쓰는 거다."

"그렇군요. 음, 그게 아니면 이건 어때요?"

김수연이 싱글싱글 웃으며 덧붙였다.

"선배님이 좋아하시는 업계 용어를 빌리자면, 선배님은 제게 우량주? 같은 거죠. 그대는 나만의 우량주, 어때요?"

엄청 속물적이군.

"미안하게 됐네. 우리 회사는 상장을 목표로 하지 않고 있거든."

"방금 선배님께 배우기론 '세상일은 생각대로 돌아가지 않는다'고 하잖아요?"

지질 않네.

마침 점심시간 종료를 알리는 예비종이 울렸고, 김수연이 고개를 갸웃했다.

“혹시 쉬는 시간을 늘린다는 건 공약에 포함하지 않으시나요?”

“없어.”

“그렇군요.”

김수연은 ‘끙차’ 하고 벤치에서 몸을 일으켰다.

“다음에 만날 땐 제대로 인사부터 드릴게요, 선배님.”

“그래, 또 볼 일이 있다면.”

“헤헤, 없어도 만들어 볼게요. 그럼 먼저 실례하겠습니다.”

김수연은 내게 고개를 꾸벅 숙여 보인 뒤 자리를 떠났고, 나는 벤치에 등을 기댔다.

‘……나 참, 이게 이렇게 엮이나.’

이후, 김민정은 7 : 3의 제법 큰 표 차이로 천화초등학교 전교회장에 당선되었다.

5장

김민정이 선거 활동으로 분주하던 때, 어른들은 그 나름대로 바쁜 나날 속에서 각자의 성과를 보이고 있었다.

삼광전자의 신규 핸드폰인 클램이 출시되었고, 동시에 모토로라와 디자인 특허 전쟁에 들어갔다.

동시에 언론 플레이까지.

「삼광전자의 클-램, 美 거대 기업인 모토롤라의 스타-텍과 정면으로 맞서다」

「CBS 해외 특파원이 전하는 관계자 인터뷰 : 원조는 우리다」

「클램이 개발되기까지 삼광전자 셀룰러폰의 열정과 노력 :

고객이 원하는 것이 우리가 원하는 것입니다」

「스타-텍에는 없고 클램에는 있는 것 : 문자전송서비스의 현재와 미래」

이 내용이 언론을 타기 시작하자 겸사겸사 결행된 노이즈 마케팅은 국내외에 적잖은 파장을 불러일으켜 클램은 비즈니스맨의 필수품으로 자리 잡기 시작했다.

'공급이 수요를 따라가기 벅찰 지경이야.'

잘 팔릴 줄은 알았지만, 나도 이 정도일 줄은 몰랐다.

국내에서의 성공도 고무적일 판국에 이휘철이 물밑에서 작업해 둔 베이비 벨이 클램의 성공을 견인하고 있었으니, 이 성공은 가히 사회현상으로 비칠 정도였다.

이러한 클램의 수요를 따라잡기 위해 삼광전자의 클램 생산 공정은 24시간 3교대로 운영되기 시작했고, 내놓는 즉시 팔려 나가는 클램의 인기 덕에 주가는 연일 최고가를 갱신하는 중이었다.

'핸드폰이 돈이 되긴 하는 모양이군.'

삼광전자의 상황이 이렇다 보니, 내부에선 잠시 증자와 액면 분할 이야기가 나왔지만, 아직은 시기상조라는 이휘철의 조언을 받아들여 이태석은 현상 유지의 노선을 택했다.

비록 거기엔 일부 주주들의 반대가 있었지만, 임원들의 반대를 무릅쓰고 가시적인 성과를 내고 있는 이태석에게 내놓고 반대 의견을 행사할 수 있는 이들은 이 시점엔 사실상 없다시피 했다.

그 야심만만한 권희수 부회장조차도 말없이 고개만 끄덕였다고 하니, 공석으로 남아 있는 삼광전자의 회장직에 이태석이 선출될 날도 머지않은 듯했다.

'그것도 이 시점에선 현재 진행형이지만.'

그렇게 이태석이 즐거운 비명을 지르며 연일 잔업과 야근을 이어 가고 있을 때.

중우일보의 김기환은 내가 건넨 자료를 바탕으로 특집 기사의 초안을 잡아 메일을 보내왔고, 거기엔 현 서울시장인 정찬동과 정경 유착을 이루고 있는 내부고발뿐만 아니라 박상대의 사생아와 관련된 내용도 포함되어 있었다.

'벌써 소재 파악이 끝난 건가? 생각보다 빠르군.'

김기환은 거기에 한인 이민회의 도움이 컸다고 말하며 내용을 첨부했는데, 그 일에는 맺음이의 활약이 컸다는 첨언을 덧붙이고 있었다.

그가 보내온 내용은 본격적인 선거 유세에 발맞춰 대중의 관심이 쏠릴 만한 이야기였다.

'젠틀한 이미지의 박상대가 뒤에서 딴 주머니를 품고 있었다는 것이 알려지면 그 파장은 적잖이 퍼지겠지.'

김민정이 전교회장 연설을 하고 있을 때, 특집 기사가 실린 중우일보의 석간이 인쇄되었다.

나는 회사로 출근하자마자 전예은이 내민 따끈따끈한 신문을 받아 보았고, 자리에 앉아 페이지를 넘겼다.

D구 신한당 박상대 후보의 자질을 묻다

'제목은 제법 노골적이군. ……. 응?'

그렇게 내용을 살피던 나는 일순 멈칫했다.

막상 등재된 내용은 내가 김기환에게 받아 보았던 초안과 달랐다.

기사는 박상대와 관련한 검증이 이루어지고 있었으나, 어딘지 모르게 텅 비고 공허했다.

나는 이내 기사가 별 실속이 없고 텅 빈 느낌을 주는 까닭을 알아챘다.

'……박상대에서 최갑철로 이어지는 정치 라인 언급이 없어.'

그뿐만 아니라 박상대와 연계된 비자금 폭로며 그 사생아와 관련된 보도까지, 모조리.

'아직 시기상조라 생각해서 아껴 두고 있는 건가?'

급기야는 언뜻 그런 생각에 미쳤을 때, 나는 책상 위에서 울리는 핸드폰을 바라보았다.

우웅-.

왠지, 썩 좋지 않은 예감.

우웅—. 우웅—.

나는 전화를 받았다.

"예, SJ컴퍼니 이성진 사장입니다."

—여보시오. 이성진 사장. 통화 가능하겠소?

귀에 익은 듯, 아닌 듯한 목소리.

"가능합니다. 실례지만 누구신지요?"

—아, 소개가 늦었구려. 나는 최갑철이라고 하는 사람이외다.

그 이름을 듣자마자 척수에 얼음물을 들이부은 듯한 기분이 들었다.

'최갑철이라고? 어떻게…….'

나는 이 예기치 못한 목소리의 주인공에 맞춰 목소리를 쥐어짜 냈다.

"……예."

—허허. 전화로 인사를 주고받는 건 예의가 아닌 줄 알고 있소만, 그렇다고 아랫사람을 시켜 전언하는 것이 더 큰 결례란 생각에 부득불 전화를 드렸소이다. 해서…….

수화기 너머 최갑철은 느릿느릿, 하지만 허투루 흘려 넘기기 힘든 위압감을 담아 말을 이었다.

정치 9단의 화법은 끊어질 듯 이어질 듯 말을 끌면서 대화의 주도권을 넘기지 않았고, 최갑철은 그 느리고 무거운 말솜씨로 이런저런 영양가 없는 소리를 늘어놓다가 말미에 본론을 꺼냈다.

-그러다 보니, 이 사장만 괜찮다면 요릿집에서 만나 잠시 담소나 나눠 보았으면 해서 말이오. 그야 귀측이 공사다망하고 바쁘단 건 알고 있지만, 혹여 괜찮으신가?

"……영광입니다."

거절할 수 없는 제안이었다.

나는 이어지는 최갑철의 이야기를 듣다가, '오늘 오후 7시 운락정'이라는 일방적인 통보와 함께 통화를 마쳤다.

"……."

나는 클램의 폴더를 닫으며 의자에 등을 기댔다.

'어디서 이야기가 샌 거지?'

그러면서 물끄러미, 책상에 놓인 구깃구깃한 신문지를 보았다.

'배신……은 아니야.'

나는 김기환이 내게 메일로 보낸 기사 초고를 떠올리며 고개를 저었다.

'조사며 검수 과정에서 최갑철의 귀까지 이야기가 흘러갔을 수도 있고.'

이어서 손안의 핸드폰이 다시 울렸다.

집어 던지지 않길 잘했다고 생각하면서 나는 전화를 받았다.

"예. SJ컴퍼니 이성진 사장입니다."

-김기환입니다.

마침 적절한 타이밍이라 생각하면서 나는 수화기 너머 김기환의 말을 받았다.

"예."

—혹시 보셨습니까?

주어가 생략된 그 말에서 나는 여러 의미가 함축된 메시지를 받았다.

"보았을 뿐만 아니라 듣기도 했죠."

—…….

"방금 전 최갑철 의원의 전화를 받았습니다."

—……그렇습니까.

김기환의 한숨 소리가 여기까지 들렸다.

그 한숨에서 나는 김기환에게 나를 배신할 의도며 혐의 없음을 알았지만.

"그렇다곤 하나 설마하니 제게 전화가 올 줄은 몰랐는데 말입니다."

—그건……!

김기환은 무어라 반박하려는 양 목소리를 높였다가 수화기 너머로 침묵했다.

김기환은 짧은 침묵 뒤 말을 이었다.

—……이번 일은 저도 나중에야 안 일입니다.

"알겠습니다."

나는 딱딱하게 말을 끊었다.

"아무튼 오늘 최갑철 의원을 만나 뵙기로 했으니 시간 좀 내 주십시오."

–알겠습니다. 일정을 비워 두겠습니다.

나는 전화를 끊은 뒤, 책상 위로 핸드폰을 툭툭 두드렸다.

'기사야 그렇다 쳐도, 내가 배후에 있단 건 어디서 새어 나간 거지?'

언뜻 떠오르는 얼굴이 몇몇 있었다. 하지만 그건 정황 근거일 뿐이었고, 명확히 꼬리가 잡히는 건 아니었다.

'호락호락한 일이라 생각한 적은 없지만, 한편으론 안일했군.'

엎질러진 물이다.

'이번 일은 최갑철이 어떻게 나올지가 관건이긴 한데.'

지금으로선 그가 내게 마냥 적대적이지 않으리란 생각을 하고 있을 뿐.

나는 잠시 생각하다가 유상훈 변호사에게 전화를 걸었다.

"유상훈 변호사님? 예, 접니다. ……박스 하나만 준비해 주십시오."

되도록 이걸 쓸 일이 없었으면 싶긴 하지만.

최갑철이 나를 초대한 곳은 옛날 일제강점기 시절 쓰이던

기생집을 개조한 곳이었다.

'나도 여기 와 보는 건 전생과 현생을 통틀어 처음이긴 한데.'

나는 차창 밖으로 보이는 현판을 읽었다.

雲樂亭(운락정).

어느 대단한 분이 일필휘지로 명패를 만들어 제공했다는 이 유서 깊은 '요릿집'은 20세기 격동의 세월만 하더라도 여러 정치인들이 비공식적으로 모여 회담을 주고받는 프라이빗한 장소로 각광받았다.

"……흥."

조수석의 구봉팔 정도만 코웃음을 쳤을 뿐, 내 곁의 김기환은 평소 같으면 무어라 한마디 감상을 표할 법도 했으나, 그는 픽업 당시부터 줄곧 딱딱한 얼굴로 입을 다문 채였다.

이 운락정의 경영자가 누구라는 이야기는 대한제국 황실 출신의 대령숙수가 경영자라거나 친일파가 실소유주라는 등 소문만 무성했을 뿐 그 실체는 알려지지 않았고, 그 무성한 소문만큼이나 발걸음을 함부로 하기 어려운 장소였다.

동시에 운락정은 표면상 '식당'임을 내세우곤 있으나 그렇다고 아무나 받아 주지 않았고, 또 무조건 지인 예약을 통해야 하는 그런 장소였기에.

초선 의원도 얼씬은커녕, 2선 정도는 되어야 소개를 통해 발을 들이는 것이 가능하단 이야기도 나돌았다.

그러다 보니, 한때는 이 운락정에 출입하는 것이 대단한 영광이기라도 되는 양 스스로의 사회적 지위를 가늠하는 척도로 쓰일 정도였다.

'그런 곳에 당일 예약을 걸었다는 것만으로도 최갑철의 위세가 만만치 않단 거지.'

하지만 21세기 들어 정권이 바뀌고 젊은 피가 수혈되어 가면서 운락정은 자연스레 쇠퇴, 전생의 이성진이 운락정을 드나들 만큼 '사회적 지위가 보장된' 시점엔 이미 소리 소문 없이 사라지고 없어 역사의 뒤안길에서도 그 흔적이 남질 않게 되었다.

'최갑철이나 운락정이나 피차 구태의 유산인가.'

그렇다곤 하나 늙고 노쇠해도 범이라고, 아직까진 결코 얕잡아 볼 수 없는 유산이었다.

드륵드륵, 차바퀴 아래 자갈이 갈리는 소리와 함께 자동차가 멈췄다.

강이찬이 창문을 내리며 곁에 선 노인을 마주했다.

"무슨 일로 오셨습니까?"

"SJ컴퍼니의 이성진 사장입니다."

내 대신 대답한 강이찬의 대꾸에 노인은 정중히 고개를 숙였다.

"기다리고 있었습니다. 들어오시죠."

그 번거로움이 쓸데없는 예스러움이라 생각했다.

차를 뒤따라온 노인은 강이찬과 구봉팔을 자연스럽게 별채로 안내했고, 김기환과 나는 머리를 올린 한복 차림의 여성을 따라 본관으로 향했다.

이 모든 건 우리가 어떤 특정한 예법을 몸에 꿰고 있어서 그들을 따랐다기보단, 자연스럽게 그런 행동을 해야만 할 것 같은 분위기가 비정상적이리만치 적요한 운락정의 공기와 어우러져 대상을 이끄는 느낌이었다.

우리 둘은 광이 날 만큼 반들반들한 마루를 신발을 신은 채 지났고, 한복 차림의 여성은 어느 별채 앞에 무릎을 꿇고 앉아 의식적으로 소음을 내는 양 드르륵 미닫이를 열었다.

"오."

정계의 거물, 최갑철은 좌식에 앉아 외마디를 뱉는 것으로 운을 떼더니 그 자리에서 곧장 말을 이었다.

"소문만 무성하던 이성진 사장이시로군. 어서 오시게나."

나는 별채 구석에 정좌하고 앉은 듬직한 풍채의 수행원을 의식하지 않으려 노력하며 최대한 정중하게 허리를 굽혔다.

"SJ컴퍼니 사장 이성진입니다. 초대해 주셔서 감사드립니다."

"음, 음. 멀끔하게 잘생겼어. 왠지 한때의 봉효가 생각나기도 하는구먼."

최갑철은 통화할 때와 달리, 그리고 방금 전까지와 달리 어느새 자연스러운 하대로 나를 대하며.

그는 뒤따라 온 김기환에게는 '상대할 급도 되지 않는다는 양' 시선조차 주지 않은 채 미소로 나를 반겼다.

"일단 자리에 앉겠나? 나이가 드니 금세 허기가 져서."

"예. 실례하겠습니다."

내가 신발을 벗고 방석까지 미리 놓여 있는 자리에 앉자마자 최갑철은 내 어깨 너머로 툭 말을 던졌다.

"적당히 차려 오거라."

"예."

나를 대하는 것과는 딴판인, 아랫사람을 대하는 데 익숙한 모습이었다.

'이런 것조차 의도가 다분한 제스처지.'

드르륵, 문이 닫히자마자 최갑철은 허허 웃으며 나를 보았다.

"나이가 들수록 담백한 것이 당겨서 이런 심심한 곳에 모셨네. 젊은이 입맛엔 맞지 않을지도 모르지만 이해해 주리라 생각하고 있겠네."

"아닙니다, 과언이십니다."

고작 그 몇 마디를 나누었을 뿐인데, 다시 한번 미닫이문이 열리더니 종업원들은 전채 상을 차린 후 각각 나와 최갑철 곁에 앉았다.

최갑철은 종업원이 따르는 술잔을 한 손으로 자연스럽게 받으며 입을 뗐다.

"술은 좀 하는가?"

"전혀 하지 않습니다."

미성년자에게 무슨 큰일 날 소릴.

최갑철은 방금 그게 농담이었다는 양 제법 크게 껄껄 웃었다.

"허허, 봉효가 잘 가르친 모양이구나. 그래, 그런 거야 나중에 맛보는 것으로 하지. 그때 가서 함께 잔을 나눌 수 있게 된다면 좋겠지만, 내가 자네와 잔을 나눌 수 있을 때까지 살아 있을진 모르겠어, 하하하."

무어라 받아 주기 힘든 자조 섞인 농담으로 자찬한 최갑철은 술을 한 모금 마신 뒤, 어느새 그 앞 접시에 조금 덜어 둔 나물 반찬을 안주 삼아 우물거렸다.

그나마 나로선 투명인간처럼 앉아 있는 종업원이 그에게 나물을 떠먹여 주지 않은 것만으로도 신기할 지경의 접대였다.

"자아, 그건 그렇고."

꿀꺽, 최갑철은 나물을 삼킨 뒤, 느릿느릿한 어조 가운데 단도직입적으로 본론을 꺼냈다.

"내가 공사다망한 그대를 여기로 모신 건 몇 가지 묻고 싶은 게 있어서라네."

나는 그 반달을 그린 인자한 눈이 예리하게 빛나는 것을 보았다.

"성진 군, 자네 같은 후배 세대들은 잘 모를 수도 있지만 내가 그대만 한 나이 때에는……."

최갑철은 그렇게 운을 뗐다가 픽 헛웃음을 머금고는 고개를 저었다.

"아니지, 그게 아니야. 응, 소학생-도 아니지. 요즘은 초등학생이라고 하나. 그때 우리들은 말일세."

그는 허허 웃으며 말을 이었다.

"국가가 있기에 국민이 있으며, 응당 국민은 나라에 헌신할 의무가 있다고 배웠다네."

방금 전 그 눈빛이 예리하게 빛났던 것이 착각이었던 것처럼, 최갑철은 마치 그 스스로가 자애로운 스승이며 혈육 조부라도 되는 양 나긋한 어조로 말을 이었다.

"요즘엔 개인주의니 뭐니 해서 각자도생을 목표로 삼는 모양이지만, 그건 무척이나 단락적이고…… 또 단편적인 사고인 게야. 국민들이 누리는 권리라는 건 어디까지나 의무가 앞서 수행되어야 누릴 수 있는 것이니까."

최갑철은 뻔하고 구태의연한 소릴 입에 담았다.

그가 나를 대하는 건 일반적인 어린이를 향한 그것이라기보단, 나로 하여금 후배 세대를 대표할 의무가 있다는 양 떠들어 대는 것이었다.

거기엔 내 세대를 향한 존중과 후배를 대하는 오만함이 기묘한 밸런스로 섞여 있었다.

"부모님이 물려준 피와 머리카락이 없으면 나도 없듯, 마찬가지로 나를 지켜 줄 국가가 없다면 개인이 암만 잘나도 박해받고 떠돌이 신세를 면치 못하게 되는 법이지. 가까이는 유럽의 유대인들이 그러한 것이고."

그 내용은 다분히 원론적이고 고리타분한 것이었지만, 최갑철이 가진 기묘한 카리스마 탓인지 청자로 하여금 그 말에 고개를 주억거리게 만들 만한 흡인력을 띠고 있었다.

"나로선 모쪼록 이성진 사장이 국가를 위해 헌신하는 인재로 자라나길 바라고 있다네. 응, 이 나라의 모든 어린이가 자네만 같다면 더할 나위가 없겠어."

"……과찬이십니다."

하지만 원론과 원리원칙을 입에 뱉는 최갑철의 곁에는 그의 막내딸보다도 어린 여자가 술을 따르며 반찬을 덜어 주고 있었다.

그 모순과 이중성과 위선은 마치 과장된 풍자와 부조리극이 뒤섞인 한 편의 공연처럼 비쳤고, 그랬기에 눈앞에서 떠들어 대는 최갑철의 면면은 나에게는 무척이나 기괴하고 낯설었다.

이조차 그의 의도한 무대장치일까. 아니면 시대에 뒤처진 노쇠한 괴물의 노망에 불과한 것일까.

"그런데 말일세."

최갑철이 어조를 바꿨다.

"국민들이란 이따금 그네들이 감당할 의무와 권리를 헷갈려 하는 사람도 종종 있단 말이지."

자네는 그러지 않으리라 믿네만, 하고 최갑철이 덧붙였다.

"이 나라 정부가 추구하고 있는 민주주의란 것도 결국엔 통치의 수단에 불과하다네. 수단을 신성시해선 거기에 발이 묶이고 말아. 얼마 전까지 있었던 이데올로기의 대립이 그 모습을 극명하게 비추고 있지. 소련 정부가 붕괴하고 베를린 장벽이 사라지며 그 실체가 드러났지만, 그렇다고 해서 자유민주주의가 우월하다거나 완벽한 시스템이라고 떠들 생각은 추호도 없어."

최갑철이 느긋하게 말을 이었다.

"시스템이라고 부르는 것은 결국 인간이 만든 것이고, 인간이 불완전한 존재이듯 불완전한 존재가 만든 시스템도 완벽할 수 없지."

최갑철은 주름진 손가락으로 내 가슴을 가리켰다.

"자네도 그러하고."

최갑철이 손목을 돌려 스스로를 지칭했다.

"나도 그러해. 나를 비롯한 정치인이라는 족속은 민의를 대변하는 존재라 불리고 있으나, 실상은 그 통치 시스템이 부여한 역할을 도맡고 있을 뿐."

"……."

"그리고 그 불완전과 모순의 간극을 메우는 것이 희생일세. 국민이란, 국가를 위해 희생해야 할 때가 있는 것이다, 이게 내 생각일세. 모두가 지금껏 그렇게 살아왔고, 우리 모두는 세상의 모순 위에 서서 진실을 찾아 떠나는 방랑자인 셈이야."

번지르르하게 지껄이곤 있으나, 그는 인간이 가진 야망과 명예욕을 희생이란 단어로 포장하고 있을 뿐이었다.

"해서, 물론 내 예비 사위인 박상대도 약간의 허물은 있겠지."

원론 가운데 박상대의 이름이 툭 튀어나온 탓인지, 나는 언뜻 박상대란 이름이 어느 특정한 개인을 지칭하는 것이 아닌, 어느 상황을 들먹이기 위한 일반명사처럼 쓰이고 있단 착각마저 들었다.

"젊은 날의 치기와 약간의 실수. 음, 그런 건 사소하지. 대의를 위해선 약간의 허물도 덮어 둘 줄 알아야 하는 게야."

설마하니 그걸 희생 운운하며 지껄일 생각일까.

한편으론 이 자리에서 저 허점투성이의 노인을 논박한다면 그때야말로 저 괴물의 의도대로 흘러가게 될 거란 생각을 하고 있으려니.

"어르신."

내 곁의 김기환이 입을 떼고 말았다.

"그렇다면, 그렇게까지 해서 지켜야 할 대의란 대체 무엇입니까."

최갑철은 흐음, 하고 고개를 주억거리더니 턱을 치켜들며 그윽한 시선으로 김기환을 내려다보듯 바라보았다.

"보다 완전한 국가를 지향하는 일일세. 그 국가란 국민을 위한 국가이기도 하지."

"그건 자질이 없는 후보자에게 가능한 일입니까?"

그 노골적인 화법에 나는 잠시 멈칫했지만, 일단 가만히 내버려 두기로 했다.

최갑철은 빙긋 웃으며 김기환의 말을 받았다.

"그러면 내가 묻겠네. 하면, 자네가 생각하는 그 자질이란 무엇인가?"

"그야……."

김기환은 잠시 입을 다물었다가 다시 입을 뗐다.

"공정하며 깨끗할 것, 국가와 국민을 우선해서 생각하는 것입니다."

"이상론이로군. 불완전한 인간이 만들어 낸 불완전한 시스템에 추구하는 가치치곤 가혹하단 생각은 들지 않는가?"

"어디까지나 가능한 한도에서 지향해야 할 요소일 뿐입니다."

"그리고 자네들은 그런 이유로 박상대에게 그럴 자질이 없다는 근거를 들먹이는 것이고?"

"……하나를 보면 열을 안다고 했……."

"자네는 나와 달리 열 길 물속을 꿰고 있는 모양이군."

"……."

"선거란 결코 인기투표가 되어선 안 되는 거야."

애당초, 전제는 최갑철의 말이 옳다는 것에서 출발하고 있었다.

김기환은 저도 모르게 그 술수에 휘말렸고, 상황은 최갑철이 조율하는 방향을 향하고 있었다.

느린 말씨 속에서도 최갑철은 제 할 말은 다 해냈다.

"만일 후보의 자질을 물음에 치정과 사생활이 주체가 된다면, 그건 감정론에 입각한 인기몰이일 뿐이지. 우리가 지향해야 하는 건 그 후보의 사생활 따위가 아닌 국정 운영 능력이라고 생각하네만, 어떻게 생각하는가?"

여기서 최갑철은 이미 박상대에게 '국정 운영 능력이 있다'는 전제를 들먹이고 있었고, 우리 입장에선 대놓고 반박할 수 있는 요소가 아니었다.

익히 알려졌듯 박상대의 정치적 스승은 최갑철이었고, 또 그 최갑철이 박상대를 품고자 하는 현재로선 우리가 의도한 상황이 꼬인 것이었다.

다시 말해 '내가 보장하는 인재를 무시하는 건 곧 나를 깎아내리는 것과 같다'는 의미.

애당초 나는 그가 박상대의 과거와 사생활을 이유로 박상대를 내칠 것이라 짐작했지만, 첫 단추부터 잘못 꿰었다.

최갑철은 그 스스로가 말한 '희생'의 범주에 자신을 밀어 넣은 만큼, 이번 국회의원 선거에서 박상대의 지지를 철회하지 않을 생각이었다.

'……최갑철이 버티고 있는 한 박상대를 공격하는 건 어려운 일이었나.'

김기환이 침묵하는 와중 최갑철이 입을 뗐다.

"중우일보라 했지?"

"예."

"학교는 어딜 나왔나?"

"……연화대학교 신문방송학과입니다."

"허어, 요즘은 한국대를 나오지 않고도 기자 노릇을 할 수 있는 모양이군."

"……."

"하긴, 중우일보의 최 사장이라면 학벌보단 능력을 우선해서 볼 줄 아는 인물이니까."

내렸다 올렸다 쥐락펴락하는 솜씨가 일품이다.

'정치인이란.'

최갑철이 말을 이었다.

"중우일보는 어느 한쪽에 치우치지 않고 공공의 이익과 대의를 우선하는 곳이라 알고 있네. 해서 말일세……."

최갑철이 빙긋 웃으며 술잔을 꺾은 뒤.

'이번엔 채찍 대신 당근을 준비하려는 건가.'

나도 여기선 일단은 손을 잡아야 할지, 아니면 이대로 작정하고 여당 전체를 적으로 돌릴지.

선택의 기로에 선 순간, 미닫이가 열렸다.

원래라면 지금 열려선 안 될 문이었다.

운락정이라면 문간에 서서 끼어들 타이밍과 아닌 때를 알았고, 그들이 요리를 내오는 건 이 자리가 최갑철이 온전하게 주도권을 쥔 이후에야 어쩔 수 없다는 양 화해의 술잔이 오가야 했다.

우리는 고개를 돌렸고, 나는 고개를 돌리는 찰나 최갑철의 인상이 일그러지는 것을 보았다.

'다 된 밥에 재를 뿌렸단 생각이겠지.'

미닫이 바깥은 젊은 여종업원이 아닌, 기품 있게 나이가 든 여인이 무릎을 꿇고 있었다.

"실례하겠습니다."

나는 왠지 모르게, 그녀가 최소한 이곳 운락정의 경영을 좌지우지하는 인물임을 단박에 알아보았다.

그 행보는 여기서 나름의 의미를 담고 있을 것이 분명했고, 또한 그녀가 허투루 단순히 '식사가 준비되었습니다' 하며 문을 열 인물이 아니라는 것도.

"최갑철 의원님을 꼭 뵙고 싶다고 하셔서, 이 자리에 모시게 되었습니다."

그 말이 떨어지자마자, 성큼 하고 문지방을 넘어 오는 인물이 있었다.

다분히 안하무인 격이었으나, 등장하는 것만으로 이 자리의 공기를 바꿔 버리는 인물.

"오랜만에 뵙겠습니다, 최 영감님."

흡.

나는 나도 모르게 헛숨을 들이켰다.

그의 예상치 못한 난입에는 아마, 김기환이며 최갑철도 나와 기분이 마찬가지였을 것이다.

'이휘철?'

그리고 이휘철의 뒤를 따라 들어온 인물.

"오랜만이외다. 최갑철 의원님."

"……."

"아, 나는 신경 쓰지 마시오. 그냥저냥 밥이나 얻어먹으러 왔을 뿐이니까."

비록 입으론 신경 쓰지 말라고 했지만, 최갑철의 눈은 이휘철의 등장 때보다 더 휘둥그레 커져 있었다.

"허, 허허, 이거 참."

최갑철은 정치 9단 답지 않게 헛웃음을 터뜨리더니 자리에서 몸을 일으켰다.

그는 나도 예전 이휘철의 생일 때 조금이나마 안면을 튼 바 있었고, 또 이휘철의 바둑친구 정도로 알려진.

「네가 봉효의 손주인 모양이구나.」

곽철용이었다.

'곽철용은 최갑철이 일어서서 맞이할 정도의 인물이었나?'

셋은 악수를 나누지는 않았지만, 굳이 그럴 필요도 없다는 양 이휘철이 대표로 입을 뗐다.

"지나가다 우연히 들렀습니다만, 박 마담이 만나면 좋을 지우가 있다고 해서 인사를 드렸습니다."

우연일 리가 있나, 생각하는 사이, 이휘철은 멍한 얼굴의 나를 보며 싱긋 웃었다.

"또 마침 여기에 제 손주도 있다고 들어서 말이지요."

최갑철은 표정 관리를 해 가며 허허 웃었다.

"이거 참, 뵙기 어려운 분을 두 분이나 모시게 됐군요. 마침 잘됐습니다. 아직 식사가 나오기도 전이니, 제가 모시도록 하지요."

뒤이어 최갑철은 노려보는 듯, 아닌 듯한 얼굴로 정좌 중인 '박 마담'을 바라보았다.

"두 분 몫의 상을 추가로 들여 주게."

"예, 어르신."

드르륵, 미닫이가 닫히고 최갑철이 미소 띤 얼굴로 말을 이었다.

"자, 자, 그럼 다들 앉으시지요."

그 말에 이휘철이 웃었다.

"그럼, 비록 염치는 없지만 모처럼 최 영감님이 한턱내신다고 하니 두 번 없을 기회에 끼어 보겠습니다, 하하하."

'사회생활'을 하는 이휘철은 처음 보았지만, 그 시원시원한 태도는 나로 하여금 그가 마냥 독불장군으로 이 자리까지 오른 것이 아님을 알게 했다.

"아닙니다. 언젠가 찾아뵈어야지 생각은 했습니다만, 이 회장님께선 워낙 공사다망한 분이셔서 말이지요."

"허허, 회장이라니요. 지금은 그런 자리에서 물러난 야인에 불과합니다."

나는 세 사람이 자리에 앉는 순서를 눈여겨보았다.

그것만으로도 표면적인 정치적 위계가 드러나기 마련이므로.

순서는 곽철용이 첫 번째, 최갑철이 두 번째, 이휘철이 마지막이었다.

'곽철용과 이휘철이 각각 처음과 마지막 순서를 장식했군.'

이휘철이 내 곁에 앉으며 말을 이었다.

"게다가 나랏일 하시는 분이 저 같은 세속인을 함부로 만났다간 공연한 구설수에 오르기 쉽지 않겠습니까."

동시에, 이휘철은 은근한 신경전용 발언을 자연스럽게 내뱉고 있긴 했지만.

"이제 은퇴까지 하신 마당이니 누가 신경이나 쓰겠습니까, 하하하."

최갑철도 지지 않으며 그 말을 받았다.

"싱겁군."

곽철용은 그렇게 중얼거리며 나물을 우물거렸다.

그나저나.

나는 당황하는 여종업원을 손짓으로 만류하며 스스로 자신의 잔을 채우고 있는 곽철용을 힐끗 살폈다.

'곽철용은 대체 뭐 하는 인물이지?'

이런 자리에서 최갑철이나 이휘철에게도 결코 꿀리지 않고 마이웨이인 인물이라.

정말로 이휘철의 단순한 '바둑친구'일 리는 없겠지.

'……어쨌건 나중에 내 몫의 소화제를 챙겨야겠군.'

막상 찾아와선 술과 안주만 축내는 중인 곽철용은 그렇다 치고, 이휘철과 최갑철은 미소 아래 비수를 감춘 담화를 펼쳐 나갔다.

철 자 돌림의 두 노인은 비슷한 연배이긴 하였으나 실제론 최갑철이 이휘철보다 조금 더 윗세대였고, 최갑철은 하오체와 존대가 섞인 말 속에 이휘철의 호인 '봉효'를 섞어 가며 의도적으로 거리감을 좁혔다.

한편 이휘철은 최갑철에게 꼬박꼬박 '영감' 혹은 영감'님'을 붙여 가면서 그 거리를 은근슬쩍 밀어냈는데, 거기서 나는 이휘철이 사업가가 정치인과 유지해야 할 거리감의 표본을 훈육하는 듯한 느낌마저 받았다.

'정치인과 너무 거리를 두어서도, 그렇다 해서 방심하고 가까이해서도 안 된단 의미겠지.'

그가 보여 주는 거리감이란 이휘철이 격동의 세월 사업가로서 우여곡절 끝에 체득한 것이리라.

"그런데 오늘 영감님께선 어쩐 일로 먼 걸음을 행차하셨습니까?"

최갑철은 이휘철의 말을 허허 웃으며 받았다.

"별일은 아닙니다. 요즘 들어 봉효 그대의 손주가 경영하는 회사가 성장세에 있는 것이 기특하여 늙은이가 흰소리나 조금 늘어놓고자 하였을 뿐이오."

그러면서 최갑철은 묵묵히 앉아 있던 나를 힐끗 살폈다.

"봉효 그대가 요릿집을 찾아다니는 수고로움을 감수하는 중이었단 걸 알았다면 귀하를 먼저 초대했을 것이외다만, 허허."

최갑철은 내가 이휘철을 불러냈으리라 오해하고 있는 모양이었다.

'아니, 우연이라니까.'

아니지. 우연일 턱이 있나.

이휘철의 행동거지는 필연으로 귀결된다. 그는 정보를 긁어모아 앞으로 있을 변수를 줄일 줄 알았고, 설령 계기가 우연에서 비롯하였을지라도 그는 우연을 필연으로 엮어 내는 임기응변에 뛰어난 인간이었다.

노인들의 대화는 다소 예스러웠고 그렇기에 구태의연하긴 했으나 피차가 허허 웃는 와중에도 기묘한 허허로움을 느끼게 하는 요소로 가득했다.

서로의 본의는 말과 단어에 있지 않고, 함의된 의미 속에 숨어 있었다.

이휘철은 빙긋 웃으며 그 말을 받았다.

"영감님께서 이 몸을 잊지 않고 계셔 주었다는 것만으로도 충분합니다. 다만 제 손주가 아직 어리고 부족해 영감님이 하시는 나랏일의 일 할이라도 알아주었을지 그것이 염려일 뿐이지요."

(해석 : 내 손주한테 정치 비자금이나 뜯어내려던 건 아니고?)

"비록 오늘 처음 만나 잠시 잠깐 이야기를 나눠 보았을 뿐이나, 워낙 영특한 소년이라 봉효는 우려하지 않아도 되오. 젊은 인재를 만나는 것은 말년의 지복 중 하나라 하였으니."

(해석 : 이휘철 네가 무슨 생각을 하고 있는 건지는 알겠는데, 오늘은 그럴 의도가 아니었거든?)

"부디 과찬은 삼가 주시지요. 이 아이는 스스로 자신이 부족함을 아는 녀석입니다만, 영감님의 칭찬에 마음이 풀어져다 된 일도 그르칠까 저어됩니다."

(해석 : 수작 부리긴. 그래도 성진이를 만나기 전에는 나를 먼저 거쳐야 할 거야. 일에는 순서가 있는 법이잖아?)

"봉효가 염려할 건 없다고 보오. 요즘 젊은 아이들 사이에선 엠피쓰리라는 것이 유행하고 있고, 또 얼마 전에 생산한 삼광전자의 핸드폰도 국격을 드높이는 중에 성진 군의 SJ컴퍼니가 적잖은 손을 더했더군요."

(해석 : 뭐래. 내가 알아보니까 회사 잘 굴러가던데? 설마 은퇴한 척하고 뒤에서 조종하던 건 아님?)

"운이 좋았을 뿐입니다. 제가 살아 보니 세상 일과 사업이라는 건 뜻하는 대로 풀리지 않더군요."

(해석 : 나 아니야. 쟤가 한 거야.)

"운이라는 글자를 뒤집으니 공이 되더이다. 공이란 지극해야 닿는 것이고, 그것이 하늘에 닿아 운이 되니, 설령 운이 좋았다 하더라도 그건 재능과 노력이 바탕이 되어야 찾아오는 것이라 생각하오."

(해석 : 그래? 제법인데.)

"허허허, 이거 참. 영감님의 재치에는 매번 한 수 배우고

맙니다."

(해석 : 되도 않는 말장난에 장단 맞춰 주기도 힘드네.)

"봉효, 그대가 한 말을 그대로 돌려주겠소. 이러다간 그대의 칭찬에 마음이 풀어지고 말겠소이다."

(해석 : 뭐 어때? 말뿐이면 뭘 못 하겠냐.)

"영감님의 말씀을 성진이처럼 어린 아이가 조금이라도 알아들었다면 저는 족합니다. 이 나라에 최갑철 의원님이란 거목이 서 있으니 그나마 다행히 사업가가 사업가의 일을 할 수 있는 것이지요."

(해석 : 어이 늙은이, 보나 마나 성진이 앞에서도 그 개똥철학을 늘어놓았겠지. 안 봐도 뻔하다. 오지랖 부리지 말고 너네 집안 단속이나 잘해. 요즘 여당 죽 쑤고 있단 거 다 알거든?)

"허허허, 이거 참, 금칠이 과하오, 봉효."

(해석 : 아, 잠깐. 돈 받으러 온 거 아니라고.)

"진심에서 우러나온 말이 금칠이라니, 그래서 제 주변에 금덩이가 가득한 모양입니다, 하하하!"

(해석 : 받긴 할 거 아님?)

"봉효가 하는 말이니 정말 그러하겠소. 물론 저는 그것이 돌인지 금인지 분간도 못 할 인간이지만, 허허허."

(해석 : 주면 받긴 할 건데, 이것부터 처리해야 염치가 서지 않겠음?)

"공직자로서는 모범이 서나, 사업가로서는 어떨까 싶군요. 요즘엔 저도 눈이 침침하다 보니, 굴러다니는 것이 누런 돌에 불과한 것은 아닌지 헷갈리곤 합니다."

(해석 : 너 하는 거 봐서, 떡값 정도는 생각해 보지.)

"하하하!"

(해석 : 심한 욕)

"하하하하!"

(해석 : 그에 지지 않는 욕설)

운락정 측은 이휘철과 최갑철의 대화가 깊어(?)지기 전 상을 내왔고, 그 바람에 표면상 건전한, 물밑에선 신경전으로 전개되던 대화가 잠시 끝이 났다.

운락정의 요리는 그 맛이 담백하면서 조리에 손이 많이 가는 것들이었다.

옆자리의 종업원들은 우리 각자에게 요리를 덜어 주었고, 몇 순배의 술이—내겐 별도로 곁들일 수 있는 식초 주스가 나왔다—오간 뒤 이휘철이 빙긋 웃으며 입을 뗐다.

"성진아."

화살이 나를 향했다.

"예, 할아버지."

"최갑철 의원님께 무엇을 듣고 배웠느냐?"

취기를 빌린 척 던진 말이었다.

내가 아는 이휘철은 술을 즐겨 하는 편은 아니었으나 막상 마시면 주당 저리 가라 할 정도의 알코올 분해 효소를 타고난 자였고, 청주 몇 잔 정도로 정신이 혼탁해질 인물이 아니었다.

나는 최갑철을 잠시 살폈다.

그는 특유의 눈웃음을 지은 채 내 입이 떨어지길 기다리고 있었는데, 내겐 자신이 뱉은 말이 내 안에서 어떻게 소화되어 나올지 기대하는 눈으로 비쳤다.

'자신이 한 말에는 어쨌건 책임을 질 인물이란 건가.'

그건 어쨌건 대한민국의 정치인으로서 최갑철의 특기 중 하나였다.

'나를 통해 이번 자리의 본론으로 들어가고자 함인가.'

두 괴물에게 이용당하는 장기 패의 기분이 들긴 했으나, 내가 당사자임은 변하지 않았기에 순순히 응하기로 했다.

"국가와 국민의 관계, 그리고 국가를 위해 짊어져야 할 불가피한 희생의 이야기였습니다."

내 말에 최갑철이 웃었다.

"허허, 역시 영특한 아이요. 봉효는 기쁘기 한량없겠소이다."

"늘그막의 기쁨이지요."

이휘철은 씩 웃으며 나를 보았다.

"그럼 성진아, 너는 그 말씀에 동의하느냐?"

이휘철의 물음은 이 자리에 맞춘 사탕발림을 기대하는 것이 아니었다.

'아마, 이휘철은 현재 최갑철이 나를 불러낸 연유를 모두 파악하고 있을 거야.'

그는 이번 일의 당사자로서 내게 '책임'을 묻고 있었다.

어떤 대답을 내놓아야 할까.

"……."

최갑철이 내 침묵의 간극을 비집고 끼어들었다.

"실은 그뿐만은 아니외다. 부득불 이야기가 도중에 끊겼지마는 옹은 거기에 이어서……."

최갑철의 눈이 예리하게 빛났다.

"……박상대의 이야기를 하고자 했소."

단도직입적이었다.

무척이나.

"흐음."

이휘철은 한 손으론 종업원이 따라 주는 술을 받으며 다른

한 손으론 턱을 매만졌다.
"박상대라 하면 이번 D구에 출마 예정인 신한당 후보가 아닙니까?"
"아시는군요."
"영감님의 예비 사위이니 알아 두어야지요. 젊고 유능한 인재란 소문이 자자합디다, 허허."
이휘철과 최갑철은 술을 한 잔씩 꺾었고.
"다만."
꼴꼴꼴.
종업원이 따르는 술잔 위의 파문을 바라보며 이휘철이 말을 이었다.
"그 능력이 제대로 검증되었다고 확언하기에는 아직 겪어 온 풍파가 부족해 보이긴 하더군요."
뒤이은 이휘철의 말 역시도 퍽 단도직입적인 것이었다.
최갑철은 그 도발에 응하며 입매를 비틀었다.
"부족한 건 시간이 쌓아 올릴 겁니다."
그는 뒤집어 말했지만, 의미는 시간이 이번 일을 잊히게 만들 거라는 내용이었다.
그가 중우일보에 개입했듯, 정보의 검열을 통해.
"영감님. 제가 겪어 보니 시간은 누구의 편도 아닙니다."
이휘철이 껄껄 웃으며 말을 이었다.
"시간이 빚어내는 건 예술품만이 아니지요. 거기엔 오욕과 후회, 과오 같은 것이 먹물처럼 스민 채 깊어지기도 하는 것이고, 실체보다 더 부풀려 과장되기도 하더이다."

"……."

최갑철은 어디 들어나 보자는 듯 묵묵히 이휘철의 말을 기다렸고, 이휘철은 씩 웃으며 그 기대에 응했다.

"시대가 변하고 있습니다."

"……변하지 않는 것도 있기 마련이오."

"물론입니다. 하지만 몇몇은 우리가 상상도 못 하던 방향으로 움직이며 익히 알고 있던 가치 체계를 뒤흔들기도 합니다."

이휘철이 어조를 바꿔 말을 이었다.

"저도 이 나이에 주책입니다만, 요즘 인터넷이라는 걸 배워 보고 있습니다."

그 말에 최갑철은 눈을 가늘게 떴다.

"인터넷이라 함은…… 그 PC통신인가 뭔가 하는 그거 말이오?"

"저도 그런 건 줄 알았습니다만, 그거랑은 조금 다릅디다."

아니다. 이휘철은 처음부터 BBS와 WWW의 근본적인 차이를 알고 있던 인물이었다.

하지만 그가 일부러 그런 말을 꺼내 가며 맞장구 쳤다는 건, 의도가 있기 때문이다.

"인터넷이란 걸 배워 보고 있자니, 미래는 정보를 쥔 자가 남들과 다른 출발선에 서리란 생각이 들더군요."

"그건 지금도 마찬가지지요."

"하면, 그 정보라는 것이 '평등'해지리란 생각은 해 보셨는지요?"

정보의 평등.

평등이란 말이 엘리트주의자인 최갑철의 역린을 건드리기라도 한 모양인지, 그는 언뜻 인상을 구겼다가 얼른 표정을 고쳤다.

"정보의 가치를 아는 사람이 그런 일을 하겠소?"

평등이란 환상이라는 자.

"그 가치란 것도 누가 쥐느냐에 달라질 뿐입니다."

그 환상에 실체를 부여할 줄 아는 자.

이휘철이 말을 이었다.

"시쳇말이긴 합니다만, 인터넷이란 정보의 바다란 말이 나돕니다. 이젠 그조차 낡은 표현이 되고 있지마는 저로선 왠지 그만한 비유가 없단 생각이 들곤 하더군요."

"……."

"영해의 소유권은 주장할 수 있겠으나 사실 바닷물은 그 누구의 것도 아니지요. 따라서 인터넷의 시대가 열리면, 알고자 하는 걸 언제든 알 수 있는 시대가 올 것이며……."

이휘철은 잔을 꺾은 뒤.

“그건 자판을 몇 번 두들기는 것으로 가능하게 되지요. 그러면 대중에게 정보의 접근성이 높아질 뿐만 아니라.”

빙그레 미소를 띠며 최갑철을 바라보았다.

“심지어 망측한 헛소문이 도는 것도 막아 내기 힘들어질 겁니다. 더욱이 바닷물이란 언제나 그 자리에 머물러 있으니 말입니다.”

이쯤하면 확신범이었다.

최갑철은 표정을 딱딱하게 굳힌 채 입을 뗐다.

“봉효, 그대는 진심으로 그렇게 믿고 있소?”

이휘철은 그 시선을 태연하게 받아넘겼다.

“제 신념이 어디에 있건, 절차적 진실이란 건 이 늙은이가 어떻게 제어할 수 있는 것이 아니지요.”

“…….”

“…….”

그즈음.

곽철용이 젓가락을 내려놓았다.

“맞아, 시대가 변했지.”

최갑철이 고개를 돌려 곽철용을 보았고, 그는 이쑤시개로 이를 후비며 말을 이었다.

“이 집도 예전만 못해. 좀 있으면 망하겠어.”

곽철용은 씩 웃으며 최갑철을 마주 보았다.

“아니지, 변한 건 여기 운락정이 아니라, 내 입맛일지도 모르겠군.”

그렇게 운을 뗀 곽철용은 그 시선을 최갑철에게 둔 상태 그대로 말을 이었다.

“별 대단한 이야기는 아니오. 말 그대로, 이제 운락정도 한물갔다는 이야기일 뿐이니까.”

하지만 그가 했던 말은 어떤 현상에 관한 비유임을, 이 자리에 모인 이들이 못 알아먹을 리 없었다.

‘운락정에 빗대어 이 자리에 모인 노인들의 시대가 저물고 있음을 돌려 말한 거겠지.’

이제는 예전의 방식도 통하지 않고, 운락정에 모인 이들의 밀담으로 이루어지던 엘리트 정치도 저물어 가는 황혼기.

최갑철은 그런 것들을 인정하고 싶어 하지 않은 모양이었으나, 그를 제외한 이 자리의 모든 이들은 시대의 변화를 지켜보거나 비척거리며 쫓아가려는 사람들이었다.

“최갑철 의원님.”

곽철용의 말을 최갑철이 받았다.

“예, 선생.”

“나는 봉효랑 달라서 인터넷인지 뭔지가 어떻게 굴러갈진 모르오. 봉효가 한 말 역시도 뒷방 늙은이가 헛기침이나 해보겠단 의미에서 떠들어 댄 것이니 괘념치 마시게.”

“…….”

“가능하면 이 중재인 노릇도 이번이 마지막이었으면 좋겠소만, 아무튼."

그러면서 곽철용은 정좌했던 다리를 쭉 뻗었다.

"모처럼 박상대의 이야기가 나왔으니 말인데, 그 친구와 관련해 이래저래 들리는 소문이 있더이다."

"……."

곽철용은 최갑철의 묵묵한 얼굴에도 아랑곳하지 않는 양 말을 이었다.

"……듣기론 젊을 적에 실수를 좀 한 모양이던데."

나는 곽철용이 이미 박상대의 사생아를 알고 있다는 사실에 놀랐다.

'어떻게?'

중우일보의 검열 과정에 유출이 된 걸까, 아니면 그것과 무관하게 알고 있던 것일까.

박상대와 그 사생아의 존재는 전생에도 극소수만 알고 있던 정보로, 나 역시 그가 이성진과 친분이 있었기에 어렵사리 알고 있던 것이었다.

'지금은 제법 알음알음 새어 나간 정보이긴 하지만.'

나는 이휘철이 이곳 운락정에 찾아왔을 때부터 그에게 이번 일과 관련된 정보가 유출되었음을 진즉 눈치채고 있었으나.

그 출처에 대해선 알지 못했다.

'혹시 곽철용이란 인물의 정체와 관련이 있을까.'

곽철용은 박상대의 사생아에 관한 직접적인 언급을 피하면서 은근한 말씨를 이어 갔다.

"지금 최갑철 의원님의 팔이 너무 안으로 굽은 게 아닌가 하는 생각은 듭니다만."

곽철용은 최갑철을 보면서 실실 웃어 보였다.

"혹여 최갑철 의원님의 여식이 박상대랑 속도위반이라도 하셨는가?"

거 애도 있는데.

나는 최갑철이 곽철용의 발언을 불쾌해하며 무어라 한마디 할 것이라 생각했지만.

의외로 최갑철의 안색은 담담했다.

"내가 알기론 그렇지 않소."

"흐흐, 젊은 애들끼리 정분나는 걸 늙은이들이 어째 알겠소. 뭐, 귀하가 그렇게 믿으신다면야 상관없겠지."

곽철용은 대놓고 속을 긁고 있었지만, 최갑철이 별다른 반응을 보이지 않자 배를 벅벅 긁으며 어조를 고쳤다.

"뭐, 내가 경영자 나부랭이랑 어울리며 들은 걸 한 말씀 올리자면."

이휘철의 잔잔한 쓴웃음을 보며 곽철용이 말을 이었다.

"지금 하고 계신 그건 '매몰비용의 오류'라 부르는 것이올시다."

"……선생은 내가 지금이라도 내 예비 사위를 쳐 내야 한단 말씀이오?"

최갑철의 낮게 깔린 목소리는 그가 곽철용을 앞에 두고 마냥 태연하지만은 않다는 것을 의미하고 있었다.

곽철용은 그런 최갑철의 시선을 피하지 않고 의뭉스러운 미소까지 지어 가며 받아넘겼다.

"그런 노골적인 말은 하지 않았소만? 물론 의원님께서 박 상대가 인격적으로 마음에 든다면야 내가 관여할 요소는 아니오."

"……."

"특히나 후보자에게 티끌만 한 흠결이라도 있다면야."

곽철용은 이제 웃음기가 완전히 사라진 얼굴로 술잔을 꺾었다.

"재밌는 건, 사람들은 나보다 더 잘나가는 이가 '완벽'하길 바란단 말이오. 하물며 그 잘난 인간의 생사여탈권을 쥔 마당이면 더더욱."

"생사여탈권이라니."

"과장 같소이까?"

곽철용은 얼굴 위, 일부러 지운 웃음기를 다른 형태로 바꿔 떠올려 웃었다.

"내 이래 봬도 최 의원님과 적잖은 세월을 부대껴 왔다 자부하고 있소만."

"마냥 좋은 시절은 아니었소."

"흐흐, 그렇다고 나쁘기만 하지도 않았을 거요."

최갑철의 정치 초입 시절, 그는 자신보다 강한 자들을 물어뜯으며 이 위치까지 올라섰다.

곽철용은 그런 최갑철의 과거를 내가 표면적으로 알고 있는 것보다 훨씬 잘 꿰고 있다는 양 빙긋 웃으며 말을 붙였다.

"고결하신 최 의원님과는 달리, 저 같은 놈은 더럽고 치사해서라도 나보다 잘난 인간이 이래라저래라 하는 꼴은 못 봅니다. 뭐, 그나마 도덕적으로 결함이 없는 인간이 이래라저래라 하는 말은 귀를 기울여 볼 만하겠지요."

"……."

"약자의 강자를 향한 잣대는 그 누구보다 엄격하기 마련이오, 최 의원님."

곽철용은 최갑철을 물끄러미 바라보았다.

"더욱이 들키지 않았으면 모를까, 이미 들통 난 이상 쥐와 새가 무슨 말을 옮기고 다닐지 나는 모르겠소이다."

최갑철의 얼굴에 덧씌워진 가면이 한 꺼풀 벗겨졌다.

"흥……. 방금 봉효가 말한 인터넷이라는 게 그런 물건이라도 된다는 것이오?"

"나는 모르오."

곽철용은 딱 잘라 말했다.

"다만 대중의 인기에 영합하려면 그만한 요인이 있어야겠단 게 내 생각이오. 봉효가 말한 인터넷이라는 것도 그 흐름

중 하나겠지. 어느 수준 이상에 이르려면 뺀질뺀질한 얼굴만으론 힘든 법이거든."

곽철용이 싱글싱글 웃으며 말을 이었다.

"그 왜, 잘생기기만 한 배우는 그 정도 수준에 그치고, 그 이상으로 거듭나기 위해선 타고난 것 외에 여러 가지 운이 따라 주어야 하는 게 세상 이치 아니겠소?"

곽철용이 웃음기를 살짝 지웠다.

"하물며 유권자의 마음을 사야 하는 정치판이라면 더더욱 그러하겠지요."

"……정치는 인기투표가 아니오."

최갑철은 우리에게도 고한 바 있는 내용을 다시 한번 입에 담았고, 곽철용은 입매를 비틀었다.

"왜, 인기투표면 안 됩니까?"

곽철용이 손가락을 들어 천장, 아니 하늘을 찌를 듯 가리켰다.

"인기란 것은 대중의 뜻이며 이는 민의요. 또한 민의란 곧 하늘의 뜻이오. 그런 걸 얻는 것은 개인이 잘나서 되는 일도 아니고, 하늘이 도와야 가능한 것이라 생각하오만."

"……."

자신을 노려보듯 바라보는 최갑철을 마주 보며, 곽철용이 자세를 바로 했다.

"나는 이 자리에서 제안을 드리는 것이외다."

"……."

둘은 아무 말도 하지 않고서 서로를 바라보았고, 그 어떤 몸짓이며 변화도 없었지만 그것은 이곳 주위에 떠도는 공기의 질을 바꿔 놓고 있었다.

그 팽팽한 실처럼 당겨진 공기를 바꾼 건 곽철용의 미소였다.

"자, 그럼."

그렇게 운을 뗀 곽철용은 고개를 돌려, 이 자리에 오고부터 식탁이 차려질 때까지 젓가락조차 집어 들지 않고 있던 김기환을 보았다.

"거기 기자 양반."

김기환은 흠칫하며 갑작스레 자신을 호명한 곽철용을 보았다.

"예, 옙!"

"중우일보의 김기환이라고 했던가."

"……그렇습니다."

생각해 보면, 김기환은 이 자리에서 이휘철과 곽철용에게 자기소개를 한 적이 없었다.

'정확히는 그럴 겨를조차 없었단 것에 가깝지만.'

그러면서도 곽철용은 김기환이 누구인지, 그가 어느 기사를 쓸 예정이었고 그것이 누구에게 어떤 내용을 '검열'당했는지 이미 꿰고 있었다.

‘대체 어디까지 알고 있는 거지?’

그리고 그다음 이어진 곽철용의 말은 나로서도 의외였다.

“이번 일은 없던 걸로 해 주었으면 싶네.”

“……예?”

김기환은 멍한 얼굴로 곽철용을 보았고, 나는 속으로 혀를 찼다.

‘씁, 중재 운운할 때부터 이렇게 될 것 같더라니…….’

이번 기회에 박상대의 몰락을 기다리고 있던 내겐 악재였다.

아니 어쩌면, 우리의 계획이 최갑철의 귀에 들어갔을 때부터 이미 그른 일일지도 모를 일이었다.

‘그리고 그 정보는 아마…….’

곽철용이 입을 뗐다.

“맨입으로 하는 이야기는 아니야. 올해의 기자상까진 장담할 수 없지만, 자네의 동기들에겐 큰소릴 떵떵 치고 다닐 만큼의 대가는 지불함세.”

“…….”

이러지도 저러지도 못하는 김기환을 보며, 곽철용은 빙긋 웃었다.

“자네도 신출내기 국회의원 후보 하나 매장하는 것보단 좀 더 커리어에 도움이 되는 방향으로 생각해 봄이 어떤가, 이 말이야.”

"하지만 어르신……."

"여기서 바로 답하란 말은 하지 않겠네만……."

곽철용은 보란 듯 좌중을 둘러본 뒤 말을 이었다.

"여기 모인 노인들의 얼굴을 봐서라도 빠른 시일 내에 답을 주었으면 하는군."

이 자리를 주도하고 있던 건 이휘철도, 최갑철도 아닌 곽철용이었음을 새삼스레 자각하고 말았다.

곽철용은 그쯤하면 사실상 승낙을 받기라도 한 양 고개를 주억거리곤 최갑철을 보았다.

"그렇다곤 하지만 최 의원님, 이쪽에서도 젊은이의 결정에 상응하는 성의를 보일 필요가 있다고 생각합니다."

"……."

"최 의원님의 예비 사위는 아직 젊지 않습니까? 언제고 좋은 기회가 찾아오겠지요."

최갑철이 고개를 저었다.

"후…… 그때 가서도 내가 살아 있다면 말이외다만."

고개를 젓긴 했으나, 사실상의 승낙.

"하하하하, 아직 정정하신데 무얼 걱정하십니까. 내 주머니에 든 것이 없으니 언젠가 봉효에게 몸보신 좀 시켜 드리라 일러두겠소."

곽철용의 말에 이휘철은 쓴웃음을 지으며 잔을 꺾었고, 상황은 어느덧 노인이 의도한 대로 '중재'되었다.

아마, 신한당 측에서는 박상대를 D구 후보에서 제외하는 동시에 지난 서울시장 후보로 야당의 유력 후보 중 하나인 한종찬을 예정하고 있을지 모른다.

이번 중재에 최갑철이 진심으로 동의하고 있었는지, 아니면 곽철용(혹은 이휘철)의 얼굴을 봐서 타협을 했을 뿐인지 여부는 나로서도 알기 힘든 것이긴 했지마는.

'아니, 어쩌면 최갑철은 처음부터 이 중재가 들어오길 기다렸을지도.'

그도 그럴 것이 최갑철은 나를 만난 당시만 하더라도 내 배후의 이휘철을 의식하고 있었으니까.

'처음부터 끝까지 손바닥 위에서 놀아난 기분이군.'

나는 씁쓰레한 입 안쪽을 음료로 헹구듯 삼켰다.

술 한잔이 고픈 밤이었다.

이후, 자리는 표면상 부드럽게 마무리되었다.

최갑철은 배웅도 필요 없다는 양 간단한 인사 후 그가 대동한 수행원과 함께 자리를 떠났고, 나는 이휘철이며 곽철용, 김기환과 함께 자리에 남았다.

"늙으니 이 짓도 쉽지 않구먼."

곽철용은 그렇게 중얼거렸다가 우두커니 선 나를 쳐다보

았다.

"애야."

"예, 어르신."

"어떠냐, 세상일이라는 게 마냥 쉽지만은 않지?"

내가 그 말을 어떻게 받아들여야 할지 몰라 당황하고 있을 때 이휘철이 끼어들었다.

"늙은이가 남의 손주한테 흰소리나 늘어놓곤. 집까지 태워 줄까?"

"됐으니 택시비나 줘."

곽철용의 뻔뻔한 요구에 이휘철은 미리 준비하고 있었다는 양 안주머니에서 두둑한 봉투를 꺼내 그에게 내밀었다.

봉투를 받아 든 곽철용은 봉투의 내용을 살피지도 않고 주머니에 찔러 넣으며 히죽 웃었다.

"흐흐. 이거, 도라지 위스키 한 잔 값은 벌었군."

"일찍 들어가."

"나 원, 마누라가 죽어서 안심하고 있었더니 잔소리꾼이 아직 남았어."

곽철용은 괜스레 투덜거리며 고개를 저었다.

"그럼, 가 보게."

"자네는?"

"택시도 부를 겸, 박 마담한테 사과도 해야 하니 좀 있다가 가지."

"응, 그래야 할 게야."

'사석'에서의 이휘철과 곽철용은 서로 나이를 잊은 지우처럼 지냈고.

"자, 그럼."

곽철용이 나를 보았다.

"원래라면 내가 용돈이라도 몇 푼 찔러줘야겠지만, 네가 훨씬 돈이 많으니 너에게 주기도 열없구나."

"……."

"하하하, 농담이다."

곽철용은 나이에 어울리지 않는 악동 같은 웃음을 지었다가 고개를 돌려 별 하나 보이질 않는 시커먼 서울 밤하늘을 올려다보았다.

"……그래도 네 생각과 달리 마냥 무의미하진 않았을 게다. 이번 빚은 언젠가 필요할 때 이자까지 쳐서 두둑이 받아올 터이니."

"……."

그 뒤 곽철용은 고개를 한번 까딱이곤 휘적휘적 운락정 안쪽으로 걸어가 버렸고, 이휘철이 턱, 내 어깨에 손을 얹었다.

"성진이는 준비를 마치는 대로 내 차에 타거라."

이휘철은 그 말만 남기고 김기환에게 눈인사를 한 뒤 자신의 승용차로 향했다.

이휘철이 멀어지고 나서야 김기환은 굽혔던 허리를 펴며

한숨을 토했다.

"……휴우, 정말이지 뭐가 뭔지. 귀신에라도 홀린 것 같은 밤이었습니다."

동감이다.

나는 고개를 돌려 김기환에게 사과했다.

"본의 아니게 폐를 끼쳐 죄송했습니다."

"아뇨, 아닙니다. 이런 자리는 돈 주고도 마련하기 힘든 자리죠. 많은 공부가 됐습니다. 처음부터 한배를 탄 사이였지 않습니까? 하하하."

김기환은 넉살 좋게 뱉은 뒤 머리를 긁적였다.

"그런데…… 이성진 사장님, 방금 전 곽 선생이란 분은 대체 누구십니까? 최갑철 의원이랑 이휘철…… 전 회장님에 지지 않을 정도의 인물이라니."

나는 솔직하게 대답했다.

"……모르겠습니다. 저도 제 조부님의 바둑친구라고만 알고 있을 뿐이에요."

"……흠."

김기환은 잠시 생각에 잠겨 턱을 긁적이더니 고개를 끄덕였다.

"아무튼 알겠습니다. 여기서 당장 제가 할 수 있는 건 아무것도 없겠군요."

"……"

"조부님께서 기다리고 계실 테니 먼저 가 보시죠."

"……예, 그럼 강이찬 기사님과 함께 돌아가 주세요."

"옙, 그럼."

김기환과 작별한 뒤 나는 곧장 이휘철의 차, 그가 앉은 뒷좌석 옆자리에 올랐다.

"죄송합니다. 조금 늦었습니다."

왠지 나는 그가 나를 꾸짖거나 힐난하리란 생각을 하고 있었으나.

"너한텐 아직 이르다."

이휘철은 그 말만을 뱉었다.

이후 이휘철은 운전수에게 '출발하게.'라는 명령 뒤 입을 꾹 다물었고.

나는 그 어색한 침묵을 견디며 집에 돌아와야 했다.

그러면서 나는 곽철용이 내게 작별하며 건넨 말을 곱씹었다.

'……빚, 빚이라…….'

이후 며칠이 흘렀다.

박상대는 D 지역구 후보를 자진사퇴 하였고, 동시에 저번 서울시장 선거에서 무소속으로 출마, 20퍼센트를 득표한 바 있는 한종찬을 천거하였다.

「정치를 알기엔 아직 부족한 점이 많습니다.」

기자회견장의 박상대는 그렇게 고했다.

한종찬 후보는 신한당원이 되어, 신한당의 이름을 등에 업고서 유세에 나섰다.

한종찬의 유세 현장에는 거의 언제나 박상대가 함께했고, 최갑철의 예비 사위로서 낙하산 소릴 듣던 박상대는 어느새 '남을 위해 굽힐 줄 아는 사람'이란 좋은 이미지까지 득했다.

최갑철은 박상대가 지닌 흠결에도 불구, 그를 안고 가려는 모양이었다.

그것이 곽철용이 말한 '매몰비용의 오류'인지, 아니면 최갑철 본인이 운락정에서 주창한 '대의를 위한 희생'인지, 나로서는 알 수 없었다.

어쩌면 이휘철의 말마따나 내겐 '아직 이른 일'이었을지도 모르고.

또, 이휘철이 관련해 어디까지 알고 있을지도.

구봉팔은 그 모든 전개에 담담한 반응을 보이며.

「마침 잘됐습니다. 처리할 게 많았으니 말입니다.」

그 정도의 감상만을 입에 담았다.

나쁜 소식만 있는 건 아니었다.

삼광전자의 플래그십 폴더폰 클램은 국내뿐만 아니라 해외 시장에서도 선풍적인 인기를 끌어모았고, 심지어는 GSM 방식이 보편적인 유럽 시장에서도 몇 안 되는 TDMA 칩셋 방식 셀룰러 폰으로서 선전을 펼치고 있었다.

여기에는 모토로라와 벌이고 있는 디자인 특허 소송전이 적잖은 노이즈 마케팅을 거둬들였다는 분석도 있었다.

클램보다 조금 더 앞서 발매한 모토로라의 스타텍은 역사대로 핸드폰 디자인계의 센세이션을 불러일으켰는데, 저 먼 동양 끝자락의 2류 가전제품 회사가 개발한 폴더폰이 그 디자인과 관련해 시비를 걸기 시작하니 세간의 이목이 집중되는 것도 당연했다.

그런 여론 가운데 본의는 아니었지만 삼광전자의 클램은 (권희수 파벌의 발목잡기로) 공급이 수요를 따라가지 못하며 프리미엄이 붙기 시작했고, 이휘철의 로비(?)를 통해 클램을 취급하게 된 몇몇 베이비 벨은 그 품귀 현상 열풍에 탑승하기 시작하면서 상승세에 이르고 있었다.

그렇게 현시대 전 세계 셀룰러폰 시장은 모토로라의 스타텍과 삼광전자의 클램이 양분하는 분위기 속에서 TDMA 칩셋을 공급하는 퀄컴은 신이 났고—첫 만남 이후 계속 메일을 주고받던 박세나는 'You 때문에 아빠가 바쁘다'며 볼멘소릴 늘어놓았다—각종 언론은 클램을 분석한 리뷰를 쏟아 냈다.

개중 미국의 한 주간지는 소니의 워크맨이 재림할 거라며

호들갑을 떨었는데—이것도 본의는 아니었지만—휴대용 음향 기기의 대명사인 워크맨과 비교되다 보니 아는 사람만 알던 삼광전자의 MP3 플레이어도 주목을 받기 시작하면서 MP3 포맷은 조금씩 음반 시장이 변화할 조짐을 만들어 냈다.

거기선 내게 MP3 포맷을 소개한 한슨이 따로 중개 수수료는 없냐며 볼멘소릴 늘어놓긴 했지만, 이미 파생 상품으로 떼돈을 벌고 있지 않느냐고 받아쳤더니 수화기 너머로 웃음을 터뜨렸다.

해림식품의 정재훈 회장은 주주총회를 소집, 해림식품의 사업부를 분리해 제니퍼에게 그 일부를 맡겼다.

내부에서는 별로 돈이 되지 않는단 판단에서였는지, 아니면 어차피 돌아갈 승계 과정에 정재훈 회장이 조금 서두를 뿐이라 생각했는지 별다른 반대 없이 안건에 응했다.

하지만 아직까진 주주총회 결과만 나왔다 뿐이지 정식으로 승계를 받은 건 아니어서, 해림식품 측은 제니퍼에게 '그렇게 됐으니 준비는 해 두라'는 통보만을 보낸 채 냉동 생지 공장을 세우는 일을 착수 중이었다.

전예은이 프로듀싱 중인 SBY는 홍상훈의 도움하에 작사를 모두 마쳤고, 작사를 토대로 본격적인 녹음에 들어갔다.

(패킷 몬스터를 통해)슬럼프를 극복 중인 공가희는 가사가 뽑히자마자 '느낌이 왔어요!' 하고 말하며 이미 작곡한 곡에 편곡을 가했고, 또 그것이 별도의 시너지를 일으켰다는 모양.

편곡은 공가희의 실력에 물이 오른 것도 있어서 녹음도 별 탈 없이 마쳤고.

「기대하셔도 좋을 듯해요.」

전예은의 자신만만한 보고를 들으니 이번엔 제법 유의미한 성과가 나올 듯했다.

'다른 사람도 아닌 전예은의 보증이니.'

더욱이 최소정의 도움을 받아 인터넷 팬 카페 준비도 한창.

관련해서 내가 신경 쓸 요소는 없어 보였다.

한편 사모가 기획하고 통통 프로덕션이 검수한 식당 재건 프로그램은 CBS의 회의를 통과, 다음 2/4 분기에 주말 종합 예능 편성 채널인 〈일요일 밤의 열기〉 코너 중 하나로 〈신장개업〉이란 타이틀하에 내보낼 준비를 마쳤다.

'기획이 나쁘진 않으니까.'

미래의 경우를 예로 들어, 어느 정도 그 성공이 담보된 기획이기도 하니, 방송국으로선 군침이 돌 만한 제안인 셈이었다.

그 제작을 맡게 된 통통 프로덕션은 현재 패킷 몬스터 애니메이션 외주와 〈먼나라 이웃사촌〉의 제작까지 일정이 겹쳐 무척 바쁘게 돌아가는 중이었지만, 사장인 박일춘은 '예전에 비디오나 유통하던 시절에 비하면 훨씬 낫다'며 웃었다.

동시에 안동댁은 반찬 가게의 사업자 등록을 마쳤는데, 그녀가 사모와 함께 만든 반찬 가게인 '종가 손맛'은 신생 브랜드이면서 시작부터 무려 사모의 친정인 뉴월드백화점을 끼고 출품하는 업체였다.

'뭐, 안동댁 아주머니의 솜씨는 자타가 공인하는 수준이긴 하지만…….'

더욱이 삼광 가문 본가의 요리를 10년이 넘게 도맡아 오던 솜씨니 그 솜씨는 의심할 바도 없고.

첫 단추부터 뉴월드백화점을 끼고 시작하는 건 조금 치사하단 생각도 들지만, 원래 비즈니스란 이용할 수 있는 거라면 뭐든 걸고 보는 것이니까.

나로선 오히려 삼광 본가의 손맛을 책임지는 타이틀을 전면에 내세우는 게 마케팅 면에선 훨씬 낫다 싶을 지경이었다.

'하지만 사모는 바라지 않았지.'

'종가 손맛' 브랜드의 얼굴 마담은 재벌가 맏며느리로서 '체통'을 지켜야 할 필요가 있는 사모도, 은근이 쑥스러움을 많이 타는 안동댁도 아니었다.

'요리 연구가 박화영이라.'

박화영.

사모에게 들으니 예전부터 부잣집 며느리들에게 이런저런 일품요리를 가르치던 제법 이름난 강사라고 했다.

(자칭)요리 연구가 타이틀을 내세우고 있는 데다 다소 깐깐하지만 곱게 늙은 인상, 고운 한복 차림을 고수하는 그 모습은 누구에게나 신뢰를 살 수 있을 법했다.

'이미지적으론 마냥 미인인 사모나 수더분한 안동댁보다 효과적이긴 하겠어.'

심지어 벌써 로고 제작까지 마쳐 두어서, 종가 손맛 이라는 타이틀 옆에는 박화영의 얼굴을 이미지화한 모습이 붙어 있었다.

모처럼 온 가족이 모인 저녁 식사자리에서 이태석은 사모의 '사업을 시작할 생각이에요' 하는 이야기를 들으며 떨떠름한 얼굴을 했다.

"나는 오늘 처음 듣는걸."

"당연하죠."

사모가 내게 윙크를 하며 말을 이었다.

"성진이랑 둘이서 몰래 하고 있던 거거든요. 놀랐어요?"

"뭐어……."

이태석은 딱히 놀란 것 같진 않았고, 굳이 표현하자면 '어떻게'보단 '왜'에 가까웠다.

그도 그럴 것이 대기업 사모님이 돈이 부족할 리는 만무하고.

하지만 그렇다고 사모의 눈앞에 대고 '왜?' 같은 물음을 던지는 건 정답이 아니었다.

이태석은 고심 끝에 중년 사내의 애환이 담긴 대답을 내놓았다.

"……조금?"

"피이, 그게 뭐예요."

사모가 입을 삐죽였다.

아주 적절한 반응은 아니었던 듯하다.

"그 왜, 있잖아요. 명화도 이번 핸드폰 디자인으로 대단한 성과를 낸 것 같고, 심지어 성진이도 사업을 하고 있는데 저라고 가만있을 수는 없잖아요. 남들한테 유한마담이라 불리긴 싫어요."

이번 생의 사모는 하릴없는 유한마담으로 지내던 전생과 달리 이성진의 이모인 서명화의 활약과 때 이른 내 사업으로 인해 자극이 있었던 듯했다.

이태석이 미간을 찡그렸다.

"누가 당신더러 유한마담이래?"

"대놓고 말하진 않았겠지만 다들 그렇게 생각하고 있을 거예요."

마이 페이스인 사모라면 누가 뭐라고 떠들든 아랑곳하지 않겠지만, 그건 어디까지나 그녀가 이태석 앞에 들먹일 나름의 구실에 불과했다.

원래라면 백하윤의 수제자이자 촉망받는 바이올리니스트로서 활약해야 했을 사모였다.

그런 사모는 (양가의 반대를 무릅써 가며)삼광 오너 일가의 맏며느리가 되었고—거기에 사모 자신의 의지가 있었다곤 하나—이태석은 그런 사모에게 적잖은 부채 의식을 느끼고 있었을 터.

사모는 이휘철의 떨떠름해하는 얼굴을 보며 미소로 말을 이었다.

"괜찮아요. 제가 '종가 손맛'의 실질적 오너라는 사실은 극소수만 알고 있는 내용이거든요. 어디 보자, 안동댁이랑, 성진이랑, 아, 맞아. 또 우리 오빠도요."

"형님이? 아, 하긴."

이태석은 머릿속으로 '종가 손맛'이 뉴월드백화점에 론칭 예정이란 사실과 그 목석같은 처남 서명훈을 떠올린 듯 고개를 주억거렸다.

거기에 사모가 생글생글 웃으며 이태석의 말을 받았다.

"네. 오빠는 제 말이면 거절을 못 하는 성격이거든요. 아, 그리고 또 그 누구더라, 곰같이 생긴……."

나는 그 대화에 슬쩍 끼어들었다.

"마동철 전무님요?"

"응, 그래, 그분. 그 마동철 전무님 정도만 아는 사실인걸요."

"……음."

"그래서 브랜드 사업주도 안동댁 명의로 했고, 저는 그 투

자자로서 그 지분만 쥐고 있을 생각이에요."

"흐음."

"거기에 제가 실소유주인 별도의 회사를 하나 차려서 투자 중인 일이니 '서명선이 실질적 오너'라는 건 다들 모를 거예요."

"……엥?"

"뭐, 성진이가 알려 준 거긴 하지만요."

이태석은 '벌써부터 못된 것만 배워 가지고' 하는 느낌으로 나를 물끄러미 쳐다보았고, 나는 어깨를 움츠렸다.

"불법은 아니잖아요?"

"……그렇긴 하다만."

사모 역시도 현시점의 재벌가 사이에 떠도는 암묵적 규칙인 '세간에 공연히 얼굴을 팔지 않는다'는 사실을 의식한 행동이었다.

사모의 조심성은 모처럼 의욕이 선 일에 그녀가 짊어지고 있는 대기업 맏며느리로서의 타이틀이 방해가 되고 있기 때문이기도 했고, 이는 사모가 이씨 일가로 시집오며 익힌 처세술이기도 했다.

이태석도 그걸 모르지 않아서, 내 대처가 '과도'했을지언정 크게 문제 삼지는 않겠다는 양 고개만 절레절레 저었다.

사모가 그런 이태석에게 웃으며 말을 이었다.

"어디 보자, 그걸 전문용어로는 바지사장이라고 하는 거죠?"

"아니, 조금 다른데."

전문용어도 아니고.

"그래요?"

"오히려 여기선 안동댁이 ……바지사장인 셈이지."

이태석은 조금 망설이다가 그냥 바지사장이란 용어를 인정하기로 한 모양이었다.

"음, 그렇군요."

"그리고 그…… 당신이 말했던 박화영이란 사람이 얼굴마담이 되는 셈이고."

"즉, SJ컴퍼니에 빗대자면 성진이가 바지사장이고 제가 그 얼굴 마담이라는 거겠군요?"

조금 미묘하긴 하나, 틀린 말은 아니었다.

SJ컴퍼니의 서류상 사주는 사모였고, 나는 어디까지나 그런 사모에게 사장으로 '고용'되어 있을 뿐이니까.

"그런 셈이지. 음, 잠깐. 그렇다는 건……."

고개를 끄덕인 이태석은 이휘철을 보았다.

"아버지도 모르는 일이었습니까?"

이야기를 들으며 묵묵히 수저를 들던 이휘철이 픽 웃었다.

"내가 앉아서 천 리를 보는 줄 아느냐."

"모르셨군요."

"암."

이휘철과 운락정에서 보낸 그날 밤은 왠지 서로가 암묵적으로 언급하지 않는 '없던 일' 취급이 되어 있어서, 나는 이태석이 관련 사안을 알고 있는지 궁금했지만.

이태석이라면 알아도 이 '암묵적 합의'에 동의하고 있으리란 생각에 미쳤다.

'나로선 왠지 이휘철이 알고서도 일부러 개입하지 않은 거란 느낌이 들긴 하지만.'

뭐, 이런 '사소한' 일에 이휘철이 끼어드는 건 모양새도 나쁘고.

이휘철이 말을 이었다.

"뭐 좋지 않느냐. 며늘아기가 뭔가 해 보겠다는데 적극적으로 밀어주지는 못할망정 발목을 붙잡는 일은 없어야겠지."

"저 역시도 안사람의 의향이 그렇다면 상관하진 않습니다만."

이태석이 턱을 긁적였다.

"그렇게 된다면 구조적으로 한 가지 마음에 걸리는 점이 있어서 말이죠."

이태석의 중얼거림에 사모가 고개를 갸웃했다.

"무슨 의미예요?"

나도 모르겠는데.

한편 이휘철은 이태석의 의중을 간파한 듯했으나, 그저 말없이 미소만 짓고 있었다.

이태석은 사모의 말을 받는 대신 고개를 돌려 나를 보았다.

"성진이 너는 이번 일에 어느 선까지 개입해 있느냐?"

이태석이 던진 물음의 의도는 알 수 없었지만, 일단 나는 내가 아는 바는 숨김없이 대답했다.

"저는 사람만 소개했을 뿐이고, 전권은 어머니께 일임해 두었어요."

어차피 큰돈을 만지려고 시작한 일은 아니었다.

훗날 부정한 일로 이 집에서 쫓겨나게 되는 안동댁에게 여기서 가사 일을 하며 버는 외적인 수익을 안겨다 주려 계획한 일이었고, 거기서 사모가 바통을 낚아채듯 이어받아 추진 중인 사업이었으므로.

나로서는 안동댁이 곗돈에 의지할 필요가 없는 별도의 안정적인 수입원이 있길 바랐고, 그 돈으로 부군의 병원비를 댈 수 있길 바랐다.

그러니 이번 일은 나에겐 안동댁을 향한 의리, 그 이상도 이하도 아니었다.

'그야 투자자 중 하나로서 명목상 푼돈은 조금 쥐겠지만…….'

이태석이 고개를 끄덕였다.

"그렇다는 건, 너는 네 어머니가 하는 사업에 대해 전혀 터치를 하지 않았단 거지?"

"예."

그야, 최근엔 그럴 경황이 없기도 했고.

이태석은 잠시 생각에 잠겼다가 사모를 바라보았다.

"당신, 방금 전엔 이번 일에 대해 알고 있는 사람을 한 손에 꼽았지?"

"네. 저를 제외하면요. 철저하게 비밀에 붙여달라고, 마동철 전무님께도 부탁드렸거든요."

나는 그 청탁에 적잖이 곤혹스러워하던 마동철의 얼굴을 떠올렸다.

'그래도 서류상 대표이사님이 까라면 까야지, 뭘 어쩌겠어.'

그리고 마동철은 사모의 농담 반 진담 반인 '비밀'을 철저하게 지켰다.

'마동철도 은근 FM이란 말이지……. 아.'

그쯤 생각에 미치니 나도 이태석이 말한 구조적 문제가 무엇인지, 언뜻 알 수 있었다.

'그런 거였나.'

너무 당연한 일이어서 깜빡 잊고 있었다.

이태석이 입을 뗐다.

"혹시 박화영이란 사람, 만나 봤어?"

"아뇨."

사모는 딱 잘라 말하며 고개를 저었고, 이태석이 물었다.

"왜?"

"그야, 잘 알지도 못하는 사람을 통해 괜한 말이 나올 수도 있으니까요."

사모는 사교적이고 감정표현도 풍부해 두루 사랑을 받는 성격이었으나, 그럼에도 불구하고 실제론 맺고 끊는 일에 무척 냉정한 사람이었다.

그렇기에 사모는 일부러 책잡힐 행동은 하지 않는다.

그녀는 누가 뒤에서 무어라 떠들건 상관하지 않는 성격이면서도, 그로 인해 주변 인물에 피해가 갈 행동은 끔찍하리만큼 싫어했다.

사모가 삼광가로 시집오며 바이올리니스트의 길을 저버린 것에는 그녀 자신의 의지도 있는 것이다.

삼광의 맏며느리이면서 바이올리니스트로 대성하는 건 불가능한 일은 아니겠지만, 분명 남 말 하기 좋아하는 부류의 입에 오르기도 쉽다.

그 의혹에는 사모에게 제공될 편의며 그녀의 든든한 친정이 뒷받침을 하고 있었으리라는 것이 있겠고.

설령 그녀가 상관하지 않는다 한들, 이는 뉴월드며 삼광의 이미지에 타격이 가해질 일이었으므로.

그래서 예전에 흘려듣기론, 이태석이 유학 시절 사모를 만나 '첫눈에 반했을 때'도 그녀가 뉴월드백화점의 영애였단 건 뒤늦게야 알게 되었다고.

이번 일도 마찬가지로, 사모는 이번 일을 계획함에 여러 방송 인맥이며 출자, 각종 편의를 이용했지만 그러면서도 배후에 자신이 있었다는 건 꼭꼭 숨겨 두고 있었던 것이다.

"흐음."

그런 사모의 양면성을 이 자리에 있는 누구보다 잘 알고 있을 이태석은 가만히 고개를 끄덕였다.

"그러면 박화영이란 사람은 어떻게 섭외가 된 거지?"

"모임을 통해 몇 다리 건너 알게 된 사람이에요. 개인적인 친분은 일절 없고…… 박화영 씨를 섭외한 것도 안동댁에게 맡겼어요."

"그렇단 말이군. 과연."

"왜요, 무슨 일 있어요?"

이태석은 곧장 대답하는 대신 바통을 내게 넘겼다.

"성진이는 알겠느냐?"

"……예."

틈틈이 밥상머리 제왕학을 빼먹지 않는 건 이태석다웠고, 이태석이 고개를 끄덕였다.

"그래. 뭐 이것도 초보니까 하는 실수이긴 하지."

이태석과 내가 자신만 빼놓고 이야기가 통하는 느낌이자 사모는 부루퉁한 얼굴로 우리를 보았다.

"정말, 그럼 성진이한테 들을 거예요?"

"그것도 좋겠지. 성진아."

이태석은 사모의 투정을 담담하게 받아넘기며 '어디 해 보라'는 시선을 내게 던졌다.

"네가 깨달은 바를 어머니께 전해 보거라."

경영자로서 자질을 재확인하는 그 명령에 나는 별수 없이 입을 뗐다.

"문제는 생각보다 단순해요. 어머니께서 박화영이란 사람을 모르듯, 박화영이란 사람도 어머니가 누군지 모른다는 거죠."

"무슨 의미니?"

"그분은 종가 손맛의 오너를…… 잠시 시쳇말 좀 쓸게요. 아무튼 그분은 현재 종가 손맛의 바지사장으로 앉아 계신 안동댁 아주머니를 오너로 생각하고 계실 거란 거예요."

내 말에 사모는 고개를 갸웃했다.

"바지사장이라는 거, 시쳇말이었니?"

"……어디 가서 당당히 밝힐 만한 전문 용어가 있진 않아요."

어원에 관한 논의는 많지만, '총알받이'니 '빙다리 핫바지'에서 비롯했다느니 하며 좋은 의미라곤 없다는 것이 공통된 의견이니.

그제야 사모는 고개를 끄덕였다.

"나쁜 말이었구나."

그러면서 사모가 이태석을 향해 눈을 흘겼다.

"당신도 알면 미리 말해 줘야죠. 아까 전처럼 얼버무리고

말면 제가 뭐가 돼요."

"흠, 흠."

이태석의 무안해하는 헛기침을 사모는 토라진 얼굴로 받으며 고개를 홱 돌려 다시 나를 보았다.

"그래, 성진이 말이 맞아. 박화영 씨는 종가 손맛의 오너를 내가 아닌 안동댁으로 알고 있을 거야."

"그게 문제예요."

"그게 문제라니?"

나는 사모 앞에 그녀가 밥상까지 들고 온 포트폴리오를 꺼내 펼치며 '종가 손맛' 브랜드 로고를 가리켰다.

"만일 제3자가 이 브랜드의 로고를 보았을 때, 종가 손맛의 오너는 누구라고 생각할까요?"

"박화영 씨겠지."

'종가 손맛'의 로고는 마치 처음부터 박화영이 기획하고 주도한 듯한 브랜드 이미지였다.

물론 이는 사모가 의도한 바였고, 어느 정도는 그녀가 세운 기준에 들어맞는 요소였다.

하지만 그건 곧 사모로 하여금 자충수를 두게 하는 이중성도 포함하고 있었다.

"맞아요. 더욱이 박화영 씨는 다음 분기부터 방영될 프로그램인 〈신장개업〉의 고정 MC로 활약할 예정이죠."

아마 사모는 섭외 과정에 여러 검토를 거쳤을 것이다.

박화영은 남 앞에 나서서 말하는 걸 꺼려 하는 성격이 아닐 것이고, 그녀는 이미 스스로를 '한복'이라는 이미지로 고착화해 자신을 상징화하는 잔머리도 갖춘 인물이었다.

문제는 여기서 생긴다.

나는 포트폴리오를 접으며 입을 뗐다.

"그렇다면 과연, 박화영 씨는 믿을 만한 사람일까요?"

"……."

사모는 아연해져 입을 벌렸다가 금세 진지한 얼굴로 고치며 입을 꾹 다물었다.

사모의 대답이 어떤지는 듣지 않아도 알 수 있었다.

믿지 않으니 그 앞에 나서지 않았다.

사모도 사람 보는 눈은 제법 있었고, 그녀 기준의 '천박한' 부류를 분류할 줄도 알았다.

사모는 박화영이란 인물을 실속 없이 겉만 번지르르한, 허영기가 있는 인물로 판단했을 것이고.

그렇기에 의도적으로 거리를 두었다.

"아마 종가 손맛은 저희가 생각하는 이상으로 커질 거예요."

사모는 내 말을 마냥 기쁘게 받지만은 않고 입을 다문 채였다.

나는 계속해 보라는 사모의 암시를 받아 말을 이었다.

"예능 방송의 고정 MC로 있는 박화영 씨가 그 얼굴을 내

건 브랜드인 데다 안동댁 아주머니의 손맛이 더해진 브랜드이니까요.”

직접적으로 말하진 않았지만, 내 생각(그리고 전예은의 생각)에 〈신장개업〉은 못해도 중박은 칠 아이템이었다.

“게다가 사 먹는 반찬의 수요도 꾸준히 증가 중이고…….”

현재는 1인 가구가 늘어나는 과도기인 데다 햅반의 성공으로 지표가 확인된 상황.

그게 어느 정도냐 하면, 햅반의 성공을 본 타 대형 식품회사들이 (기술력 문제로)햅반의 유사 상품을 내놓진 못하니, 레토르트 제품군을 늘려 가며 숟가락을 얹으려는 추세이기도 했다.

“여기에 통신판매 전략까지 도입한다면 전국 단위의 프랜차이즈로 거듭나는 것도 어려운 일이 아니게 되겠죠.”

케이블방송 채널 출범으로 인해 작년(1995년)부터 생겨나기 시작한 '홈쇼핑'을 이용하는 것도, 사모의 계획하에 있을 것이다.

해림식품과 신화식품의 노하우가 집적된 S&S의 유통망을 이용한다면 이 시대에도 불가능한 일이 아니었다.

“그리고 그 모든 공로는 얼굴마담인 박화영 씨가 가져가게 될 겁니다.”

“……그건 달리 말하면.”

사모가 입을 뗐다.

"박화영 씨가 마음만 먹으면 종가 손맛이 아닌 타 브랜드를 세울지도 모른단 거니?"

"그 정도가 아니라 얼굴에 상표권을 걸고 브랜드 로고를 바꾸도록 할 수도 있어요."

만일 박화영이 작정한다면, 사모의 지원을 통해 성장한 자신의 유명세를 이용, 계약 갱신을 빌미로 독립해 나가 지금껏 해 온 일을 모두 헛물켜도록 만들 수도 있었다.

거기엔 방송으로 쌓아 올린 박화영의 이미지가 이용될 것이며, 그녀는 현재 '종가 손맛'과 계약금으로 받는 그 이상을 손에 쥘 것이다.

그쯤해서 이태석이 담담한 말씨로 끼어들었다.

"대체론 일어나지 않는 일이야. 나 역시도 공연한 걱정이면 좋겠지만."

그건 위로와 동시에 오너 경영자로서의 충고이기도 했다.

"간과하기 쉬운 일이긴 해도 어쨌건 사업이라는 건 서로간의 신뢰를 바탕에 깔고 들어가는 법이지. 당신이 성진이의 회사에 오너로서 이름을 올린 것도 우리 모두가 서로를 가족으로서 믿고 의지할 수 있다는 판단하의 일이야."

잠자코 듣던 이휘철이 입을 뗐다.

"그래, 태석이 말마따나 간과하기 쉬운 일이지. 하지만 그게 보통이다. 평범한 사람은 여간해선 인간이 가진 악의를 맞닥뜨릴 일이 잘 없지."

그러면서 이휘철이 빙긋 웃었다.

"하지만 아가, 개중엔 남을 짓밟고서라도, 신의를 저버려서라도 자신의 이익을 챙기려는 족속도 있기 마련이란다. 사업이란 그런 부류에게 족쇄를 채우고 리스크를 줄여 가며 진행하는 것이지. 어떠냐. 조금 배웠느냐?"

"……예, 아버님."

사모는 쓴웃음을 지었다.

'아니, 두 분 다 어째, 나한테 하던 거랑은 전혀 딴판인데요.'

나는 나대로 따지고 싶었지만, 꾹 참았다.

또한.

비록 입 밖에 내지는 않았지만, 만일 '삼광 오너가의 맏며느리'가 브랜드의 실질적 오너라고 하면 그 자체가 배신의 예방책이 되기도 한다.

그도 그럴 것이 조금이라도 생각이 박힌 사람이라면 제아무리 '조금 잘나간다'고 한들 감히 뉴월드백화점과 삼광 그룹을 동시에 적으로 돌릴 생각은 하지 못한다.

'……심지어 그 최갑철조차 운락정에서 나를 마냥 애 취급하지 않고 배려했을 정도인걸.'

최갑철이 아닌 박화영의 경우만 보더라도, 그 정도의 엄청난 거물이 뒤에 버티고 섰더라는 것을 알고 있다면, 보복이 두려워서라도 허투루 배신할 일은 없을 테지만.

이번엔 사모의 신중함이 되레 허점이 되었다.

이태석이 고개를 돌려 나를 보았다.

“아버지 말씀이 맞아. 나 역시도, 만일 성진이가 내 아들이 아닌 타인이었다면 SJ컴퍼니에 투자를 하지도, 그 뒤를 봐주지도 않았을 테니까.”

그에게 그럴 의도는 없었겠지만, 이태석의 말을 들으며 나는 입안이 씁쓰레해졌다.

‘……그래, 엄밀히 말하면 나는 당신의 아들이 아니긴 하지.’

이태석이 말을 이었다.

“그래서 이런 계약엔 독소 조항을 몇 가지 넣어 두는 게 좋아. 혹시 계약서 있으면 검토해 줄게.”

아예 떠먹여 주는구나. 이러다가 잘못하면 다섯째도 보겠어.

나는 표정이 떨떠름해지지 않게끔 유의하며 잡채를 입에 집어넣었다.

아무튼, 이 집안 밥맛은 좋다니까.

소화는 잘 안 되지만.

모처럼 온 가족이 모인 단란했던(?) 저녁 식사 자리가 파

하자, 이태석이 나를 따로 불렀다.

"할 말이 있으니 성진이는 방에서 쉬다가 적당한 때에 서재로 오거라."

사모의 사업 계약 서류 갱신 건으로 내게 할 말이 있는 걸까.

어쩌면 이번 일을 두고 내게 사모 몰래 따로 지령을 내리려는 걸지도 모르겠다.

"예, 아버지."

나는 형식상 방으로 돌아갔다가 10여 분 뒤 이태석의 서재로 향했다.

노크를 하니.

"들어오너라."

문 너머 이태석은 당연히 노크 소리의 주인공이 나라는 걸 알고 있다는 양 말했고, 나는 이태석의 서재로 발을 들였다.

"실례하겠습니다."

이태석은 달각 문이 닫히고 내가 자리에 앉길 기다렸다가 내게 10분 전 타 놓은 홍차를 내놓았다.

"마시기 좋게 식었다."

"……감사합니다."

사실 너무 식어도 문제인데.

그건 저번처럼 머그컵 위로 홍찻잎이 둥둥 떠오르는 괴악한 것은 아니었지만, 타 둔 지 10분이나 지나 미지근해진 홍차는 다소 떫은맛이 났다.

형식적으로 홍차를 후룩, 한 모금 마시고 찻잔을 내려놓자마자 이태석이 그 나름대로 미소를 띤 채 입을 뗐다.

"네 어머니도 제법이던걸."

이태석이 운을 뗀 내용은 마냥 화두를 잡기 위한 형식적인 말뿐만은 아니었다.

사모가 오늘 보여 준 사업적 역량은 그녀가 전생에 그럴 기미조차 보이질 않았단 걸 감안하면 나로서도 놀라울 정도였다.

'그녀의 생각처럼, 전생에는 그저 유한마담으로 생을 보냈던 사람이었는데.'

뉴월드 백화점의 장녀로서 그 핏줄은 어디 가질 않았다는 방증일까.

'내가 기획한 일을 중간에 강탈한 것이긴 했지만…… 그렇다곤 해도.'

사모가 사업에 필요한 사람을 모으고(일이 이렇게 흘러갈 줄은 몰랐지만) 수면 아래서 일을 진행한 것도 그렇고 사업을 진행함에 필요한 외적 요인까지 두루 갖춘 아이템이었다.

사모의 계획하에 있던 반찬 사업은 상품성이 충분했을 뿐만 아니라, 얼마든지 확장할 여지도 있었다.

그녀가 기획한 솔루션 예능 방송을 통한 마케팅, 그리고 브랜드 이미지의 확립이며 홈쇼핑 통신판매를 통한 전국구

로의 발돋움.

비록 결국엔 이태석의 도움을 받고 만 것이 되었지마는 신용이라는 변수 없이 일이 진행되었다면 성공리에 일이 처리되었으리란 것도 낙관해 볼 만했다.

'밥상머리에선 딴죽을 걸어오긴 했으나, 박화영과 관련한 것도 어쩌면 기우에 그칠지도 모를 일이었고.'

이태석이 말을 이었다.

"성진이 너는 정말로 이번 일에 아무런 관여도 하지 않은 게냐?"

나는 이태석의 말을 미소로 받았다.

"네, 저는 사람만 소개드렸을 뿐, 예능 방송을 기획하고 브랜드 이미지를 구축하려 한 건 모두 어머니가 생각하신 거예요."

"즉, 그 말은."

이태석은 그답게 내 말에서 함의된 내용을 놓치지 않았다.

"반찬 가게 자체는 네 아이디어란 말이구나."

귀신인가.

나는 속으로 혀를 내둘렀다.

"……제 건 말 그대로 기획 단계였을 뿐이에요. 어디까지나 햅반의 성공에 시너지를 불러일으키고자 했던 거였죠."

"즉, 햅반의 주 수요층 중 하나인 1인 가구에 중점을 두었단 게로군."

“예, 게다가 마침 안동댁 아주머니의 솜씨라면 반찬 가게를 차려도 괜찮을 거라 여겼고…… 사실 저는 아파트 근처 근린상가 단지에 하나둘 정도 차릴 수 있다면 좋겠단 생각만 했을 뿐이었거든요.”

“음……. 그렇지. 마침 안동댁 아주머니는 지금 돈이 곤궁한 것 같았으니까. 부군이 중풍을 앓고 있다지, 아마.”

나는 예상 못 한 이태석의 발언에 조금 놀랐다.

“알고 계셨어요?”

“……네 어머니에게 들었지. 그보단 내 식구의 일이다. 모를 거라고 생각했느냐?”

“……바쁘셔서요.”

이태석은 그가 아무것도 모를 것이라 생각한 내 오해가 다소 서운하단 듯 미간에 팔자(八字)를 그리며 말을 이었다.

“뭐, 네 생각도 무리는 아니지. 이 집의 고용인과 관련해선 아내에게 일임하고 있으니까. 하지만 고용인 개개의 사정을 헤아리는 것 또한 고용주의 책무다. 더욱이 그게 우리 가족과 밀접해 있는 일이라면 더더욱.”

이어서 이태석은 가벼운 한숨을 내쉬었다.

“뭐, 안동댁 아주머니는 오랫동안 우리의 집안일을 해 왔고 하니, 나도 마음 같아선 병원비며 편의를 봐주고 싶지만 고용인들 사이에 차별이 있어선 안 되지. 형평성의 문제가 상황을 가로막고 있어서 나도 어떻게 해야 할지 고심하던 바였다."

고용인 사이의 형평성 문제는 예전 한성진 일가를 대할 때도 이태석이 원칙으로 삼았던 내용이었다.

그야, 이태석의 리더십은 세심한 면이 있었으니까.

"이번 반찬 가게를 기획한 것도 너는 방금 전 햅반의 성공에 시너지를 부여하기 위해서라 말했지만, 지금 보니 네 나름대로 안동댁 아주머니에게 재정적 도움을 주고자 한 것이었겠구나."

내 침묵을 긍정으로 받아들였는지, 이태석이 빙그레 미소를 지었다.

"네 어머니가 이번 일에 적극적으로 개입한 것도 마냥 심심풀이는 아닌 게다. 네 어머니도 나름대로 생각한 바가 있어서 하는 일이야. 물론……."

이태석은 미소 띤 얼굴로 말을 이었다.

"너나 나 모르게 몰래 이번 일을 벌이곤 있었지만, 그것도 우리에게 부담을 주지 않으려 한 것이겠지."

이태석은 어조를 바꿔 자상한 말씨를 일부러 감췄다.

"성진아, 다들 비즈니스는 냉정해야 한다고들 하지만, 그 냉정함은 냉혹함과 다르다. 눈에 보이지 않는 것들, 이를테면 오늘 말했던 상호 간의 신용처럼 무형의 자산과 가치가 존재하지 않는다면 모든 것이 극단으로 치닫게 될 거다."

그건 표면상 그가 나(이성진)에게 행하는 제왕학의 형식을 띠고 있었지만, 거기엔 나를 향한 칭찬 역시도 내포되어 있었다.

"사업가란 가슴이 시키는 일을 따라야 하지. 아버지…… 네 할아버지는 그걸 두고 욕심 운운하시긴 하지만, 어휘 맥락에만 집중한다면 그 이면에 자리한 중요한 요소를 놓치기 마련이야."

"……."

어쩌면, 역사에 If는 없다고들 말하지만, 만일 전생의 안동댁이 솔직하게 사모며 이태석에게 도움을 요청했다면.

곗돈을 날리고 공황 상태에 빠진 안동댁이 극단적인 선택을 하지 않아도 되었던 건 아닐까.

'하긴, 이태석이 그런 사실을 알고서도 일부러 자기 사람을 방치할 만큼 냉정한 인물은 아니야.'

이와 관련해서는 나도, 고용인들도, 심지어 이성진마저도 오해하고 있던 것이지만.

이태석이란 인물은 이휘철과 근본적으로 다르다.

아마 이휘철이라면 잴 것 없이 안동댁을 따로 불러 돈을 쥐여 주었을 테지만, 경우의수를 지나치리만치 많이 떠올리는 이태석은 문제에 신중히 접근하는 편이었다.

그런 이태석의 성격엔 어쩌면, 내가 알지 못하는 이성진의 조모가 영향을 끼치지 않았을까.

"그래서 말인데."

이태석이 담담한 얼굴로 나를 물끄러미 바라보았다.

"혹시 그 외에 따로 내게 비밀로 하고 있는 일은 없느냐?"

이태석은 반쯤 농담조로 말하긴 했지만, 어째 눈빛이 서늘했다.

방금 전까지 있었던 다소간 화기애애한 말씨와는 느낌이 달랐다.

유전적으로 타고난 그의 날카로운 눈빛에 지레짐작하고 만 것일까, 아니면…….

'내가 최갑철과 엮였던 걸 그도 알고 있을까?'

나는 이태석이 어느 정도 내가 그에게 알리지 않은 일을 꿰고 있음을 직감하곤 그가 짐작하는 바를 조금 떠보기로 했다.

마침 얼버무릴 후보군이 몇 개는 있었다.

"별로 대단한 일은 아니에요. 애들 사이에서 있었던 일이어서……."

"그래? 그런 것치곤 얼마 전 천화초등학교의 급식과 관련해 내게 보고가 올라왔던데."

이태석의 말을 들으며 나는 그가 지금 얼마 전 천화초등학교의 급식 시스템에 손을 댄 걸 언급하는 것임을 알았다.

'최갑철 이야기가 아니어서 그나마 다행이군.'

이태석이 말을 이었다.

"들으니 기존 신화식품과 계약이 채결되어 있던 걸 S&S 앞으로 돌리려 하는 모양이더구나."

이태석의 눈이 날카로워졌다.

"혹여 네게 다른 형태의 제안이 들어왔던 게냐?"

이태석의 우려는 타당했다.

암만 내가 나이에 걸맞지 않은 사업적 성과를 거둬들이고 있다고는 하나, 이번 일이 오늘 밥상머리 교육에서 나왔던 신용의 문제, 냉정해야 할 비즈니스의 세계에 개인의 사리 추구가 반영되어 있다고 하면 나도 모르게 '타협'하고 만 갱신일지 모른다는 우려가 작용한 것이리라.

그도 그럴 것이 S&S는 신화식품과 해림식품의 합자회사로서 이 모든 이익은 나뿐만 아니라 해림과 신화 쪽이 나눠 가지게 되는 것이므로.

즉, 이태석은 지금 내가 어른들에게 이용당하고 있는 것은 아닌지 우려를 표하고 있었다.

"나는 예전에 네게 식구를 들먹이며 가르친 적이 있으나……."

이태석이 담담한 말씨를 이었다.

"결국 가족이라는 울타리만큼 안전한 것도 없지. 그러니 설혹 무언가 문제가 있었다고 하면, 이 아버지에게 기탄없이 상담을 요청해도 된다."

그 표정과 말씨는 사업가로서의 냉정함뿐만 아니라 초보 아버지로서의 미숙한 자상함도 묻어 있었다.

'이태석도 그 태도가 조금 더 솔직했다면 좋았으련만.'

나는 그런 그의 애매모호한 태도가 이성진의 양육 실패로 이어졌단 걸 알고 있었지만, 존재하지 않는 일이 되어 버린 일을 입에 담을 수는 없었다.

그 대신.

나는 그가 우려하는 바가 기우에 불과함을 내 입으로 밝혔다.

"그게 아니라, 실은……."

나는 이번 급식 납품 업체 계약 갱신과 관련해 김민정의 학생회장 선거와 마타도어가 포함된 것임을 밝혔고, 비록 일을 서두르긴 했으나 언제고 갱신할 의사가 있었음도 밝혔다.

내 말을 잠자코 들은 이태석은 이야기가 끝나자마자, 그답지 않게 웃음을 터뜨렸다.

"하하하핫!"

이태석은 한동안 큭큭 웃어 대더니 미소 띤 얼굴로 말을 이었다.

"크크, 그래서, 너와 김민정에게 가해진 공격에 반격하기 위해 네 나름의 전략을 수립했던 거구나."

"네, 조금 치사했나요?"

"조금은."

이태석은 농담조로 내 말을 받은 뒤, 짐짓 엄격하게 말을 덧붙였다.

"그렇다고 아주 부실한 식단을 차리도록 했다면 혼쭐을 낼 생각이었지만…… 영양학적으론 문제가 없어 보이는구나.”

팔은 안으로 굽는다고.

어쨌건 그는 생물학적으로 이 몸의 아버지일 뿐만 아니라 그 나름의 방식으로 나를 사랑하고 있었다.

내 전생에 비해서도 살아온 햇수가 적은 이태석은 나보다 훨씬 어른스러웠고, 그건 물리적인 햇수로는 채워지지 않는 요소였다.

‘자식이 생기면 바뀐다……는 건가.’

이태석이 호시탐탐 기회를 노리며 적당한 구실을 잡아 내 사업체를 회수하려는 것도, 알고 보면 그 나름의 과보호에서 비롯된 것일지도 모른단 생각이 들었다.

생각해 보면, 전생의 그에겐 이성진을 망나니로 자라게끔 방치한 과오가 있었다.

이태석은 이성진을 키움에 자유로움을 원칙으로 삼았고, 이는 삼광의 후계자로서 이성진을 훈육해야 한단 생각과 아버지로서의 입장을, 물과 기름 같은 그것을 억지로 뒤섞으려다 생겨난 결과였다.

비록 그런 그도 말년에는 ‘이렇게 훈육해선 안 됐다’며 공공연한 후회의 말을 입에 담고 다니긴 했으나, 그 행동의 본질은 자식을 사랑하는 마음이었다.

이태석 역시도 삼광 그룹의 거두이기 이전, 한 사람의 인간으로서 미숙함과 무수한 시행착오를 겪어 가며 성장해 왔다.

비록 그 길에 후회도 있었고, 회한과 자책도 있었을지언정.

그럼에도 불구하고.

'그는 지금도, 아니 처음부터 전생의 나보다 더 어른이었던 거야.'

그렇다면 이태석을 믿어도 좋은 것일까?

요한의 집에서 비롯한 일련의 흐름을, 그가 알고 있다면 무엇인가가 바뀔 것인가?

내 안에서 어떤 결심이 서기 직전, 이태석이 말을 이었다.

"역시, 이만하면 됐겠지."

뭐가?

"이성진."

"예, 아버지."

"올해 안에 사업을 정리해 두어라."

"……."

그 말은.

"SJ컴퍼니의 사장직에서 물러나란 말씀이신가요?"

내 말에 이태석은 담담한 얼굴로 고개를 끄덕였다.

다음 권으로 이어집니다

활쏘는 대마법사

한시웅 퓨전 판타지 장편소설

거침없는 팩트 폭격으로
드래곤조차 눈치 보게 만드는
극강의 꼰대! 아니, 최강의 궁신이 나타났다!

유일하게 '신'이라 불리는 무인, 궁신 하철혁
자격을 시험받다 우화등선에 실패해
새로운 세상에서 눈을 뜨는데……

내공이 한 줌도 없다?

제로부터 시작하는 이세계 생활에 놀람도 잠시
처음으로 아버지라 느낀 존재가 살해당하고
그 뒤에 모종의 음모가 있음을 알게 되는데!

이세계에서도 궁신의 신화는 계속된다!
군필도 두 손 두 발 드는 FM 정신으로
안 되는 것도 되게 하라!